那山 那人 那事儿

徐 侠◎著

中国出版集团

现代出版社

图书在版编目（CIP）数据

那山　那人　那事儿/徐侠著. --北京：现代出版社，2016.5
ISBN 978-7-5143-4859-0

Ⅰ．①那… Ⅱ．①徐… Ⅲ．①短篇小说－小说集－中
国－当代 Ⅳ．①I247.7

中国版本图书馆CIP数据核字（2016）第081226号

那山　那人　那事儿

作　　者	徐　侠
责任编辑	李　鹏　陈世忠
出版发行	现代出版社
地　　址	北京市安定门外安华里504号
邮政编码	100011
电　　话	010-64267325　010-64245264（兼传真）
网　　址	www.1980xd.com
电子邮箱	xiandai@vip.sina.com
印　　刷	北京一鑫印务有限责任公司
开　　本	880×1230　1/32
印　　张	8
版　　次	2016年5月第1版　2022年7月第2次印刷
书　　号	ISBN 978-7-5143-4859-0
定　　价	39.80元

序

一直想为自己的作品写一篇序言。

无论从哪个方面来说，最了解我的谁也超越不了我自己。我的生活经历，我的文学功底，我的规则和反规则，甚至我的脚在鞋里合不合适，你说我能不比任何人了解吗？为自己的作品写序言，就像为自己的孩子作评价一样，洞若观火。可是，我该怎么为自己作品说话呢？夸夸其谈，大吹大擂吧，自己都难为情，人家该怎么看我？可也不甘心把自己的东西说得一无是处啊！毕竟是"十月怀胎一朝分娩"的孩子啊！想了想，就此搁笔了。不写了。还是把人家出版社对作品的评价复制于下吧：

初审意见：

这本小说集，多以第一人称写法，新文体、新角度、新视野、新想象叙述"我"非同寻常的人生经历。寂寞的山里环境，风雨虫草折射社会；曲折的爱情纷扰，揭示人生艰辛；凡人小事儿，探寻人生追求；怪诞的扭曲行为，寻觅人生无奈；人生诸多疑问，答案寓于情理；

人生诸多哲理，尽在疲惫与诙谐中蕴涵。

复审意见：

　　这部小说集共有17篇小说，其中农村题材的小说写得比较深刻，有生活，人物也生动传神。例如，中篇小说《竹子涧》就写了"我"的不一般的爱情故事。"我"是个高中生，先后到乡电器厂、林场去做工，同厂的小兰"妹顶姊嫁"，要嫁给一个三十多岁的开矿的五毒俱全的暴发户，她不愿意，在结婚的前一天晚上逃跑到"我"那里，"我"俩私下结合了。但是小兰的赌徒爸爸花光了两个姑娘的聘礼。"我"与小兰成婚前，必须得偿还暴发户八千元聘礼钱。全家到处挪借，也搞不到八千元。在矿山的二哥只好担任了最危险的"放炮"工作，凑齐了八千元。可是小兰却误解了"我"和她的好姐妹荷花的关系，出走了。结果，八千元打了水漂，二哥也被哑炮"复活"炸死了，"我"家陷入了空前的灾难之中。这部小说情节很曲折。小说最初部分"我"与小兰的爱情时断时续，像爱情又不像爱情，读者期盼着有戏却因为小兰失踪和"我"因为工厂倒闭到林场看山，彻底的没戏了。却不料林场靠近小兰的家乡，两个人又接上了关系。读者以为爱情之火重新点燃了，不期小兰的爸爸要了高价，"我"家拿不出，爱情可能又没戏了；不料二哥以性命换来巨款成全了小弟弟。这下，两个人的婚姻应该水到渠成了，又没有想到半路又出茬了。小兰离家出走，"我"鸡飞蛋打……小说写得曲曲折折，耐读耐看……

　　中篇小说《那山　那人　那事儿》，写一个城里的医生兼文学爱好者放弃公职到老家山乡种树养鸡的故事。他经历了创业的种种失败，最后成功。小说写得很调侃，对所经历的困难和人情世故都用揶揄、嘲弄的口吻写出，有点像《巨人传》的风格。

短篇小说《大傻韩大》讲的是一个从小就有点傻的农民，他精心地经营了一百多亩的再生林，可是与他有仇隙的村支书却要在那里建砖瓦厂，毁掉他的再生林。他以死抗争，林子保住了，村支书被逮捕了，人们都说他是真正的傻子。小说主题深刻，令人深思……

其他的小说，作者也是坚持了"草根"视野，以小见大，或讽刺，或嘲弄，或鞭挞，揭露了生活中的腐败、黑暗的内容，褒扬了人间正义。

是为序。

目 录
CONTENTS

那山　那人　那事儿

一

那一年进山，我连想都没多想。有好心人感觉我的单位还不错，担心我人走茶凉，劝我别走。我谁的话也不听，怒冲冲叫了辆拖拉机突突突就上了山。

面临一片人迹罕至的丛林，拖拉机手问：你这什么都不带，上山吃啥？

我余怒未息，说：我饿死冻死不怪任何人！

其实拖拉机手睁着眼睛说瞎话。我分明带了两件东西——一坛酒，一个女人。

为什么要带酒？第一，我不开车。第二，那山里要买酒，比林冲风雪山神庙要远得多了。第三，没有酒，我没法平静我的心绪。

为什么要带女人？第一，我气性大，可胆小，一个人不敢住那深山老林里。第二，我一个男人，不带女人怎么叫阴阳平衡？

第三，何况这是一个还要依靠我的新婚女人呢。

山道弯弯，山高路陡，山重水复……

经过了几个三岔路口、五岔路口，拖拉机手累得满头大汗，我已经被颠得直不起腰，女人更是呕吐不止。在一排土墙薄瓦的破旧房子面前，我们下了车。女人当时打了个寒噤。她面色苍白，恐怖地睁大眼睛看着这城市里从未见过的破房子。我兴奋地跳下车。扔给拖拉机手一张钱，便匆匆忙忙搬酒坛子。

后来岳父来看望我，眯缝着眼睛，先环顾着四周的山梁，再欣赏地看着我。那神态，就像心里说：好样的！当年陶渊明不为五斗米而折腰，而今你小子也来效仿！好！好！好！

我理解岳父的"好"。他自己是二十世纪五十年代大学生，新中国一流人才，可在反右的时候挂牌住牛棚放牛。他鼓励女儿说，我们这房子还不错，他那时住的牛棚哪有这么干净，比我们的房子矮半个头。但他后来摘了帽子照样是国家干部，照样住大城市。他一再叮咛要我能屈能伸。我没理睬他。什么能屈能伸？既然进了山，我压根都没想过什么时候伸！天涯何处不长草？我不想跟人吵吵吵。一个小单位，彼此为了个人效益，你盯着我我盯着你，我不想这样尔虞我诈过日子！活着就是活着，难道谁还为了屈而死去，或者为了伸而活着？搞那么复杂，就是活着，累也把人累了！

我把酒搬到山坡，找到一块阳光灿烂的丛林空隙，就着山里初尝味道鲜美常吃有点苦涩的野菜，望着弯弯曲曲出没丛林的来路，喝酒。我不想叹息，我能坚决忍住。我发誓：在山里我一定要弄出点名堂！即使开荒种地，也要图个清静！

每天喝酒时，唯一的女人总是眼巴巴地看着我，在我的三令五申之下给我倒酒。喝得醉醺醺时，女人气喘吁吁地扶我、背我回去。我们第一天来的时候，割茅草搓了草绳，砍树钉了树桩，七绕八绕，盘了一张别致的新床。她小心地把我放在床上。给我盖上薄被。然后她静静地坐在土灶前烧水。

算了。为了这个女人，我不想和外面计较了。她比五斗米值钱多了！我应该平静下来。一坛酒，不能再大碗大碗喝了。必须少喝点儿。我要平静。半碗。我要平静。小半碗……

山里渐渐平静下来。可我们的肠胃却不能平静。当务之急是我们将要解决吃什么的问题。如何生存？问题异常尖锐。我想，住在山里，就要靠山吃山。

我脱光膀子，挥汗如雨，拿锄头开荒。二十几年前，我曾经学过种西瓜。我要种西瓜。

一个暴风雨的前夜，咔嚓一个响雷，西瓜藤一夜之间爬出一米多远。只见过西瓜却从未见过西瓜如何生长的女人喜笑颜开，给我端来满满一碗酒。在电闪雷鸣中，我看着她粉嘟嘟的笑脸，乐了，庆功一般咕嘟一口喝了下去。

西瓜膨胀的时候，女人的肚子也开始膨胀。我喝着酒，望着瓜地，乐滋滋地看她们谁比谁膨胀得快。结果人斗不过西瓜，再一次揭示了生命的脆弱，再一次证明厄运依然紧紧缠绕着我，她肚子里的掉了，西瓜却一阵风一阵雨地疯长，满山真叫硕果累累啊！

等她复原了身体，我们结伴去看瓜。喝了酒，我疯。我现编现唱着《西瓜白蛇传》道：

　　　　红瓤西瓜蜜汁汁的甜，瓜田绿果滴溜溜的圆。小娘
　　子和小仙仙，手牵着手踏着月光到瓜田。
　　　　神仙爱情蜜汁汁的甜，郊外月亮滴溜溜的圆。小娘
　　子和小仙仙，花前月下信誓旦旦到瓜田。
　　　　千里姻缘蜜汁汁的甜，百年好合滴溜溜的圆，小娘

子和小仙仙，心连着心风雨同舟到人间。

人间和瓜田蜜汁汁的甜，爱情的硕果滴溜溜的圆，
小娘子和小仙仙，做得神仙做得农夫到人间。

我们如此这般地看瓜，可意想不到的事情发生了，灾难竟然再次咬上了我。一到黑夜，山里的夜猫子、猪獾等成群结队闪烁着绿莹莹的鬼眼睛从四面八方的丛林潜入瓜地，半夜偷吃瓜，把整个瓜地弄得一片狼藉。站在满山狼藉面前，我流下了从不轻弹的男儿热泪。我第一次真正感觉到了惊人的失败。——山外，我拗不过情绪；山里，我斗不过贼猫！

老天真的要绝人之路吗？

当我不知喝下多少碗酒死去活来终于慢慢苏醒的时候，我听到窗外有一种异样的声音。叽叽、叽叽……

什么雏鸟儿叫？

我搀扶着墙壁，瞪着死亡后复苏的眼睛一步步摸到门外。一缕朝阳从东方穿树度林斜射过来，照在门前的一窝小鸡身上。

阳光特别明媚。小鸡也特别精神。在母鸡的带领下，肆无忌惮地奔跑着，在母鸡的怀抱里摩挲着。

女人拿着纸巾，给我拭去泪痕。她几乎耳语跟我说，不要怕，我们会活下去！我们要用生命养活生命！

我分明听到她的声音在哽咽。

二

自从京剧阿庆嫂说出"人走茶凉"一词，世界就有点变味儿了。

住进了山里，几乎与世隔绝。不知道是消极还是有意回避，

我很少外出看风景，山里真正成了被世界遗忘的角落。披荆斩棘地穿梭丛林追打兔子，适当平静地喝点酒，翻动床前案头堆的那摞书，时不时在阳光下看小鸡刨食成长，伴随我度过春，度过夏，度过秋，度过雪冬时光。

奇怪的是，案头的书本没有一本养鸡的书。只有医学和文学书。女人老用疑惑的目光看我。她的意思是，太不实用。既然不再医学，既然远离苍茫人世，既然养鸡，还留恋什么呢？我以微笑回之，意思是，我的大脑只生了左右两半球，一半为文学而生，一半为医学而长，没有第三者。再说，养鸡，我崇尚的是大自然，自然养殖，适者生存，决不依靠药品和什么新科技去拔苗助长。既然天无绝人之路，既然穷人的孩子天照应，善良的鸡们很懂事，它们养活的是一个身兼两学的文人，奉献特殊，无须我过于费心。

谁能说我暂时离开那把听诊器就抛弃了我的事业？谁能说我远离红尘就不再写文章关心社会和民间疾苦？尽管外面的世界早已是盛世幸福社会，可人的幸福观和遭遇不同，依然还存在不可名状的民情需要向包青天申述。果然，人们打听到我的消息，病人不远跋涉赶进山里找我治病，牢骚满腹的乡民找我诉述心中的不平。当看到呻吟上山者欢笑而归，牢骚肠断者宽心而去，女人暗自点点头。目光渐渐消散疑惑。

然而，很多原来过从甚密的朋友不再来往。呵呵。心静如水。

那年除夕之夜，我站在一道小慢坡上，聚精会神地听外面的世界"噼噼啪啪"的放炮声，看着四周山的脊梁上闪烁礼炮的光芒。外面的世界并不遥远，只隔阻了几道山梁。可在我感觉里，那实在是可望而不可即，可来而不可回。外面的世界真的遥远，遥远得整个世界都把我全然忘却！人们在灯火辉煌和闪烁的礼炮中疯狂，谁还记得，那一圈儿山岚叠嶂里，还有两个与世隔绝的人。

忽然，滴滴滴滴……手机呼啸起来。在这被遗忘的角落，谁想起我了？

过年好啊！兄弟啊，提前给你拜年啊！

一股暖流直窜全身。他！这是我们单位的同事加兄弟。他最理解我。我是一个习惯挑战自己的人，也是一个喜欢清静的人。这些只有他知道。

这位兄弟刚刚吃好年夜饭，就把我的最爱之物送上山来。可他驱车到五岔路口的时候迷了路。

我飞奔到路口拎着那些火热的酒，在寒冷的山岚中，我们对视着拥抱。

重新盘上了龙须新草绳的床上，女人静静地坐着。开着的电视很热闹。可她两眼却看着地下。

不用问，我知道她在想什么。寂寞和孤独比四周的山岭还要沉重啊！轻轻地靠在她身旁，我指着电视说：

这里有全国人民陪伴着我们！

她动了动身子。端详了一阵我渐渐发胖的脸庞，微笑着认真地看起电视里的"全国人民"来。

春节是个转机。全国人民都知道，这是个弃旧迎新的时刻。

春天的气息在大地间奔腾。山外随之发生了翻天覆地的变化。

那天同事打来电话，单位的效益已经有了转机。以前没有效益，穷人气多，人与人之间争吵不休。现在好了，北京开始忙碌奥运了，已经趋向于和谐了。

新年的第一个电话通报了新春。

这已经什么时代了，文明和谐已经是主流。曾经有人说，人类最原始时代，为了生存和发展是千方百计征服自然。和老虎斗，和各种野兽斗。后来随着私有制和智慧的发展，人类发现最巧妙的方法不是战胜自然，而是征服人类自己。人类征服人类，那可真是一本万利。呵呵。后来人类的研究更进一步，再一次新发现，人类最大的效益是人与人荣辱共存，你我双赢！

　　已经习惯山里生活的我，再次声明同事们，我两耳不闻窗外事。我已经度过了山里最陌生最恐怖最艰难的日子。我已经适应了所有。那些生命养活生命的奇迹，已经成了一项技术。公鸡打鸣，母鸡抱窝，山里的两个人不再是孤苦伶仃为活着而操劳，而是要操劳着几千口活着的生命。

　　世界再次阐释了理解万岁的意义。

　　我继续写诗。那年出现了百年一遇罕见的日全食天文奇观，我写道：

　　……渐进为蚕食，半壁失所望。月牙半轮秋，如舟悬苍茫。常言心不足，戏说蛇吞象。何似狂如此，吞日偷天光。光天并化日，大贪贪太阳！天人或合一，天象即人象……清辉更复始，大劫余生忙。重阳开天日，宇宙叹兴亡。盛衰一瞬间，成败万年长。邪恶终渺弱，正义永纲常。虫扑光明死，人因磊落刚。一息尚存哉，日冕炫光芒！……

三

　　秋雨其实很糟糕。说它带来了秋凉，可依然裹着大地里蒸腾的热气。说它给旱地送来甘霖，可它有时候连绵不绝，非把丛林灌醉烂瘫不可。尤其是山里的那条崎岖路，泥浆飞溅，出脚真看两腿泥。我的老牌摩托车的后轮落在泥窝里不停地飞旋着空轮，一时间，黄泥浆天女散花，满世界都是金星灿烂。

　　山那边有一片茶叶地。她从进山那天起，就迷上了茶叶。在炎夏酷暑的季节，她戴着一顶破草帽，系着一条破红围裙，像一团火焰在茶山闪烁。手捧茶叶，喜出望外的她跑步下山回家，搂着柴木棒就往土灶生火。我汗流浃背，晒成了黑非洲。新开垦的处女地毫不保留地赤裸着散发着泥土芳香的肌肤，而且缠绵纠结地粘糊了我的两腿。渴了，回家喝茶。山坡上远远看见一缕炊烟袅袅升腾。快到家门口，听到锅里有嚓嚓嚓炒蚕豆的声音。

一股奇异的香气，夹杂着古怪的糊焦味儿。她在炒什么东西？

她低着头，斜倚在土灶旁，拿着锅铲摁着，那种得意不亚于锻熬着什么黄金；接着掀动锅铲快频率地炒着。

我低头一看，没看懂。随手抄一把，根据颜色和古怪的味儿，很快判断她炒的是茶叶。我一声惊叫。她停住锅铲，愣着看我。我夺过锅铲，沙沙沙几个动作，把锅里的茶叶一股脑儿刮上了岸。

"你干吗？"她又要夺我锅铲。

我把锅铲还给她，忍俊不禁笑出声来。而且一笑不可收，干涸冒烟的嗓子几乎笑得撕裂了声带。我喘着说，没见过这样炒茶叶！真没见过这样炒茶叶！

我镇定了看着几乎傻了的她，做着样子说，茶叶是揉出来的！

我抓起一把早已烟焦的茶叶，做示范教她揉。她恍然大悟了，摆开架势真要揉了。我赶快告诉她：这已经没用了。下次再来。下次我来揉！

我特别小心的一件事儿，是她采野菜。坐在树荫下，她一根一根精挑细选野菜。我急急赶回时常常突如其来的一声惊叫，会吓她一跳。

我几乎是像救火一般扑过去，扒拉出野菜堆里的好多辣蓼，激动地抓起抖抖着嚷嚷：这不能吃！哎呀！怪不得我喉咙老是火烧一般！这不能吃！

春天，山外的人成群结队蜂拥进山来拔小野笋。那其实真的是一道美味。她急了，穿着高跟鞋挤进茂密的丛林，把小竹笋拔回家，炒了满满堆成山一般的一盆。看着颜色，还真有色、香、味。

我馋猫一般飞快地来一大口，咯噔，一声怪响，我像定身术一般立即停止了所有细节——我的嘴好半天合不拢来，那牙帮骨酸疼得眼冒金星。我张着嘴龇着牙，把那几根烧"熟"了的小笋放在砧板上，拿刀剁，嘭！嘭！嘭！三刀下去，剁不断。哇呀妈呀！那可真的比铁筷子还要老三分啦！

日子就在这一天一天的笑声里过着。我感觉自己在不知不觉中肯定改变了模样。一天照照镜子，非洲的皮肤那是肯定的，可猜不透的是在潜移默化中歪鼻咧嘴了。牙齿就像山崖一般往外悬着。一天采了个西瓜，毫不费力地吃瓤，轻易就把西瓜皮戳穿了窟窿。

秋天的雨季来临。我静坐山屋，捧着书本聆听风声雨声。她笑着拿手机要给我照相。我毅然决然，干脆来个咧嘴全露，谁知微风一吹，有些牙齿在风中一骨碌挺起，正如一片荷塘里的荷叶，翻了个身……

四

一大早，我被一桩喧哗的格斗声所吃惊。当时正在刷牙，两眼漫无目的地东张西望。鸡群刚刚出棚，一个个伸颈扑翅脚不点地地走着，忙碌着找水喝。清晨山里的空气异常清新。一缕朝阳从东方的丛林中直射过来，夹带着朝露的潮湿，照耀着秀丽明亮的鸡羽毛，尤其照亮得大红鸡冠红润透明。雄鸡扑腾着双翅，向前用力地伸长脖子，运足底气长长打了一个歌鸣。喔、喔、喔——一时间，整个山坳里欢腾敞亮，一派生机勃勃的热闹景象。

不料突然一声奇异的怪声，我立刻好奇地停止了刷牙，转头看去。两只公鸡不知什么时候斗上了。

两只公鸡扎了架子，愤怒地抖动着大红冠子，脖子上的金黄羽毛根根凌竖。你一个弹跳，直扑我的鸡头；我扑腾着翅膀，直取对方的红冠。几只母鸡惊恐不安地躲躲闪闪，几只母鸡若无其事地围着水壶喝水。

啪啪啪，扑——啪啪啪，扑——战斗在继续。

肯定又是争风吃醋！我拿着牙刷，想走过去轰开这场随处可以发生的争斗。可转眼之间，一只公鸡耷拉下翅膀，甘拜下风之状，惊慌失措的落荒而逃。那位战胜者收敛了架势，昂首挺胸地迈着矫健的步伐走向母鸡们。一只母鸡特别温顺特别恭维地蹲下身子，翘了翘卖弄风情的尾巴，向战胜者奉献它的姣好肉体。公鸡毫不客气——这就是战胜对手必须获得的特权——交配权，悠闲地爬上了母鸡背……

望着那只远远逃到草丛中的战败者，我咕咕嘟嘟地漱了口，轻蔑地对它啐了一大口。

没用的东西！

动物的本能，坚定不移地遵守着自然法则：优胜劣汰。战胜者永远拥有至高无上的绝对权力！然而，不论何种动物，雄性动物从来就是承担责任和担当群体安全的舵手！

公鸡们带着母鸡群，向远处树林和草丛进发。没有雄鸡带队，母鸡只能畏缩一隅，不敢远行；看着山坡茂盛的青青草丛，望洋兴叹。

早晨完成了交配的母鸡们，纷纷满足，自得其乐地咯咯唱着，在草丛里吃草；两只脚奋力扒拉着草屑和枯枝败叶，瞪大眼睛寻找蜷曲着身子蠕动的小虫虫。

公鸡们深知自己的艰巨责任。在每天大规模远行采野食的行动中，它们必须停止觅食和没完没了"采花大盗"之举。它们按照1：50的管理比例，身先士卒，昂首挺胸迈着方步，两只眼睛机警地瞭望着天空、大路、甚至各个角落。当它发现黄鼠狼、野猫和苍鹰这些天敌，或者发现陌生人来临——正所谓危险来临的时候，雄鸡立即发出雄壮且嘹亮的母鸡"咯咯"仿声。母鸡听到这种紧急信号，一瞬间纷纷停止采食，一时间，整个山谷鸦雀无声，一个个机灵地摆动着尖尖的脑袋，警惕地四处张望，同时扎好了架势，随时准备展翅飞逃。

动物是大自然的宠儿，它们尽情享受着大自然"柴米油盐"的无私赐予。然而当大自然母亲出现了异常，动物们立即本能地反应了自己特有的一片孝心——拿什么来拯救你？我的母亲！

那一年，举世瞩目的日全食天文奇观，我特意不远走，就在山里观察这些鸡呀狗呀猫的动静。看看突如其来的大自然变化让动物们如何惊异失常。

7月22日上午，经过一口一口地蚕食，太阳终于被生吞活吃，很快日全食到了"食既"的最后一刻。

我在诗里写道：……食既在此时，大变显仓皇。黑夜遽然至，犬吠对天望。千鸡惊飞器，百蝉骤停唱……

那一刻，山谷里几乎所有的鸡无法接受这光天化日之下，竟然在一瞬间暗无天日。它们爆发着从未爆发过的奇异声音，哗哗哗哗地叫器，扑扑扑扑地飞翔。一千多只鸡同时惶恐乱飞，整个山谷席卷一阵狂乱的鸡旋风，那海啸一般的声音此起彼伏，山谷犹如亿万年前行星撞击地球的震颤和毁灭来临。那声音充斥耳鼓，绕梁辗转，经久不息……

不管是自然界还是与人类相依为命的所有生命，在它们生存之外，另有一个至高无上的重大使命，就是繁衍后代延续生命。那年二月，当最后一只雄鸡被处理，十几只母鸡突然在一周内陆陆续续秘密失踪。当时我们一声长叹。以为酿成大错。以为失去了雄鸡的呵护，失落的母鸡疲惫伤神，在失去保护伞无精打采中一一被野猫叼去。谁知在一个月后，十几只母鸡又相继从各个角落"咯咯"现身。所不同的是，它们各自用它们宽大温厚的怀抱，在它们秘密下蛋之处，孵化出一窝窝小鸡仔。

"鸡二代"再次陪伴我们唱响山里的生命之歌。

五

小山围了养鸡场整整一圈儿。山南边儿，据说已经是外县地盘。一片片苗木林就像外县的触角向本县延伸，拿着锄头干活的山农几乎就是猫着腰正在土地侵略的鬼子。成群结队的鸡们四面散开，惊奇地张望着那些汗流浃背的劳动者，时常把他们当作天敌惊恐逃窜。然而，除了空穴来风的自我惊吓，这些鬼子兵并没有偷鸡摸狗的不耻作为。大家一时相安无事。

可是有一天，树林那边突然出现了一个贼头贼脑的身影。

春天到来，一个机关邀请我为他们写一篇关于创建什么的纪录片。我有自知之明，我虽然有文笔之才，但不是在编之位，谁叫我我都会写，我要的只是稿酬。那天，我正捧着资料在构思镜头的布局而绞尽脑汁，一会儿毛竹林里走走，一会儿树林里转转。呼的一声响，一个矮个子男子躲开一棵树掉头逃窜，把我吓了一大跳。我赶紧尾随过去看看是不是偷鸡贼。跨过两垄地，只见那个男子拿着锄头不慌不忙地在锄草。我疑惑不解地回头走着，当重新回到他爬的那棵树的位置，哦，恍然大悟——那边的池塘边，我女人正蹲在那里洗衣服。

我生气地回头张了他一眼。想：干吗偷看我的女人？

可是我忍住了发怒。他不过是看看，而且是偷看。没有哪部国家法律说不可以看别人的女人啊。

　　我走到池塘边，笑着对女人说了被人掠色的情景。她笑笑。

　　纪录片写了一半的时候，这个掠色问题竟然再一次纠结。问题是我要外出到县城查找资料。这是个锄草的季节，那个外县男子依然在树林里锄草，而且还曾经直接走到我们家来讨水喝。当时看他的样子实在是一个很老实的农民，说话也疙疙瘩瘩。其实那天他并不是偷看。他说他奇怪这原来一直空着的破房子，怎么突然有人居住，还养鸡，还有一个"这样"的女人。我看他不像是装的。可这与世隔绝的深山老林里，我不在，这是个一切皆有可能的时代，谁能想到会发生什么事儿呢？

　　进山以来，这老破房子基本与世隔绝。我不想带什么人进山来看我。除非是文化界和一些要买鸡的人。文化界的人士对大自然很眷恋，这里可以搞野餐，可以生发许多创作灵感。他们对我的评价也比较高——除了生有医学和文学左右两半球的脑袋，还搞了养鸡的微型创业。买鸡的是来考察我的鸡是不是真的原生态饲养。我才不会把素质低下的人带进山的。他们低下的社会地位决定的眼界有问题。他们会怪头怪脑地望着破瓦房，会把我想象成被打进人间地狱的受苦受难者，在外面张扬说我混得如此糟糕。文化界和买鸡的来的时间毕竟有限。所以山里基本成了没有安全感的真空世界。

　　不行，我得先去侦察一下，探听探听那男子的口风。

　　我走了几步，又退回来。这话可怎么说啊？我终于理解什么叫难于启口。我和他只隔了一片小树林，可在我看来，这仿佛是一条辽阔的天河，一片遥远的原始丛林，距离无边。人啦，在没有透明的交流和沟通之前，那距离虽然近在咫尺，可俨然远在天涯啊！

　　我走进树林，一股青草的香气扑鼻而来。有节奏的锄草声突然为我的到来戛然而止。

来啦？他问我。并且扔下锄头走到挂在树上的衣服前摸香烟。

我连连摆手拒绝香烟。经过一番攀谈，我发现他实实在在是一个可怜而又老实的庄稼汉。已经五十多岁了，几年前又死了妻子。可是他很勤快，他家的树比其他人的树长得又粗又好看。地垄沟整理得几乎像桐油涮过那样光亮、干净。

当我从县城回来时，一切都很正常。那男人没有越雷池一步。

我写东西写不出来时有个习惯，树林里到处走走，想想。经常循着锄草声去和他攀谈。他挥挥手划拉着山坡下面的一大片树林，很兴奋地赞美他的劳动成果。看着他那一片估计资产一百多万元的树木，一种对劳动敬佩的心情油然而生。一来二去，我忽然有了个奇怪的想法。

我回去跟女人商议。她在城市里的女同事，有离婚女人想到农村来嫁人，看可否给那男子介绍一个。

这几年时兴城里女人嫁到农村来，我家的这个就是证明。

她掏出手机打电话。果然，第二天我们就到镇街车站接来了一个烫卷着头发的半老徐娘。

我们把那男子喊到养鸡场门前坐坐，又把那女人带到树林里看他的资产。嘿，两人一拍即合了。

嘿嘿，这件意外的成人之美事件后来的故事，谁都意想不到，会突然来个戏剧性的变化。

一个月后，那个城里女人带着另一位陌生男子来到我们养鸡场。陌生男子也是个农村打扮。我左看右看看不懂怎么回事儿，直接就问了：他，你们，怎么回事儿？

那半老徐娘也不相瞒，实话实说：你给我介绍的那位，文盲，不识字。他只会干农活，不会用手机。用手机只会接电话，不会拨电话——他不懂1234567890。他想跟我打电话，还要请人拨号。得，请这位朋友拨。偏偏这位也是单身，他暗自记住了我的号码，竟和我联系上了。我一想，那么老实巴交只知道干活的人，尽管他家产百万，可生活在一起有什么情调啊？我反正认定要嫁农村，可也要嫁个知事达理的男人啊！手机都不会用……叫我……嘿嘿，我看还是换了这个才对！

　　我和老婆一阵似懂非懂的惊诧之后，忽然哈哈呵呵嘿嘿地一阵放声大笑。

六

　　　　瓜棚旁边搭狗棚，
　　　　人狗相伴乐融融。
　　　　共守西瓜圆如梦，
　　　　遥指繁星辨牛童。

　　这该是多么宁静、安谧的时光，该是多么充满憧憬的夜晚！满山满坡硕大的西瓜给我们带来无限喜悦和梦想。人是很简单的，给一点星光就会灿烂，在突如其来的丰收面前，我竟然忘乎所以，又是作歌又是作诗。可谁也想不到，人生的失意往往是乐极生悲，一夜之间，能掐会算，常年不见踪影不知活动在哪个角落的野猫和猪獾们闻风而至。它们略施小计，用它们一贯行盗的野性来对付一个书呆子，对付被我驯化成诗人一般温文尔雅的小狗，把满山坡的西瓜搞成稀烂的一锅粥。当看到满山狼藉，我当时有些眩晕和流泪。接下来，就开始了长达一个月之久的斗猫之战。这事儿在前文已经有所交代，但很粗略。我想在此细致地谈叙谈叙。这是特别为了告知那些只知道西瓜甜而不知道西瓜苦的朋友，那一个月的"斗猫"是怎样的一种经历。

　　我擦干了眼泪，第一件想到的是"亡羊补牢"。我飞速赶到镇街去买了五百米长一米多高的丝织网。

　　穿上老厚的胶鞋，心急火燎地砍来杂柴当树桩。每隔三米距离，钉一根木桩，拉开丝网，拿锄头挖厚重的泥土压住网底。我一个电话叫来儿子。这应该是一场生动的劳动教育课。那么炎热的夏天，我们父子俩一直忙碌到夜晚九点。山里仿佛蜻蜓一般大小的蚊子把人叮成了刺猬。十八九岁从来没见过锄头是何物的儿子几乎要哭地说，爸爸，别干了，我们花钱买西瓜吃还不行吗？我说，儿子，我们现在不是买西瓜，而是要卖西瓜。懂吗？我们要卖西瓜！

　　网并没有起什么作用。这网不像法网疏而不漏。勉强过了一个平安夜，第二天的夜晚，西瓜地里又闪闪烁烁了一群绿眼睛。

　　山下的村民告诉我，网是拦不住的。那些野猫为了吃食，会跳。牵电灯试试看。

　　当夜，五只250瓦白炽的大灯泡把整个瓜地照耀得如同白昼。

　　野猫被这突如其来的变化搞懵了一夜。看来人类文明在关键时刻真是必要选择。

　　然而第二天，野猫很快在饥饿中醒来，那几盏电灯恰恰给它们照亮指引了圆蓬蓬的西瓜所在。我这时才知道什么叫双刃剑。野猫借着电灯还可以清清楚楚看见我的行踪。它们和我干上了游击战。

　　放炮！野猫不可能不怕放炮！

　　我飞奔上街，买来两挂鞭炮，买来五十多个大炮仗。找来一只废旧喷雾器，把鞭炮点燃迅速扔进喷雾器里。鞭炮在喷雾器里发出原子弹般的爆炸声，把我自己都吓得掉头跑远。小狗也吓得嗷嗷叫。回声在山谷旋转，久久不息。

　　烟消云散，山谷寂静如磐。

　　我抚摸着小狗，闻着漫山遍野的硝烟味儿，痴迷地欣赏——战争，炮火，硝烟，威力无边的效应！这就是一个种族威慑一个种族，一个利益集团对抗另一个利益集团的强大武器。在人类高喊保护动物的今天，动物竟然如此可恨，你说什么叫作良心？常说人为财死鸟为食亡，为了口中食它们竟会不择手段！就像那些腐败官僚，国家养育他们给予他们高尚的社会地位，他们竟然毫不领情，依然使出伶牙俐齿来啃噬国家基石。我为人类感到困惑。人类发展到今天，依然不能单纯依靠文明来保护自己，依然需要用暴力来对抗暴力，用战争来消灭战争。伊拉克那边是这样，我这种植西瓜的小小领地更是如此。

　　万万没有想到，战争和炮火的恐惧只能打成片刻的臣服。在我鞭炮之后加上大炮仗的疯狂巨响之后，野猫仿佛是受到炮火的训练，仿佛在战争中学习战争，他们依然像那塔利班恐怖组织一样活跃异常，在不知名也不知下落的野猫"本拉登"的指挥下，在电灯的照耀下，跳过丝网，冒着炮火的威胁，和人类争抢这即将成熟的西瓜。西瓜的爆炸声，几乎就是恐怖分子在世界各个角落接连不断制造的爆炸声，震人心魄。我整个身心再一次面临崩溃。这个时候，我唯一的打算，就是放弃。

　　一个停电的夜晚，整个山谷仿佛进入一个巨大的黑洞。消极得一塌糊涂的我再一次醉得稀烂，在女人的不停劝告下，我踉踉跄跄走到瓜地去，要牵回我的可爱小狗——我的诚实的朋友。

　　已经抱住了小狗，可我还是不停地呼喊着它的名字，说：小侠，小侠，跟大侠一起回家。这西瓜，我们保不住，不要了，回吧回吧……

　　嗯嗯。小狗摇头哼哼着。

　　它不是不愿意回家，是它的锁链被一棵树桩缠绕了。

　　我掏出打火机，点亮了，要为小侠解锁链。

呼的一声响。就在打火机发出火光的一瞬间，瓜地里发出一连串的奔逃声。

哈哈！野猫怕火！它不怕电灯，它怕火！

这个小小火光给我带来了巨大灵感。从此开始，我买来了一箱蜡烛。每隔五十米远的距离，点一支蜡烛，外面套上一只红纸蒙成的套子。一片西瓜地里，排成了连串的红灯笼；灯火闪闪烁烁，顽强地抵抗着从各个角落刮来的山风。历史再一次证明，人类文明是可以战胜一切的！站在山梁上，小侠兴奋地摇着尾巴，望着我被灯火映红的脸庞，发出大功告成的庆祝叫声。

汪、汪、汪。成、功、了！汪汪！

七

"小侠"来自苏州。妹妹驱车从苏州赶来，专程把小侠送来。

刚送来的时候，看到妹妹抱下来一只像狮子一般灰色卷毛，可体格仅仅大于兔子，并且将来无论如何生长也仅仅大于大兔子的哈巴狗。我的头摇得像拨浪鼓一般，觊觎着说，这城市的宠物狗啊！到这深山老林里来看家护院？哈哈！

可妹妹争辩说，你别看它小！那些大狗还要拜它为王呢！去把你那些大狗唤来，让它们拜拜！

我不能辜负了妹妹的一番诚心，勉强把它收下，说，别拜了，大狗会一口咬死它的。

妹妹坚持说，哥你懂啥？狮子毛狗是狗王！你信不信？看啊，看啊，你看，那些大狗见了它的神态！你看！

真的，小巴儿狗拿出城里人那种派头摇头晃脑走向几条正在打量这个新伙伴的土著大狗，大狗们不停地对它连连恭维地点了点头。哈！难怪有些乡下人见了城里人那种低眉顺眼，这狗也这个味儿啊！

也罢，我这山寨成了城市兼容所和城乡结合部。社会的变化真是三十年河东四十年河西。三十年前乡下人削尖脑袋往城市里挤。当年山下那个小社办企业厂长把户口办成了农转非，说话的味儿都变了，走路一步三摇，眼睛朝天看，根本忘了他是谁，很多人问他姓啥全然不知。可现在，恰恰反了套，现在城里人挖空心思到农村来。那个曾经的社办企业早已烟消云散，厂长今非昔比，那个农转非户口可就苦了他了，基本剥夺了他在农村里应有的生活资源。责任田也没了，责任地也没了。往昔的厂长今日潦倒了，做梦都打主意要把户口重新转回农村。农村的荒山荒地摇身一变，价值飙升。山南边外县的一大片荒山，被湖州城里一个什么退休局长承包了去。他和他的漂亮夫人离别城市，一头扎进了那山旮旯里。随着城市和乡村的联姻，这原本几乎原始荒凉的山山沟沟，正在脱去那层荒凉的外衣，换上了崭新的绿色新装。山沟和原野到处是摇钱树。不论是城里人还是乡下人，思维观念都结缘"经营"二字，构建新的经营模式。就说养鸡，一只鸡，在山沟里充其量就是一只吃草吃虫子的鸡，可一旦送到城里，那可就一跃而变成凤凰。被扰乱脾胃蹿高了血脂的城里人迫切需要回归那种原始生态的生活，要把吃出来的病吃回去呢。

小侠真的很厉害。侄儿送来一只小白狗，蜷曲着歪腿，模样难看，胆子又小，见了所有的狗只有畏畏缩缩的后退乞怜。在食物面前，狗们的争斗不亚于那些霸权集团和贪心政客的狰狞，不但钩心斗角，欺强凌弱，而且是凶相毕露你死我活。小白狗常常被那些大狗咬得死去活来，哭爹叫娘。可自从小侠来了以后，它竟敢摇头晃脑地直闯狗阵，为小白狗打抱不平。只要小侠汪汪上阵，那些大狗瞬间收敛了张牙舞爪的气势，放小白狗一马，然后

摇尾而去。后来我才知道这狮子毛狗来自剽悍的阿拉伯世界，虽迁居苏州多年，但世代汲取了苏州犬类勇武的非凡气概，那身手自然非同凡响。

我抚摸着小侠的狮子毛，叹息道：你真的也是一只虎啊！可你如今虎落平川，英雄无用武之地啊！我只能送给你一个好听的名字，叫你小侠，褒扬你的侠肝义胆。

小侠很懂事，分明懂得人的亲热，于是忠诚地做好自己看家护院的本职工作，尽心尽职。

一天晚上，我被一阵狗叫声所惊醒。翻身而起，拿着手电随狗叫声奔向山谷。大狗们懒惰地在门口场地上虚张声势地叫唤，只有小侠单枪匹马跳跃着奔向山谷，在密集的丛林中搜索追赶。

这娃子！好样的！

从那以后，我和小侠结为知己，在写作之余，几乎寸步不离。我写诗，会把诗句念叨给小侠听，看它聚精会神地凝神静听，真的感叹动物那种智慧的灵性，也感叹传统文化可以教化一切的力量。我散步，会带着小侠漫步山梁，感叹崎岖，指点夕阳，听百鸟音韵，观草木盛衰，陶冶我们平静心情。就这样潜移默化，没多久，小侠被我驯化成一只温顺的羔羊，竟泯灭了昂扬斗志。这文化其实也是双刃剑。太文气往往忘战丧国。所以终以至于西瓜地里一人一狗一大一小两个书呆子看瓜，竟斗不过狡猾的野猫和猪獾。

在小巴儿狗身上，最让人纠结的是它永远无法改变的本性，它那巴儿狗谄媚之态。在所有狗群里，巴儿狗最会黏糊人，讨好人。我每走一处，它就像个跟屁虫，亦步亦趋。一支笔落在地上，它会用嘴咬住给你捡起来。有事没事，它会爬在你跟前，表演世界上最精彩的打滚给你看。我想，或许巴儿狗没有错。这或许应该纠结的是人的本性，对于谄媚，人总是欣然快慰和心花怒放。这无形中助长了巴儿狗巴结人的奉承伎俩。

或许都没错。前面不是说过嘛，"人狗相伴乐融融"啊！

八

去年冬天死去的那条白狗，总像是一道白色的影子，时时出现在虚幻的视野。我总觉得，它死得太冤屈。

说实话，我家养了五条狗，我最不喜欢那条白狗。

第一天侄儿骑着摩托把它送来，很小，可两条腿很粗，还弯成了罗圈儿腿，比例失调的样子，很不中看，我只想让侄儿带回去。可兴致勃勃的侄儿说话请功的样子——他可是从一个很远的朋友家里讨来的，为了我的林场和养鸡场。我不能磨灭了侄儿的一腔热情，把狗留下，并一再叮嘱他继续帮我寻找小狗崽，越多越好。侄儿一走，我便把这条小白狗随处一丢，让它听天由命去。

吃晚饭的时候，门外有小狗的叫唤声。我端着饭碗出去一看，果然是那条小白狗，在两条大黄狗的夹持和威吓下，进不敢进，走不敢走。看它那个可怜样子，我喝退了两条大黄狗，扔给它一只小饭团。我刚侧转身进屋，门外一阵骚乱，只听到小白狗痛苦地叫唤起来。我几乎是蹦跳着跑出去，大黄狗们惊窜而逃，小白狗的身上弄得很肮脏，腿也瘸了。我远远地骂了那两只大黄狗几句，接着便懊悔不该给它一只饭团招来横祸。

我改变了原来的看法，想着什么办法，得把它放在一个安全的地方养起来。

用绳子系着它单独关在一间瓦棚里，关上门，与大黄狗隔绝。

可是，那间房门很脆弱，禁不住大黄狗们的抓挠，小白狗反而更危险了。必须把它放出来，活动在我们家人的眼皮子底下，才能不让大黄狗们因抢食而咬它。于是，又把它放出来。

几经周折，弄来弄去，天天在喝斥声中保护着它一点一点地长大。麻烦透了。我后悔当初没让黄狗咬死它算了。

小白狗在这种卑微危险的处境里终于长大了体格。可在其他几只狗面前，它永远低三下四，挺不起腰杆。总是畏畏缩缩的样子，就是山上有了动静，几只狗争先恐后的奔驰着追咬，它可是有一搭没一搭地叫几声，叫也叫不响亮，边叫还边往后退。我看了来气。可是已经养这么大了，气就气呗，也不想和它一般见识。

可是，它的一次重大过错，让我拿起了锄头，下狠心要打死它。

那天，我端着饭盆去喂食，一群狗前后跳跃着让我迈不开步。我没走到大食槽，就在一只小盆处倒下了食料。几只狗抢成一团。不防，白狗情急之下，一口咬在了我的腿上。我吓了一大跳。跑到旁边撸起裤腿一看，还好，一点牙痕，没见血。家人见状，吆喝着要我快去打针——狂犬疫苗。我说，没事儿，干吗去丢那几百块钱？但经不住家人推送，还是去打针。打针的医生说，现在镇上已经死了几个狂犬病人，那条狗咬人，养不得了，再咬了谁，又要打针，又要花好几百块钱。说得我心惊肉跳，不由心生恶念，决定今晚就拿锄头打死它。

回到家里，天已黄昏，我吩咐把其他几只狗一块儿先喂，把那白狗带到树林里单独喂。我早已拿好了锄头等候在那里。

可这白狗也不老实，竟偷着去抢吃其他几只狗的食，这可招来大祸，一只大黄狗吼叫着扑上去把它咬得满地打滚。鬼哭狼嚎般的痛叫声音传过来，我急忙赶过去看。一看，那大黄狗还在撕咬。我火了——几个月的火都迸发出来了，它们已经欺负它几个月了，今天它就要去死了，它们还不放过它。我一阵追打，把几条狗打得四处逃散。我回头看了看白狗，叹了口气，便把锄头扔了。

它从来都是这个可怜样子，要打死它，实在可怜。

白狗就这样又活下来了。

冬季来临。大雪封山。山里偶尔会有盗鸡贼出没。养狗千日，五只狗到了派用场的时候了。不同的方位，五只狗各得其所；威武的大黄狗们肯定放在重要路口；白狗被拴在西边的偏僻角落。谁也没有想到，盗鸡贼不敢走路口，他就挑了偏僻之处走，还扔下了"三步倒"药骨。第二天，我踩着雪地去看白狗，狗却不见了，只见一堆白雪颜色白得有些反常。我突然看见原来是白狗睡在雪地里，身上盖了一层积雪。它已经死了。

我站在雪地里，好久好久没有挪脚。又是我错了！我不该把它们都拴起来，让它们彼此之间不能照应。更不该弄反了，偏僻之处才是最危险的地方。

看到雪地里有零乱的鸡毛，我感到自慰。那或许是对错误的一种惩罚吧！

九

在山上的几年日子，在新的生存方式里，我想改变自己。我努力追求一种"静"状态，我有一个常人不知的癖好——练筋练骨，练气练神。

穴居深山老林，一头扎进绿色海洋，外面的喧闹世界突然隔离遥远，烦闹的心从此在山间冷气中一点一点幽静，仿佛渐渐沉浸海底。这种环境和心绪的变化特别适合追求诗意和另一件很有意义的事情——就是练筋骨。

我对中医很崇拜，几乎入迷。在我购买和"学而时习之"的书籍中，中医占了三分之一。自古代先圣的经典和后来新贵的《思考中医》等，我是精心地深读细研，常常在一些场合津津乐道中医知识。我坚信天人合一的中医理论，同时更对"医者意也"理论心领神会。一年四季的气候变化和地理环境的变更，都会让人想起"天人合一"。江南气温平和，湿度高，所以人皮肤细腻；北国沙漠空气干燥，风沙大，所以人皮肤粗糙。人居什么样的环境，空气中飞扬着什么成分，人体内环境一定含有空气中的物质。缺碘地区人体内也缺碘，含铅重的厂房里工作的职工体内含铅也高，这已经是不争的事实。我现在一头钻进了绿色海洋里，氧气特别养脑，我感觉人的思维特别清晰，虽历经世故，却记忆不减当年。为了更加利用好这些天然资源，我横下心要对它们狼吞虎咽。

冬天成了我狼吞虎咽的最佳时节。

中医理论告诉我，春生夏长秋收冬藏。冬季，人体的阳气随时令而收敛。人应该顺应天时，冬天千万以收敛为主，早睡晚起，早上太阳升起的时候起床。太阳给大地带来阳气。我尽情地收敛阳气，狼吞虎咽的时间就在太阳平地的早上。

为了能够放开胸腹汲取山里的氧气，我自创了一整套因地制宜练筋练骨练气练神的方法。这一套其实是每天清晨的练功心得。这里详细叙述，以便交流。

第一步，爬山。房后那座山，斜坡六百多米长，我一口气奔跑上山。跑步的运动活络了人的整个机体，通络了所有经络，畅通了全身气息。在练气之前，疏通经络很重要。一个人早上起床时，往往昏昏沉沉，这主要是经络还没有疏通。稍微活动活动，喝点白开水，人的精神渐渐开朗，这就是疏通经络之故。根据"冬藏"理论，尽量不要出汗。一般爬到山顶时间，恰值旭日东升时间。日初上，大地精气神也正在蒸蒸日上。加上刚刚爬山活络了筋骨和经络，此时狼吞虎咽事半功倍。

虽然狼吞虎咽，但也要像吃饭，当是一口一口地吃。

我把山间的空气按照能量分为三种。也取了三个用来区别的名字。一种叫生气，一种叫灵气，一种叫真气。

何为生气？在自然界，树木、草丛、百鸟百虫活的生命，都是依靠从大地升腾的地气而生存。这种能够养育生命成长生命的地气，就是生气。常言道：生气勃勃。就是那种仿佛和大地相连的血脉一般滋生万物的无形的气息。百草有生气而长，百鸟有生气而鸣，人有生气而长而鸣而动而思。

何为灵气？清晨，一种蒸蕴在所有草木之上，游离在山谷沟梁，缭绕在林间，飘忽在感觉之中的气息；在朝露里光鲜清亮，在旭日光辉里蠢蠢欲动，在感觉中沁人心魄的气息。也可以说是植物的那种光泽，百鸟的那种音韵。如果说生气是一种实在，那么灵气就是一种虚无。如果说生气扎根大地，那么灵气就是游荡乾坤。如果说生气供养了百草木的生命，那么灵气就是百草木生命焕发出的一种精神和灵魂。

所有生命，无生气则无地脉，则衰；无灵气则无精神，则死。

人也是这样。有生气，有地气五谷的养育，有空气鲜氧的滋润，则活；有灵气，精神焕发，灵魂生机，则神。

何为真气？简而言之，一言以蔽之，上二气为人所用，就是真气！我打个比喻：你看山间的枯木，不为人所用时，就是满山的垃圾；只有为人所用，把枯木捡回家，并且燃烧在灶锅中，这些枯木就不再是枯木，而是另有一个实用主义的名字，叫柴！生气和灵气也一样。只有在为人所用时，叫真气！

如何把生气和灵气转化为人所用的真气？靠的是呼吸运动，靠的是意念。

呼吸运动很简单。就是在爬山之后，经络疏通之后，运用人的呼吸器官，在山巅之上呼吸。呼吸时，至重关键是要"静"！唯有静下心，静神，方能呼吸生气和灵气。

也只有在静的状态下，人才能发挥意念的作用，呼吸生气和灵气，并且将它们运送到各个需要气息的器官，变成真气。

这个动作说起来复杂，其实很简单。吸气，自鼻入肺，自肺入腹，沉入少腹，然后屏住呼吸。用意念将气息固守在丹田之处，是把真气转化无限生机的一个里程碑。丹田何处？脐下三寸也，即关元、气海之位也。屏住丹田气，就是护住生机。

约莫用意念将真气在全身各个器官巡回一周，顺序是上下两路：从丹田始，将气息运送至膝至脚底涌泉穴；从丹田始，将气息运送至腹至胸，在胸中做一回旋，轻轻呼出。呼出时，意念中将体内病气、浊气呼出。

在练气中我总结，生气无处不在，生气随时可以和身体内命血相融；命血无时不行，体内永远是个川流不息的机体；一呼一吸之间，人自然可以吐故纳新。

其实，练气就是一个吐故纳新的过程。

此时此刻，你会感觉到生气进来了，和体内的命血交融，和体内的细胞液相交融。灵气进来了，和体内的基因相交融，和人的免疫力相交融。这时，生气和灵气自然转化了，变成了真气。

此时此刻，你会忘乎所以而又神清志明，虚无缥缈中荣辱皆忘。心静如水，尘缘无我。整个人的灵魂都处于一种清空灵畅的感觉。

敢情名山大川里得道的仙人（如果有仙人）也是如此。

何为练神？我用的是意念。人体内先天存在着免疫力，存在着基因。我在练气时，会用意念调动体内的基因和免疫力，用意念想象基因和免疫力与病气、浊气作斗争。这是我想象的一种"神医"法。心理学揭示过人的暗示作用。练气时就是要调动这种暗示作用，战胜病气。也许你是一个健康者，并没有疾病。可我们把感觉中的某些不适之处当作假想敌，依靠吐故纳新来战胜它。

练气困难的是下雨天和黑夜。不过我照样有办法克服。要想持之以恒不缺课，依然必须依靠意念，运用练神来补课，用意念推动视野运动全身。何为视野？我把视野命名为外视野和内视野两个概念。外视野，就是站在山头上真真切切看到的那些山川景物。内视野，就是记忆中的景物和想象中的体内器官。下雨天和黑夜，躺在床上，运用意念呼吸，呼吸内视野中的山川景物的生气和灵气，一样地屏住丹田之气，一样地运化全身，一样地转化为真气为人所用，一样地用意念调动体内免疫力和基因，一样地作抗病和健体的思维，一样地将废气、浊气和病气喷吐而出，一样地完成一个吐故纳新的过程。呵呵。好玩儿不？

不好玩！人的第一要务是必须战胜自己，提升自己。包括健康。

十

因为一次意外惊吓，在山上生了一场病。因为生了那场病，接触到本镇地区很神奇诡秘的一种神教文化。

山里的环境，说起来那么热闹，很多没去过的人，总是神往那种幽远和僻静；可去过的人，不是期望值的落差让人失望，就是文化人为了寻找创作灵感再次进山时纷纷在三岔路口和五岔路口迷路。我自己曾在酒后迷路。这一迷，不得了，道路不是越走越宽阔，而是稀奇古怪的羊肠小道。回旋来回旋去，黑夜里竟摸到荒无人烟的死山谷。我本能地对那些多岔路口望而生畏。偶尔还听到那个锄草的山农说些神奇鬼怪的话。他为了渲染鬼话的诡异性，他在我绞尽脑汁构思文章时带我在山谷转圈子，一一指点茂密树林中的一座座坟堆。从路口开始到养鸡场我们住宅的窗口，二十几座老坟堆。他说"远怕水近怕鬼"，倘若我们是本地人，夜晚是不敢走那条山道的。他说那个最低凹的山洼，人称老坟洼，当地盛传"鬼打架"传说，常有长发女鬼在深夜或雨天现身。我是个不信鬼神的唯物主义者，自然不把他的话当回事儿。

可说起来容易，那是大白天，可一旦夜晚孤身走路，必经那山洼时，常常突然想起那山农讲述的长发女鬼。去年中秋时节的一个夜晚，毛毛细雨。我的摩托车在回山的路上突然因断了链条而歇火。我走到山洼，弯弯曲曲的山道遮遮掩掩，两边茂密的丛林在混混黯淡的月光里影影绰绰。这种混沌雨夜容易给人视觉上的错乱，可那女鬼的故事竟在这关键时刻闪现。思维似乎故意逼着你想象那山农描述的女鬼，想着那飘逸飞散能遮住所有的长发。我极力控制自己出了轨的思维，可是已经身不由己。我屏住呼吸，两腿软飘地走路，耳朵的全部神经高度警觉，在整个山谷里捕捉一丝一毫的所有声音。一不小心，自己高度紧张引起的鼻孔粗大的呼吸音突然变成响亮的哨音，当时令人头晕目眩，几乎跌倒。正在此时，只听草丛中一阵簌簌簌的响声，在那朦胧的月光下，我分明清楚地看到，一只黑色模糊一尺多高的小个子身影向我直奔而来！我本能地飞快地跳腾起来，冲着跑向我身后的那个小黑影一声大喊：什么东西！说时迟那时快，那团黑影在我屁股后面一骨碌跃过山路，簌簌簌地钻进草丛中了。

我已经全身瘫软，眼冒金星，感觉整个耳膜里嗡嗡作响。此时此刻，所有世界都是一种强烈的空白，我只有一个强烈的举动：撒腿快跑。

我跑啊跑，耳边呼呼风响，其实并没有刮风，后来才知道那是我精神崩溃一种感觉错乱的反应。

回到山上住宅，苍白的脸色和惊恐万状之状，以及簌簌发抖的躯体，把她吓得翻身爬起，说话也变了音调。

第二天，人病倒了。发烧，恐惧。

吃药，自己跟自己打针，自己跟自己输液。可就像我们医生经常遇见的严重流感病人一样，白天体温退下，夜晚体温一蹿再起，烧得火烫一般。

镇街的同事飞奔而来，带来新的抗流感病毒良药，**输液再输液**，发了我一身又一身的巨汗，依然无济于事。

同事开着车，送我上医院。医院里还是输液，还是发汗，结果还是无济于事。

一个好心的大嫂见状，她皱着眉头，察看了我依然恐惧的神态，问，你好像是受到惊吓吧？

我赶快点了点头，把几天前那个夜晚的怪事儿说一遍。她倒没说那是什么女鬼，而是说那是山里的猪獾之类的动物。我相信她这个无神论的判断。可是她又神秘地告诉我，受了惊吓得病，不能这样输液。输液毫无用处，必须到一个老阿婆那里去"收"一下。我问，收什么呢？她理直气壮地说，当然是收魂啊！你的魂魄给吓掉了。

我紧皱的眉头更加紧皱。既然我不相信鬼神，当然不相信魂魄。可那大嫂一直在叨叨不休。我不禁好奇地一转念，想：也好，平生从未经历过什么叫收魂，就当去考察一下民俗和宗教信仰。于是便匆匆起身，随大嫂前往。

转过一道道街巷，到了一段灰色的老街所在。一棵粗壮弯曲如虬的古树下，有一间矮小的老屋。那大嫂指点给我看说，这就是远近闻名的祠山庙。

啊！我研究过祠山爷这个神仙故事，知道很多地方都有祠山庙。原来这个街道也有祠山庙！

就在庙墙一侧，大嫂领我进了一条小巷，走进一个小院子。大嫂对院子里喊：阿婆，快给这个兄弟收吓！

一个很平常的老奶奶正在烧饭，系着围裙，双手搓着，耳朵不好，大声问我们咋回事儿。那大嫂大声喊的还是那两个字：收吓！

老阿婆也不再问，要我坐下。拿了一只家用的饭碗，碗里盛装着大米，用一块红布包了。然后就在我头顶上旋转。我听到她嘴里不停地念念有词和碗里大米的沙沙声。然后打开布，看了看米，我也急着看，那米好像蚀去了一小半，形成了月偏食一般的缺口。老阿婆说，是遭吓了。那大嫂的脸上一阵兴奋，好像被她言中，她做了一件非同寻常的好事一般。老阿婆把我领到一间小屋，里面供着一尊加彩石膏菩萨像，早已被香客们装扮得五彩缤纷。她递给我一束香，要我跪下，给菩萨磕头；在一只袅袅冒烟的瓦盆里烧香。

那大嫂在一旁说，这供的是祠山爷菩萨，很灵验的。

气氛在一瞬间变得肃穆异常。

经过这样一番周折，我的心情早已放开了那种恐惧；经过一阵肃穆的心情，我的机体内部细胞发生了化学变化。我感觉人一下子轻松舒畅。我认定今天回家一定会痊愈康复。

这次经历揭开了一层神秘的神教面纱。

我不认为这是老阿婆真的把我丢失的魂灵找回附体。我认为这是名副其实的心理治疗。只是古人民间不懂什么叫心理治疗，在儒、释、道为传统文化核心的中国，将其归功于神化不足为怪。

十一

俗话说，隔行如隔山。不养鸡的人不懂这个问题：养鸡人怕什么？

有人可能会回答：最怕黄鼠狼。

错！消灭了黄鼠狼还有鹰呢。

只有养鸡人才知道：养鸡最怕的是卖鸡。

我的亲身体会是：当卖鸡困难的日子，我还天天盼着黄鼠狼快来多来，叼走一只我少操心一只，全部叼走我万事大吉！

第一年养鸡，元旦时节，一批小仔公鸡脱颖而出，尚未开叫，可以上市了。有人指点我，元旦那天早晨，把鸡拉到菜市场去，不但好卖，而且一定能卖好价钱。当时心里一阵欣喜。可那人走了，我愁眉苦脸了。

问题是：我上哪个菜市场？本镇街菜市场，那是绝对不能去的。眼一睁，满街的男女老少谁不认识？我可从来没有抛头露面卖过鸡啊！谁都知道我是脖子挎着听诊器的医生，怎么一反常态搞养鸡了？那会有多少人对我的命运产生无限遐想和猜测啊！不行！太丢面子！本镇绝对不能去！可是，既然养了，就要卖。等雄鸡仔它们开叫了，长大了体格，人说不仅会失去滋补功能，反而会变成是一些慢性疾病的诱发因素，人称"骚公鸡"。到那时谁要啊！我整整考虑了一个下午，想出一个办法——把鸡拉到附近外县的一个小集镇去卖。

第二天天没亮。我和她把鸡装进两只借来的鸡笼，把鸡笼捆在摩托车上五花大绑。我坐前面（基本坐在油箱上），鸡笼在后；因为她从来没有经历过怎么卖鸡，好奇，要去；再说我一再坚持叫她去，万一遇见熟人了，我就叫她坐摊儿而我自己可以逃离（你说这是什么逻辑？人家卖东西盼遇见熟人，而我仿佛这鸡是偷来的，怕熟人）。她坐中间。

后来我写诗纪念那个天还没亮的早上：载鸡赶早集，山道雾弯弯。摇晃上下坡，孤灯照长天。

怕有鬼就有鬼！到了菜市场，天还没大亮，市场上一些摊位闪烁着零星灯火，买客稀少。我找了个空位置，把鸡笼从车上放下来。我对她说，我们趁买客还没来的空闲，先轮番吃早饭。你先吃，我后吃。她点点头。但她不知是计。她先吃，吃好来看摊儿。我后吃，买客陆陆续续就要来了，她看摊儿，我可以假吃饭之名溜远点儿。呵呵。

果然不出我之所料。她刚吃好来看摊儿，市场上就热闹起来了。我像逃避赃物一般哧溜一下跑到早点店里坐着，斜靠着门，远远地对摊位那边观望。不一会儿，那边蜂拥了一堆人。我边吃边为她着急。她肯定又卖鸡又收钱，一定很忙碌。又担心她收假钱，于是我吸溜吸溜地加快速度吃面条，想尽快赶过去帮帮她。可是，那么一大堆人，万一有熟人夹在中间怎么办？犹豫了好半天，终于硬着头皮慢腾腾走过去。谁知，还没走到摊位面前，就看见有些骚乱。她正弯着腰连拖带拽，还不时伸长脖子在人缝里寻找我，要把鸡笼往另一个地方搬。原来，我们占了人家的摊位。那地上划的一个个白色圈儿，都是别人花钱买的摊位。我几乎通红了脸，赶过去和她把鸡笼抬走。先抬放在另一个空圈儿里，不一会儿又来了人，也一样赶我们离开。又放在一个圈儿里……天大亮时，我们一直搬到了菜市场大门口，总算没人再来赶我们。

天啦！暴露在这大门口，我几乎有一种赤裸着脱光了的身体站在大街上的感觉，无地自容。我不是一会儿小便就是一会儿撒尿，让她一个人照看着摊位。

几个圈子转下来，她那边一只鸡笼的鸡已经卖了大半。我左看右看真的没有熟人，正在暗自庆幸既挑选了个好日子又挑了好地方，一步一步向摊位走近的时候，意外就在突然之间发生了。

大侠！一个女人突然大声喊我。我吓了一跳——这绝对不是老婆的声音！我一阵心跳地张皇四顾，天哪！青年时代的女友竟从地缝里冒出来，她脖子套着金项链，手腕闪烁着金镯子，提着一只菜篮子，笑嘻嘻地看着我。这可是从前我嫌她读书甚少文化不高而分道扬镳的女人！仿佛脚尖前面突然出现了地缝，我一个猛子悬崖勒马。我惶恐地答应着，并且很快转了个急弯儿，向另一个正在摆弄衣服的地摊儿走去。可是偏偏老婆那边手忙脚乱，手里提着一杆秤，正钩着一只呱呱叫扑腾翅膀的鸡，偏着头吆喝我快去，帮她找零钱。

女友从我那种张皇失措的神情好像看出了名堂，微笑着走过去，买了一只鸡。还专注地看了看我老婆一眼。完了！脱光了站在浴室里的我竟这样被她看了个真真切切！

那从前女友买好了菜，可她就是不回家，依然挎着菜篮幽灵一般在市场转悠。我从眼角的余光分明地看到，她不是还要继续买东西，而是远远地很深沉地关注和研究我现在的命运。

你说这叫什么事儿啊！一只鸡笼空了，看看另一只鸡笼里的鸡还是满腾腾，我拉扯着老婆赶快收了摊子，飞一般的逃了回去。

从那天起，我就挖空心思，绞尽脑汁想着既不上菜市场，又能把鸡卖掉的办法……

十二

卖鸡的过程其实就是锻炼人的过程，是加厚脸皮的过程。卖那些仔公鸡的一段日子，我几乎天天见到那位前女友。我们彼此都见怪不怪了。她从各个渠道了解了我最近的现状，并没有小瞧我，而且隔三岔五地买我的鸡。还帮我介绍生意，带来几个同村女人一起买。一次，她侧立一旁跟我遮遮掩掩地打听一些妇科病知识。没几天，她还带来一个女人，同样跟我打听妇科病。我一边卖鸡，一边拿出一张纸条，给她们写上什么什么妇科药，她们一手拎着鸡，一手拿着纸条兴高采烈地跑到药店去买药。

一天早上，一辆轿车停在马路边。车上下来一位腆着肚子的矮胖子，腋下夹着一只皮包。站在车旁，他十分专注地上下打量了我一会儿，趁一个空档走过来买鸡。

"好吃！这鸡好吃！"他吆喝着。

"老板吃过我的鸡？"我问。

"你忘了，前天我买的？"他很随便地伸手在鸡笼里摸一只，拎得老高。"家里还有吗？"

"快没了。"

"怎么能没了呢？年底我想跟你订购一批啊！我要给我那些上海客户送去。真的没啦？"

我说仔公鸡没了，年底还有下蛋母鸡呢。他点了点头，把鸡装进一只蛇皮袋，放在车后备厢里。我忙碌的时候，他钻进驾驶室，车一直没有挪窝。

当我收拾摊子要跨上摩托的时候，他突然下了车，一把拉住我，要请我吃饭。我不停地摇晃着脑袋拒绝。无功不受禄，何况我又不认识他，这种盛情未免太突然了。他从皮包里拿出一本书。《千朵向往》，作家出版社出版。我一愣。他怎么会有这本书？

这是某县知名作家主编，为褒扬一些企业家捐献财物，回报社会救济贫困的报告文学集。其中有两篇是我写的。最后一篇《大地，千朵向往》，是写本镇苗木产业创始人，如何开创本镇苗木产业，如何改变本镇贫穷落后面貌，如何把苗木产业做大做强，在全国多家苗木基地的竞争中终于脱颖而出，把本镇的银杏树种植在奥运会会场鸟巢的周围，如何创造了把原来人称"西伯利亚"的本镇变成一片财富摇钱树的绿色神话。

我感到惊讶的原因是，这本书是我们县的，被我们县领导定为党员干部学习的必读书，他一个外县人怎么手里会有这本书？

他说，这本书是他捡的。在一个镇政府大院子里，在一块绿化带石凳子上。他说那天中午，他去找人。刚看见那人把书放下进卫生间，他转身就把书拿走了！说话时他的脸上隐含着一丝狡黠的微笑。哈哈。偷的！

"我早就盯上你了。有人说这篇《大地，千朵向往》的作者就是你。"

我更加愣了神。他又上下看我一眼，说，这么好的文采，怎么在卖鸡啊？

呵呵。我笑笑，说，这不是很正常嘛，书写出来，是给别人看的，我又用不着看书，我的时间拿来卖鸡，不对吗？

他一把拉上我说：走，喝酒去！我把车停在我姐家院子里。我们好好喝一顿！我跟我姐说过，外甥不好好读书也就罢了，叫他跟我去学做生意赚钱。人家那作家还在卖鸡赚钱呢！

似乎感觉到了一丝心灵上的触动，我尾随他走到一家饭馆，点酒点菜，两人喝了整整一瓶"沙河工"。

喝着喝着，谈话间，起先他还表现了一些义愤的神情，谈了些对文化和读书的感慨，似乎卖鸡太屈才。我笑了，说，养鸡可是我自愿的。谈话中，我总感觉他藏头露尾，另有话说。果然，说着说着，他又拿出那本书，在手里翻了翻，神情诡秘地说，兄弟，我想跟你做笔交易。

跟我做交易？

年底，我预订你的一批母鸡送上海老板。你帮我写一篇报告文学。

帮你写报告文学？

"我也办了个苗木公司。你看"，他斜倚过身子，指着窗外那片田野旁边的一座青翠小山说："那就是我的苗木基地。我看你把你们镇苗木创始人写得那么神乎其神，人家上海老板纷纷找他签单订货。你也帮我写一篇，帮我吹吹牛。我不会亏待你的。跟你说实话，这笔交易搞成了，你可算一箭双雕了！既预订你的鸡，又另给你报酬——你在报纸上发表的那一天，你拿着报纸来，我个人另外给你付稿费。一字一元钱，如何？"

他见我没吱声，又说，这可比你养鸡卖鸡强多了，兄弟！

我不是没有感觉到这份诱惑力，他给我带来的既是对我才华的认可，又是一笔双雕之收益。说不动心，那纯粹是自命清高之谎言。可是我也分明感觉到了压力。报告文学可不是胡乱涂鸦的东西，它讲究的必须是真人真事，必须是时代的典型和楷模。可眼前的这位，我是素不相识，不知底细。写文章不是说写就写，也是要讲究文德的。人说瞎子见钱眼睁开，可我不是瞎子。这报告文学一事，尚待三思。或可拿出一天半日时间去看看采访采访，倘若他的经营对社会有贡献和亮点，值得颂扬和表彰的，再动笔不迟。然而，此时此刻其人脸上泛着酒光，言谈举止以我的敏感，此人多半不靠谱。

后来，事实证明了我的判断。他根本没有什么苗木基地，那座随意指认的小山也是他为了获取文字到上海老板面前去吹牛的指鹿为马。他只不过是开车穿梭在上海和本地的一个"二手公司"的苗木贩子，报告文学一事自然无疾而终。

然而，他因为"二手公司"之必要，加上的确敬佩我的文字，还有生态鸡纯正的味道，年底真的买去了一批母鸡送上海老板，并由此而引来了上海客户对我生态鸡的青睐。也由此给予了我启示，改变了我坐在街市摆摊儿卖鸡的模式，从此不再零售，而只供应单位团体订购。

积累了第一年的养殖和销售经验，我决定开始来年筹划更大的发展规模了。

十三

要扩大养殖规模，首要问题是资金问题。本镇地区这些年来注重发展苗木产业，我们随波逐流，把资金重点投入到荒山荒地种植苗木。现在要把几百只鸡的养殖规模扩大到几千只，我计划搞几万元贷款。

搞贷款，谈何容易！

真是三十年河东四十年河西。记得小时候农村搞贷款的人，大多是家庭经济发生了重大变故，不是谁生了大病因病致贫，家里揭不开锅，就是举债度日已经四面围困，求借无门，总之是经济条件最最低下的艰难困苦者。然而后来的一段日子，八字银行朝南开，无钱干脆别进来。穷人是绝对不可能贷到款的。只有有钱人才能贷款。我有个同学，曾经发家致富一阵子，几家银行三天两头找他，亲自把贷款送到家门口。谁知后来经营管理不善倒闭，那些银行纷至沓来，踏破了门槛要钱。同学恼怒时说，当初我不要贷款，你们求着我贷，现在我归还不起，你们就像黄世仁逼债，就不能宽限几天？呵呵。

据说再后来，银行也有了整治、变通。只是手续有些繁杂。但也都是必要的。

贷款至少要经过三道关。

第一关，要经过村里评定。行政村里有一个专门负责分派贷款的干部，他的生杀大权是用来考察贷款对象，家庭有没有财产可做抵押。

第二关，要经过银行机构的信用评定。家里有资产抵押，但在银行机构里落下从前的坏账和尾欠，即名列在黑名单中的人，那是无论如何不可以填表申请的。不尾欠银行机构一分钱，从未失信于银行，才具有贷款资格。

第三关，符合上述两项条件者，还必须有一个家庭经济发展的农业项目评定。比如，我家养鸡，就是一个农业项目，属于贷款扶持之列。

从未办过贷款的我正好符合上述三个条件。

我写好了申请，兴冲冲赶到村委会，站在专管干部面前，不防他皱了好大一个眉头，声声叹息说"难办难办"。

原来村里前几年有几户养殖业的农户，经营管理出了问题，亏大发了，不但没钱还贷，还一个个亏欠下百万巨款溜之大吉，从人间蒸发。还有一些人巧立名目，不种植的说种植，不养殖的说养殖，贷款拿去赌博，输得血本无归，一样地消失踪影。银行机构一日被蛇咬，十年怕草绳，干脆把整个行政村列为黑名单之中。

这可是一只老鼠毁了一锅汤啊，何况不只是一只老鼠啊！这既不能怪干部不帮忙，也不能怪人家信贷员一锅焖啊！怎么办？

那干部给我出了个点子。由我出面，请银行信贷员出来吃饭，看能不能缓和气氛撤销行政村黑名单？或许看在作家的面上，信贷员改变初衷。我抱着试试看的心理走进银行。

半道上，遇见一个十几年不见的熟人。此人原先不着调，走了邪道。可现在一觉睡醒梦中人，改邪归正了，也想搞贷款发展家庭副业。今天他一脸沮丧地走出银行。他的贷款申请一切均已办妥，可是问题出在担保人身上。

贷款必须有一位富有资产的人做担保。他请的那位担保人原先同意给他做担保，可是过不了老婆那道关。老婆听说丈夫给这个曾经走邪道的人做担保，和丈夫大吵一通，大骂丈夫太不靠谱，其结果是无疾而终。这件事对他贷款影响很大。信贷员看他的目光已经充满疑惑。

还好，我和信贷员的洽谈一路顺利。我说林子大了什么样的鸟都有，所谓物以类聚人以群分，沙堆里还藏有细金粒呢。人和人是要区别对待的。尽管信贷员承担着收支责任，天天和风险打交道，但也不能因噎废食，要因人而异嘛。不能像古人搞连坐法，不能因几只老鼠对整个行政村实行"屠城"政策。云云。信贷员看了看我，说，你们误会了。不是不给你们村贷。更不会搞连坐法。只是有些人的手续没办完整。自己没办好，就回去跟村干部胡说一通。你先回去吧！吃饭就免了。放心！一定给你办！也一定给其他人办！

至于行政村黑名单，是原来就没有的事儿，撤销当然是大功告成。

前车之鉴，后事之师。因为那位熟人的经验教训，在寻找担保人问题上，我是谨慎又谨慎。既然真刀真枪地干上了，不管是打大仗还是小仗，必须严阵以待。越是微型贷款，越不能办砸。在这世面甚小门可罗雀的当口，我要拿出行动改变现状，扭转常人对"百无一用是书生"的看法，总不能连小事儿都办不好反而授人以笑柄吧。于是，我约了自己的亲大哥做担保。

我和大哥带好了身份证一道走进银行，立即着手一系列的填表。当担保人——大哥出示身份证时，信贷员一句话，吓了我一跳：不行啊！担保人不能超过60岁年龄啊。

啊？我大哥已经62岁了。

信贷员手里一边继续填表，一边要我赶快打电话重新找担保人。前天那个熟人担保人出问题的故事会不会再次重演？我紧张了。现在打电话？这突如其来、丝毫没有商量的事情，别人一点思想准备都没有，倘若不答应我怎么办？或者面对这个负有经济责任的担保犹豫了怎么办？这都会给予信贷员对我的信誉衡量大打折扣的。

再说，这人走茶凉门可罗雀的时候，我找谁啊？担保人可是有条件的，必须有资产做抵押且自己没办过贷款的。谁会答应给我帮忙作担保呢？茫然看着窗外云去云飞的一瞬间，忽然兜头一股"相识满天下，知己能几人"的潸然感慨。

我拿着手机，本能地站起身来，抱着试试看的心情，拨打了一个朋友的电话。我一边通话，一边向楼梯走去。我想尽量距离信贷员远点儿。倘若对方在电话里发出犹豫的声音，信贷员听不见。

我用眼角的余光看见信贷员手拿着扫帚，在走廊上扫灰尘。窗明几净的办公场所，哪里有什么灰尘。他分明在秘密跟踪听我的动静呢。

我提心吊胆，然而也是十分简练地向电话那端说明了我的请求。在极短暂、仅仅几秒钟的时间段里，我焦急而又惶恐地等候答复。信贷员的扫帚也停止了动作，几乎是静听。只要对方稍有犹豫，我的话音和语气一定会受到影响。信贷员可以由此而判断我的民间信用。

还好！对方听懂了我的用意，丝毫没有含糊，答应马上赶过来给予担保。

呵——，我长长舒了一口气。

看起来，有些事儿，我多虑了。过往虽然少了些，但朋友还依然把我当做朋友的。何况，有时候是自己固步自封，自己闭关锁国，人家丝毫没有看扁你。

这件事儿告诉我，人要敞亮，我还是要走出去。必须走出去。那茶还是热的，再不出去喝，真的要凉了！

十四

诗一首：昨夜山外无人眠，东西南北放炮玩。满天碎屑凝祥云，化作瑞雪兆丰年。大雪封山出不去，发个信息拜个年。诸君若经老花店，代购玫瑰不差钱。

知我者一看，这诗是蜗居山里写的。其中有两个典故。写这首诗正是大年初一那天，恰好是2010年2月14日，人们常说的情人节；正是那年春晚，小品《不差钱》出炉。

山里虽然幽静孤寂，可我从来是自得其乐。昨晚令人捧腹大笑的春晚意犹未尽，大清早我就兴致勃勃地打开了柴门。啊！满天洁白，上半夜源源不断从山外飘逸而来四面八方的炮仗硝烟味儿，什么时候化作这瑞雪，一下竟下这么厚！门前的老鼠刺树一身白袍，那树林银装素裹，那山坡山梁，真的是原驰蜡象。满世界洁白无瑕，白亮晃眼啊！这就对了！

一年的春风夏雨秋霜枯叶，一年积累的各色垃圾尘灰，只有经过一场大雪，才能够得到彻底净化。人们穿梭奔忙，忙进忙出，那颗浮躁的心灵，以及为各种目标奔腾的热血，只有经过这场大雪，才能得以沉淀和冷却。这雪下的真是时候！

是时候吗？可也真不是时候！

全国人民都知道，春节是个转机。我已经改变了思路，决定不再继续封锁自己，我要走出去。一年之计在于春，一日之计在于晨。我刚要打开柴门试图走出去，要和从前的那些朋友继续朋友下去，这老天却来个大雪封山！

大雪给我带来短暂的快乐和忧虑，同时给我带来一场更大的艰难。

那片西瓜地种植了几百棵香樟树，已经蓬勃成荫。这大雪，堆积树冠，只听得树枝树杈一声声脆响，"咔！咔咔——"，断了。一时间，满山遍野树断香弥，雪尘飞扬。

每年过年总想玩点儿新意，真是想吃空心菜遇上卖藕的，今年过年真的就赶上了，打雪！

我换了一身雨衣，穿一双高筒套鞋，戴了一顶草帽，拿了一根竹竿，向西瓜地踏雪而去。

打雪！这是近年来本镇地区发展苗木产业，出现的一个新工种。就像黑龙江那边出现的雪雕艺术和滑雪比赛，适时而作。往往一场大雪会压断成千上万棵树木，给本镇苗木产业带来不可估量的经济损失。下雪天，几乎就是本镇人的打雪天。家家户户种树，家家户户打雪。种植面积多的，花钱请人打雪，一个小时100元钱的雇佣价。

我是个没有心肝之人，不论处于何种艰难劣境，那心境总是飞扬着怪异的诗情，蒙上一层恍惚不定浮云般的遐想。文化这辈子算是把我给搅和了。从小人家都说我是书呆子，我总是偏着头不信。五十年的风风雨雨走过来，也由不得自己不信。走上雪坡，看到满眼的残伤败树，呵呵，还好，老天只给毁了三分之一，三分天下尚存其二，比刘玄德和曹公、孙权之辈强多了，他们终生劳苦只能拥有三分之一的天下。

何况，这皇天塌了大家顶，我家的树断了，人家的也会断；君不闻漫山遍野到处都在噼里啪啦发出炒豆般的响声。内行人说每断一股枝丫，树冠的蓬型残缺不圆，那价格就会大打折扣。我的钱包因此而掉价，那人家的也一样。就像世界金融危机，哪个国家不一样？覆巢之下岂有完卵？我们乡下的树断了，那城市里的绿化工程树也一样会断。他们会再接再厉地不断补充。断就断吧。断树不用愁。树就像人才。高级人才用在高级地方。这低级人才嘛，此地不留爷自有留爷处。何况低级和高级是在生长变化之中，在大自然和社会规律面前，他们会相互转化。今年混混小三儿一个，说不定明年就是领导。今年是领导，说不定明年滚鞍下马，更有走了偏差者或可成为阶下囚。一个拿着文凭四处求职无门的大学生，经过在社会上打拼后，说不定将来就会从奴隶到将军。人说士别三日当刮目相看。有位朋友说得好，过去是十年磨一剑，现在是一夜猴变人；世人就像同乘一列火车的煤块，当某块煤坠落在地，转眼之间，那火车早已风驰电掣前进了十万八千里。这就是古人早就说过的：沉舟侧畔千帆过，病树前头万木春。然而一旦那煤块坠落到了车轨之上，那就直接被碾成粉末，比那些火车上的幸运者辗转上下然后再被填入炉灶化为灰烬，它的命运更来得直截了当和迅速。现在早已不是评判你有没有实现价值，而是看你兜里有没有价值。你什么都不做，你是"富二代"你是"官二代"，你就是价值。不问过程只看结果嘛！我家窗口前有一棵香樟树，前年大雪被毁了树冠。它的伙伴们都以800元一棵的价钱而趾高气扬远嫁城市。可那棵断树，树商轻蔑说那断树白送给他都不要。然而时过境迁，两年后，断树新生了枝丫，圆满了树冠，以1500元被树商抢购。你说这是哪儿跟哪儿啊！

闲话少说。山上到处吆喝着打雪的人。我摩拳擦掌打雪就是了。

眨眼之间，头上，身上，里里外外，全身湿透，热气腾腾，几乎就是一个燃烧着冒烟但不见火光的人。

开始那根竹竿的冰冷，双手刺骨。抬起头来，高举竹竿，连敲带搅，树巅发生雪崩，那雪块化作烟尘几乎把人淹没。雪尘扑打在人的脸上，灌进脖子，灌进袖口，灌进胶鞋。人几乎就像钻进了电冰箱里。

然而冰天雪地不可怕。就怕人心里的那份搏斗的意志。每敲掉一团雪，拯救了一股枝丫，就是拯救了几百元钱。说也奇怪，人只要一想到钱，那种火热劲儿，斗志昂扬！

随着浑身的汗水热量的蒸发，热量经那根竹竿传递，竹竿所到之处，不需敲打，立刻冰融雪化。

大约半小时后，一个人往树下一站，身体的热量蒸腾，我勿需用竹竿，树上的雪瞬间土崩瓦解了。呵呵。

十五

一天晚上，摩托车再次在那个坟堆纵横的山坳里掉了链子。这可是机械性的细节问题。这半夜三更，不装了，徒步走得了。经过上次那场惊吓，胆子似乎得到锤炼。再加上平时经常和那些猪獾、猫狸狭路相逢，见怪不怪了。今晚的脚步声坚定而铿锵。

月光如水。愈显得丛林如岸。

呜——，呜——

一阵怪异的声音从乌黑黑的丛林中传来，令人悚然打了个寒噤。仔细听，那声音若有若无，断断续续，有气无力，然而低迷中含蓄高亢，微风里颤抖悲凉。我本能地感觉可是狼嗥的声音？再仔细听，声音来自丛林那边山脚下的小村子，好像人在哭。

说实话，那一刻，我的精神再次遭遇一场挑战。

山下一位年轻媳妇，突然间脑子生瘤，暴病而死。送殡之后，她家生活区范围内随处扔放着她生前的遗物，异常鲜亮晃眼。山村里怪事儿多。老年人活灵活现地比画说，人死之前，有动静的，鸡飞狗叫，魂灵现身，魂灵哭哀什么的。可一旦人死了，就不再闹腾，什么动静都敛声屏息，鸦雀无声了。今晚的哭声和那已经化为灰烬的媳妇应该没有关联。现在这真真切切的"呜呜"声究竟是什么声音？我一再坚定世界上没有迷信没有鬼魂的信念，可是，那声音似乎故意考验我的意志，一声接着一声，一声比一声悠扬，一声比一声刺耳，一声比一声震撼。我想到可能是狼的时候，下意识也是本能地摸了摸口袋，摸出打火机壮胆。可分明听到不是什么狼嗥而仿佛是人哭又不像人哭的时候，我只有撒开腿加快脚步跑了。

回到山上，我苍白紧张的脸色再一次让她惊慌失措。当我说出原委，她笑了。她对此表现了难得的从容淡定。她告诉我，山下盛传，一个树商老板家养的狗，天天发出哭一样的哼鸣。

啊？狗哭？

我不解地注视着她。脑子里继续回旋那种声音。

真的是那树商家养的狗哭。树商开着车上山来收购香樟树，一个劲儿地大骂他家的狗。说那条狗活见鬼，变相，只要看见他把车往门口停下，那狗就发作了一般，一声接一声哭声哀哉起来。气愤之余，树商说要不看在那是一条非常忠诚非常有灵性的狗份儿上，他早就下手了。亲戚都劝说他那狗不能养了。狗哭是个不祥之兆，一定会给家里带来厄运。看样子树商完全信了他亲戚的预言和忠告，他说话的神情好像同时在思索，要用什么法子来处理它。

我对树商的印象是疑惑。现在抓酒驾这么厉害，只要测出酒精就要进去，他那胖乎乎的大圆脸上，竟喝得红光满面，酒气冲天。他的驾驶技术看样子还真不同一般，这么崎岖不平的山道，他晕乎乎七拐八弯竟也没有滑坡和翘腚，真的能够摇摇晃晃到达目的地。

树商一直对狗哭的事儿耿耿于怀，终于有一天，他为了从县城一家银行拿到贷款，听说那经理喜好吃狗肉和狗鞭，就给狗下了一只绳索套儿，勒住了狗脖子。据说那狗很忠诚，至死没有抗拒主人的任何动弹；据说那狗很灵性，它懂今天要为主人完成一项使命，尽到最后的一份忠诚。

树商看到狗虔诚地摇着尾巴钻进绳索套，当时也是默默流了眼泪。

山村里终于平静下来，可是树商的老婆可发了大火。她骂老公太薄情寡义，说那条狗原来根本不会哭。后来发神经，会哭，只是每天看见他喝酒喝得摇摇晃晃驾车回家，才哭。真是人咬吕洞宾不识好狗心！

孰是孰非，众说纷纭，人们莫衷一是。终于那场车祸的发生，惊讶之余，所有的人无不冷静下来，思前想后。

据说那天中午，阳光特别明媚。树商因为一路顺风顺水拿到县城银行的贷款得意扬扬，特别兴奋，和另一位树商聚餐，喝了八两白酒。他一如既往，满面红光步履蹒跚地钻进驾驶室，轰轰轰发动引擎，要去镇街陪银行的人洗澡。电话已经催促好几次了。据说他的小车开到一个十字路口，脑子异常清醒，分明看到四面八方空旷安详，没有一辆车。奇怪就奇怪在他刚刚把车开到十字路口正中央，"哗！"一辆巨轮货车似乎从地缝里冒出来，以超乎寻常的火箭速度直直地冲撞过来，在巨大和娇小两个非常规比例力量惯性较量之下，那异乎寻常的速度和力量发出一声巨大的"嘭"撞击声。据说树商当时正歪着头接听电话。路口旁边很多为政府收拾垃圾打扫道路的零杂工看见，那辆巨型货车风驰电掣，就像饿虎扑羊，一个猛子冲向那辆小轿车，小轿车瞬间就像球场上的一只足球，在一声巨大的"嘭"响时腾空而起，以飞船般的速度，向大路边一座高高的石墩冲撞而去。静默然而潜力巨大的石墩可不是足球网，来了个反作用力，司空见惯的鱼死网破出现了。石墩轰然崩塌，轿车翻滚过去，顷刻之间毁了原形，正像一只刚出土的恐龙骨架……

医院里，树商的女人默默祈祷丈夫快快康复。纱布卷裹的树商脑子还算清醒，他流着泪回忆，他给狗下套时，水汪汪的，不知是狗的眼泪，还是自己扑簌的泪水……

十六

不知从哪儿窜出一家保健精灵保健品公司，躲在镇街深巷里，夜晚开着"老鼠会"，白天四面出击。本镇人有钱了。有钱人更加关注健康，这是人之常情。保健产品一时间购销两旺。谁知有些用过保健品的人，转眼间面黄肌瘦，大病缠身。再寻根溯源找过去，那老鼠窝早搬家，人间蒸发了。据说依然还有小股游击队凭着本地熟人关系东藏西躲地干着这营生。说实话，他们犯不犯法放在一边，真的给相当一部分人的正常生活带来了影响。常常在你安静平和享受你的小日子的时候，不速之客会突然哇啦哇啦出现了，常常成群结队，滔滔不绝，你的健康啦，他们的责任啊，弄得你不知所措。往往在你不知所措的时候，就一手交钱一手交货了。摸摸自己瘪下去的钱包，追悔莫及。人们常常在人前背后把他们称作幽灵。

苍蝇不叮无缝的蛋。当我非常疲累，吃了一家直销公司含有中药成分的保健品而精神矍铄夸奖保健品的时候，几个假直销的闻讯追踪，赶到山里，要对我灌输他们的所谓健康理念。

我笑笑。我听多了鲁班面前玩大斧的故事。昨天他们还在做搬运工，经过几次老鼠会洗脑，今天就在我面前大谈健康和医药。我想难住他们，让他们知难而退。我问，你知道鼻子下边有个穴位吗？哈，叫人中，这小常识，谁不知道。我又问，那你们知道为什么叫人中？他们摇摇头。我告诉他们，中医学讲究天人合一。天为上，地在下，人为中。鼻子，呼吸的是天气，在上；嘴巴，吃的是五谷，五谷属于地气，在下；天地之间，当然叫人中了。我说这个典故的意思是要他们赶快别卖弄了，赶快扔了舞弄的斧头。谁知效果弄反了，等于教了他们一招，下次他们对别人招摇时现买现卖大谈"人中"。

突然有一天，一家饭馆里，一位美女突然出现在我面前。她的传销技巧和美色还真弄得人有点恍惚。英雄难过美人关。可我明知是计，断然不会轻易入彀的。我直言不讳告诉她，镇街上的合法直销公司我都疏而远之，何况你们这老鼠屎啊。可她不到黄河心不死，凭着自己的美貌，一直把我当作一只有缝的蛋，穷追。听说他们自己盘算的理由是，我懂医学，跟病人接触多，倘若给他们代言宣传，自然收效事半功倍。

一段连阴雨天气。我驾车回山。路上必经一条偏僻的巷子口。一个大活人挡住了我的去路。从背影我就认出是那美女。披着长发，一股刺人的浓香味儿。说刚刚领来了什么新产品，一定要我看看。我照例地搪塞，说真的没时间看，山上有急事儿。说着就一加油门呼啸而去。

摩托车七弯八绕，辗转到了一片茶叶地。我把车停靠在旁边树林里。山道泥泞，只能徒步。

阴雨天气，山洼雨雾朦胧。两边的丛林夹道而立，视线只能在迷离蒙蒙的雾气里分辨开道。清明时节雨纷纷，路上行人欲断魂。长发女鬼的故事早已淡忘，这可是作诗的好天气。诗意就像山间草芥开始在胸臆中萌发。我低着头，一边担心泥泞飞溅，一边在雨雾中寻找好词儿。泥浆在脚下滑动，好句子就在脑海里跳跃。

呼的一声响，树林里突然钻出一个披着长发的女人。她那跳跃的动作散乱了长发，把整个脸面遮住。我的心陡地一跳，下意识里瞬间闪耀着恐惧。当看清她撩起的长发，那股刺人奇香扑鼻的时候，恐惧再次袭上心头。她！那传销美女！怎么可能呢？她刚刚被我远远地扔在那巷子口，难道真的出了活鬼不成！

她站在那里看着我笑。看着我惊恐万状的样子笑。

这活妖精！我不知道开发区的新公路刚刚开通，她在后边乘坐上一辆顺风车，所以能够"空降"在我的前边。这传销，真不亚于当年老蒋对红军的围追堵截啊！

这一刻，她没有再提什么产品，而是坚持要跟我上山看看我的养鸡场。说要买鸡蛋。

她买她的人头！她分明是要找到我的居住地，也顺便认识我老婆，多一个"传"的目标。或许男人执迷不悟，女人好说话。

这样一个美女在这样的天气跟着我徒步艰难地上山，老婆当时是怔怔地看呆了。

难怪古人说红颜祸水。这女人的气息和身影无疑给这平静的山野送来了定时炸弹。

接下来的日子，只要我晚上回家稍稍晚了一点儿，等待我的说不定就是一场战争！

十七

一天，几位男女文友到山上做客，大家草丛中弯着腰自采野菜，两手沾满野菜的绿汁。可经过我的检验，那野菜十之八九都采错了，要吃的是茎秆，他们却采了叶尖儿。重来！采摘正欢，一位大姐悄声问卫生间在哪儿？我望着莽莽山野大声告诉她们，我们从来都是野外操作的。山川里一片欢笑声。

土灶野餐是我日复一日的日常生活，可对于城里来的文友们的确是一大稀罕乐趣。一阵炊烟之后，野菜的苦香气味弥漫开来。大家七手八脚抬出三条腿的破桌，从各个角落灰尘中找出残断不全的条凳，刚围上，就要万马奔腾。哐的一声响，一条板凳摔倒，另一条板凳连锁反应也是岌岌可危。李先生惊险地爬起，大声呼问：山上的凳子怎么都是面是面腿是腿啊？

语惊四座，哄堂大笑。

我告诉大家，这板凳源于一场所谓的花边战争。

那天我赶到合作银行办事儿。近几年的苗木产业给本镇地区带来丰富的财富。你无论走到哪家银行，到处排着老长的队。我伸长脖子望望前面的长龙，估计一时半刻轮不上我，就走到报刊架上取下一打报纸，边排队边看报。偏偏报纸上还登载了一位文友的一篇文章。很快渐入佳境。

我的目光集中在报纸上，可脚步忘了挪窝。一打报纸看得精光，前面的队伍不仅还是那么长长，而且有增无减。仔细看，前面好像增添了许多新面孔。我疑惑身后怎么空荡荡的。哎呀，什么时候才能轮上我？我又埋头看报。

一股奇香刺鼻，令人感觉到了一种熟悉的气息。抬起头来，果然，那传销妖精姗姗而来排队，就站在我身后。

她把头凑得紧紧，和我共看一张报纸。

我急忙闪了闪身，把报纸递给她。这妖精平时对人挤眉弄眼，我怕这大庭广众之下，让人看轻。再说，满街都传播着有关她的一些真绯闻，为了"生意"，她豁出去了，有奶便是娘，什么都可以奉献。谁和她沾边，众目睽睽之下，那就是一只大染缸，任你什么雪白衣服都玩完。为了避开她，我赶快出去找公共厕所。

一个上午全耗在排队上了。等我办完事儿，急匆匆往外赶，那女人蚂蟥一般紧跟着，同我一起走出大门。

这下可出了大乱子了！老婆适时赶到，她那忽闪忽闪的大眼睛看了半天，想起那个曾经上山的美女竟在这大街上和我这般黏糊。而且是在银行里。搞什么？取钱？是不是给那女人钱啦？她一个箭步冲上来，我的手里依然还捏着一卷报纸，活该那报纸倒霉，她夺了那报纸一阵稀里哗啦撕了个粉碎。

她气呼呼地扭头回家。我不想当众解释什么误会，怕越描越黑。

　　老婆并非为了捉拿什么找到街上。山上发生了一件天大的事情。一只展开翅膀庞大的苍鹰直扑养鸡场，五十多只一斤重左右的小鸡在一瞬间吓得当场毙命。树脚下，草丛中到处是死鸡。天敌！多么恐怖的天敌！这无疑就是当年美国在日本投下两颗原子弹的巨大威力。据说天敌是无法协调和改变的。我纳闷儿有时候新闻里看到美国和日本结成了什么同盟，估计是痴人说梦。或者是各有所谋。倘若真可以协调，我们该请居高临下的鹰来帮我们照看小鸡，任什么黄鼠狼之辈都无处藏身。所谓同盟，说不定哪个半夜里会再次打响珍珠港战役。美国的苍鹰也会再次发威。

　　老婆为了报告这个惊人消息，往死里打我手机。可我那用了六年被抠烂了的手机，今天忽然出了故障，联系不上。关于这个手机我想多说儿句。朋友有时候也联系不上我，劝我赶快换手机。可我舍不得换它。它可是我的诗作功臣。我的两百多首诗都是随时随地有感而发，正在山地里，正在街道上，正跨在摩托上……随时用手机抠，抠完就发出去，发给朋友和编辑们。我的诗作特色就是"非律"，我的诗作笔名应该叫"非律侠"。我懂格律，可我的创作方式不允许有太多的时间和空间去格律。谋划一首诗，骑在摩托上我总是考虑整首诗的意境，不拘格律之节。就像我的书法。过多地思考谋篇布局，考虑一幅画面，即升华"笔意"。但在一笔一画的技巧上往往小视。这或许都是艺术的不成熟吧。

　　奉劝诸位关键时候还是换换手机。不然，一旦与家人失联，就要出事。

　　今天回家的路走得真不寻常。那个提心吊胆。山上的定时炸弹已经冒烟了。唯一的底气就是我的清白。

　　遭遇不白之冤尽管是最大的委屈，可我也理解那不明真相而心痛的老婆更委屈。一场风暴在所难免。她爆发性地大骂，挥挥手指指养鸡场，嚷：我们的处境已经这样了，金钱上亏损，事业上跌跤，竟还沾上了女人……

我们从来是君子动口不动手。盛怒之下也动手，但对人身秋毫无犯，倒霉的就是那些条凳和木桌了。所以才有今天"面是面脚是脚"随时倒地的条凳。

那祸国殃民的美女在本镇已经销声匿迹，有人说回了江苏老家，有人说去了广西，说那里有更大的传销市场。

十八

一天，骑车回山，路经一片毛竹林。这原来很大的空旷地带，横七竖八停满了红、黄、黑、白各种颜色的轿车，我只能从夹缝中侧着车身过去。纳闷儿：这既不是集市又不是饭馆，荒郊野外的，从有些车号还能辨认出几个老板的车，他们在这里干吗呢？在山南边有丰富的膨润土矿藏资源，山北边，工业功能开发区已经长驱直入到了茶叶山下，难道有开发商要扩展开发地盘，进山考察？我加快了速度，要一看究竟。

我近日正计划着要在山上搞建设，要增加养鸡棚，倘若有开发商来扩充地盘，好趁早拿主意。

几百亩方圆的树林里钻了个遍，没看见人影。

在与邻县交界的弯弯山道上，停了一辆摩托车。一个衣身紧束的小伙子正猫着腰往那边茂密树林中荆棘丛里钻。

我好奇地跟随过去。寂静的山谷，悄无声响的树林，那种神秘氛围迫使我慢下脚步，像个贼一样蹑手蹑脚地拨开茅草溜过去。出了怪了！在一片茂密的林子里一块巴掌大空地上围着一堆人，勾肩搭背，左一层右一层，吸烟的烟雾弥漫缭绕。那个刚刚前脚赶到的小伙子惊动了人堆。从人堆里站起一位高大魁梧的男人，此人皮肤黝黑，表情肃穆，可是掩饰不住心中的焦躁。他回头对小伙子看看，接着便麻利地把手中一沓红币分出一半，交给小伙子。

人堆轰地一下作鸟兽散。男男女女。这不是因为那小伙子的到来。这是因为他们看见了我的身影。奇怪的是，人人手里拿着一沓红币，像看外星人一样惊慌失措地看着我。有熟悉的面孔脸上机械地扯动着笑容，很快停住脚步，跟我打招呼，并飞快地把钱藏进口袋。

呵呵，他们在赌钱。

我望望四周茂密的丛林，笑笑。真是绝密好地儿！两县交界之处。派出所就是天上的鹰也找不到这地方。那个高大魁梧表情肃穆的男人，冲我招招手，递给我·千元钱。我嗡嗡嗡拼命摇头，并拔腿想走。熟悉的那个老板一把拿过那钱，塞进我的口袋，说：干吗不要？赌场的钱就是草纸，拿着！

我心领神会他们的意思：这是江湖规矩，封口费。

我带着意外收获的欣喜沾沾自喜钻出丛林。望望蓝天，看看浮云，心里敞亮。尽管弄不懂这些行业老板和社会上的赌棍怎么搅和在一起，但这封口费的道理我已心知肚明。赌博是法律所不容，社会所不容，家庭所不容，道德所不容。可它却有如此强大的吸引力渗透到社会的每一个角落，渗透到社会的各个阶层。他们的家那么豪华，明窗净几；他们的办公室那么宽大，装潢风雅；他们的厂房那么忙碌，热火朝天；他们的时间和工作那么紧张，收支两旺；可他们却偷偷摸摸躲在这个角落玩这种不可告人的游戏。电视剧常把赌博这个行业称为千王之王，百业之首。他玩的或许就是那种荒谬的甚至会家破人亡扰乱社会的刺激。国家和法律无时不在打击和惩治，然而恰恰就像农田里冬天打麦苗，越打越兴旺。他们和国家在玩着游戏，和自己家人玩着隐秘，国家都不能管理他们，我这除了疑惑就是好奇，哪里有什么力量去阻止他们。何况这些参与赌博的人，哪一个不比我风光，不比我派头，不比我腰缠万贯？老板的老板，红人的红人，他们基本就代表了一个地区一部分"上流社会"。他们基本操控了一个地区的经济市场，物质供给，社会层面。随便哪一个在镇街上跺一脚，就要风生水起，就要或多或少影响到我们的生活。要和他们作对，未免也太不自量力，未免也太书呆子。今天我才彻底明白了什么叫"视而不见"。

忽然，那边哇啦哇啦大声吵嚷起来。

怎么回事儿？

只听那个大个子大声嚷嚷道：刚刚给你五千块，你也参赌，输了，又要，没见过你这个看场子的！

听了一会儿才明白，原来那个先我一步的小伙子，是这一带的地痞，今天的赌场，他要征收五千块钱的场子费。可他把钱拿到手，也参了赌，输得分文无有，又要钱。这于情于理就有点过分，吵起来了。

呵呵。听说过黑吃黑的。这也应该算其中之一啊。听他们的吵嚷声步步升级，大有大打出手之势。怪不得说赌博场上无父子，这说翻脸转眼之间就真翻了脸啊！

第二天街上传出一个更可怕的消息。那个高大魁梧的大个子因为输光了家业，还亏欠人家一百多个"泡子"，想想还是自杀了事，中午时分乘家人不在，一口气喝了一斤多名叫"百草枯"的除草剂农药。

这里有必要解释一下什么叫"泡子"。就是赌博场上有人放高利贷，一万元钱为一个"泡子"。利息是一天500元。据说放"泡子"的人背着挎包，时刻陪在赌场。谁要钱当场就给。赢了就连本带利结算。输了，那利息就利滚利一日一日增加，慢慢算。有时候，不能还钱，对方还雇有打手，拿着刀会血淋淋地下了你一条腿和一条胳膊……那大个子亏欠一百多个"泡子"，据说一天的利息就是五万多元。他早已计算了自己没有几条腿和胳膊剁给别人，他不喝农药才怪呢！

坏就坏在他喝的"百草枯"是一种低毒但根本不可救药的农药。民间盛传这药烂肚肠，那才真叫肝肠寸断，不可能瞬间毙命，而是慢慢腐烂肝肠而死。县级医院和市级医院根本不敢接收治疗，直接送省级医院。服毒者常常经受不住长期的折磨，辗转途中懊悔不迭反而求生。但往往在送到目的地让服毒者感觉获得一线生机的时候，药效发威，让他睁大求生的眼睛，浑身抽搐痉挛，上气不接下气，一口气一口气地急促短闭，那一刻，肝肠开始化为腐渣，慢慢一命呜呼。

我拿着那红色的一千元钱，久久凝视。一阵恶心，我仿佛看到这是那个服毒的大个子肚子里的一截流着血蜷曲的肠子。

十九

山上的寂静和天然氧吧特别激发创作灵感，我这才领悟到八年前思索的一个问题。

八年前，因为经商药品穿梭在江淮大地和黄河两岸。每次经过孔子、老子们的故乡，我总是望着窗外的苍茫大地想：这广袤无边的平原地区，那时人口稀少，除了永无止息的日出日落，就是落寞无边的寂静，怎么产生了这么多影响整个中国乃至世界的伟大思想家？是什么巨大力量激发了这些思想巨匠的思考？

那一年登泰山，随着步步登高，心灵和平地的风尘渐渐远离，

"会当凌绝顶，一览众山小"，那种境界勃然而生。为什么一个相同的人，处于不同环境，内心世界会产生不同的风雷激荡？

今天才明白，作为文化人，我们要登临。我们不能久久地蜗居。尽管高处不胜寒，但它远离风尘。风尘是一种蒙蔽。静穆其实真是一种净化。或许对于某些人，一辈子不可能登临某个高度，他的一生照样十分惬意，然而他那被风尘塞满的肠胃只能营养他自己，不许放屁，一放便污染视野。

几年思索几年积累，一肚子话要说；几年来交谊了很多文友，我们需要相聚文化交流。于是一个怪诞的念头油然而生，我要搞一个创作室。

这个创作室有两个任务，一个是搞创作；另一个就是文化沙龙，文友聚会。

说干就干，在本镇街上租了一套办公房，大于100多个平方，全新刷白，装潢不算富丽堂皇，可也文雅别致。几乎所有墙壁挂上了名人字画，张贴了我和北京、杭州、湖州文化名人的合影照片。在宣传小贴士上自称自己是传统文化的坚守者，曾经获得过若干奖项。一刹那间，我由一个养鸡的山贼摇身一变，成了一个众目睽睽揣摩不透的作家。

每天到创作室，和上班一样，风雨无阻，天天报到。和上班不一样的是，没有休息天，起得比鸡早，睡得比狗晚。

高涨的创作热情发表了一连串的作品，包括自己很看好的散文《人狗情未了》《和山在一起的日子（系列）》，小说《水仙与荷花》《郊外邂逅》等。

文友们不期而至，给我带来莫大的荣幸。就像本镇本地的文友们说的：不仅带给我们莫大的支持力量，也给小小本镇带来无限风光。

二十

一天早上，久久连阴雨天气的阴霾忽然一夜散尽，阳光特别灿烂。老婆高扬着脖子，扬眉吐气般的站立樟树下刷牙。阳光晃动在她红润脸颊上，明澈的眼睛里，特别精神。我问她是不是有什么喜事儿。她一扬脖子说，她早就想上茶山采茶，今天总算可以如愿。

呵呵，女人，其实给女人的满足很简单，就是那么一点点儿阳光！

中午回山，果然一股非同寻常的香气弥散山野，阳光蒸腾着山谷发出清香的氤氲。

我骑在车上，合着老婆采茶的情景，一路草创了一首采茶诗：

采茶炒茶
今午阳光好，采茶野猫墩。叶芽指尖躲，身影株间行。
灶燃柴火红，掌揉草饼青。轻烘慢炒作，何香胜此春。

当我自我欣赏诗作，用嗅觉享受着土锅灶茶香热气的时候，屋子里却空无一人。池塘边有女人的说话声。谁来啦？要么那个我们给做媒的半老徐娘来了？我跨步向那片树荫走去，想问她结婚以后的情景，顺便开开玩笑。

几只刚买的老鸭很平静地水面游弋。显然，它们已经熟悉和习惯了这里的环境。

出人意料的是，和老婆坐在树荫下择菜的根本不是那位半老徐娘，而是外县卖鸡遇见的那位"前女友"小宁。

她怎么摸到这儿来啦？

我嗯嗯讷讷地和她打了招呼。眼神交会的一刻，我发现小宁一定出了什么事情。她原来那份珠光宝气和活络灵气不翼而飞，而是代之以木然和黑色的悲悯。

老婆扫了我一眼，没说话。看得出来，她的眼神不是那种蕴含着责备和埋怨，而是有话要跟我说。而且一定是代替小宁请求我办什么事儿。

我没问。老婆叫我去泡一杯茶尝尝，说今天的茶叶是小宁炒的，特别内行，味道肯定不一样。

蛮好的茶香气很淡然。我的脑子被那个疑惑所占据。

吃饭的时候，我终于知道小宁已经成了寡妇。他那个当村干部的丈夫就是山上赌博，拿了许多"泡子"而喝"百草枯"死去的魁梧黑大汉。

怎么会这样？我一时有些迷蒙。我的心里隐隐颤抖着那一千元钱。

小宁谈起这件事儿，更加让人心惊肉跳。

黑大汉自杀不光为了"泡子"，还和他的村务工作有很大瓜葛。

他们村里为了一个什么项目，给一个开发商平整土地，因为事先没和群众沟通商量，在拆迁问题上遇到很大阻力。费了九牛二虎之力，依然铁板一块，啃不动半口。于是村里还是老套路，要黑大汉当先锋，凭着打架斗殴的江湖威望强行拆迁。还真灵！老百姓就怕这一招，拆迁工程进展很快，眼看即将大功告成。谁知村庄外围有一片老坟地。三座土坟堆，竹林丛生。其他坟主已经纷纷自动刨土殓骨，腾出了地盘。可这三座坟堆一直不见动静，几个月过去，依然像一座绿色孤岛坚挺如初。据说，根本没人来过问。村委会一研究，既然已经张贴过迁坟通告，所以没什么好顾虑的，不约而同得出结论：肯定是无主野坟。那么决策很简单：由黑大汉出马，率领推土机一推了之。

一阵尘土飞扬之后，挖土机对那几座坟堆开了瓢，转眼之间夷为平地。

不堪目睹的是，推土机推出的黄土地遍地都是白色骷髅。

消息飞速传开。一天，坟地里突然人山人海。被破坏了祖坟的人家，后裔们联络一起，找来闹事了。

麻烦大了。人家一套一套社会道德理论，一套一套拆迁政策，说起来比那些村干部精通几百倍。当干部原来这么复杂！本来应该是谁当官儿谁说了算，想干啥干啥，可怎么被人家步步紧逼得反没词儿了？人家就简单几句话，你们自己也有祖坟，将心比心，换位思考，村委会傻眼了。人家好端端的百年祖坟，现在给整的抛骨撒骸，你说该咋办吧？

上级领导知道了这件事儿，也很简单：谁强行拆迁了，谁解决；并且立即解决！并且要维护和谐！

人家后裔们情绪激昂，闹不好要上访。现在和谐稳定时代，时不我待。于是，一套新的解决方案立即出台：村里十万火急，拿出十万元钱，从三个方面安置坟主。第一，购买公墓，购买殓葬用具收骨，并按地方风俗请唱道安置。第二，人家后裔上百号人几天办事儿的吃用伙食，工资。第三，人家提出破坏了风水损失，但风水一说太迷信，只能说给予直接近亲的后裔一定的精神损失费。

解铃还得系铃人。十万大洋交付黑大汉手中。村委会寄予重托：动作要快。眼看要过年了，不能让人家天天聚众来闹，甚至跑去上访，上面追查强行拆迁又查得紧，务必三天之内，把这些问题一项一项圆满解决。钱说话！

黑大汉手拿票子，在土堆上一站，冲着那些后裔们哗哗啦啦一阵摇晃，嚷道：放心放心，有的就是钱！你们不就是要吵几个钱儿嘛！这边该请什么道士唱丧就去请，该怎么殓骨就怎么殓！叫我两个兄弟陪着你们，三天后算账，谁听说过阎王爷少过小鬼儿钱？！你们不要得理不饶人！这一带谁能不给我一点儿面子？

啊！你们现在耀武扬威，等事儿办完了看你们还耀武扬威！看谁的骨头长得结实！啊！去去去，快去办！三天来拿钱！

三天，呵呵。从来夜长梦多，坏事儿就坏在"三天"上。

黑大汉做工作，从来都是"兄弟们"代劳，他不可能亲自坐镇现场。这次也不例外。

他带着一帮老板的老板，兄弟的兄弟，棋牌室里，小巷子里，还有那僻静山野，摆开了赌局。

他那兜里揣着的十万火急的十万元钱，伴随着那一个个每天利息500元的"泡子"，随着"牌九"天地人和的一一亮相，一沓一沓全部塞满了别人的皮包。

十万火急的事情那边急急办着，三天说到就到，算账迫在眉睫。

村委会从来没有对黑大汉发过脾气，这一次，村书记几乎是边哭边咆哮着骂：我看你是不想过年！不但你不想过年，你还不要我们大家过年！我看我们这个班子也走投无路了，我这儿还有两百元钱，拿去买十瓶农药，大家喝了，都到公墓去过年算了！

一直闷声不响的黑大汉，据说，临死前只嗡嗡说了五个字：我对不起你！

黑大汉喝"百草枯"农药死了，村书记号啕大哭说：兄弟，你死了，我也活不了了……

……

我几乎听呆了。

可我们隔省隔县的，小宁找我又会有什么事儿呢？

二十一

小宁嫁给黑大汉，她是黄花大闺女，头婚。可黑大汉是二婚。他的头房女人承受不了他的拳打脚踢，离婚而去。说也奇怪，一些姑娘对"社会哥们儿"很崇拜，听到骂骂咧咧的话就像听音乐，看见那些经常鲜血挂彩斗殴的小伙子就像看见王者归来。小宁就是这样的人。她逃离家庭，不顾父母兄姐的阻拦，非此"英雄"不嫁。说起来更奇怪，黑大汉自从娶了小宁，性格有了很大变化，拳头专打外面，很少朝家里打了。小宁汲取丈夫前任妻子的经验教训，很少过问黑大汉外面的事情，只要他大把大把拿钱回家，就听之任之。即使有时候大把大把钱往外拿，小宁也能姑且。反正钱是他在外面一手遮天挣来的。

还别说，黑大汉略微还懂点法律知识。他在喝药自杀的一刻，想起即将成为寡妇的妻子小宁的情分，提笔给她写了一份财产遗嘱。黑大汉这几年当村干部，呼风唤雨，承包过小工程，置办了两台挖土机。另外，还转包了一百多亩荒山，种上了香樟树。目前，"树犹如此"——满山的树均有饭碗那么粗大，价值几百万了。

遗嘱上歪歪扭扭写着：那片树林作为遗产，给小宁继承。

一边办丧事，小宁一边疑惑，这财产本来就是她家的，老公为什么要写这么个遗嘱？

谁知，丈夫火化碎骨未寒，刚刚办完丧事，家里的一片狼藉尚未清理，门前排起了讨债的长队。那些各种身份的男男女女一个个手拿着五花八门纸张写的借据，有香烟盒纸写的，有包装酒的硬纸板写的，有印刷着村委会抬头款的信笺写的，纷纷前来讨债。一直在帮着治丧还未离去的娘家哥拿着计算机粗略累积算算，一共是一百七十五万元。这些人本来都是黑大汉外面混熟的三朋四友，借钱给他做生意，给他赌钱，给他购置挖土机，原本也没有什么好催逼的。自古有言：人不死债不烂。可现在问题是人死了，这个家活着的人对借债丝毫不知情，这些人情债该由谁来偿还？他们分明清楚黑大汉就是因为亏欠了个大大的黑窟窿才自杀的，根本无力偿还债务。他们唯一的一线希望就是能够换个借据，把债主改成小宁和她儿子的名字。

善良的小宁泪流满面，想想人家借钱也不容易，拿出一沓信笺，坐在桌前，一张张撕开，一一给那些借条换写。桌子那边的娘家哥一直拿眼瞪她，她都装作没看见。

娘家哥的意思是：既然对这些借据不知情，干吗你去理会他们？

刚刚把他们打发完毕，人去屋空，小宁感觉累得头晕，刚想休息会儿，信用社和农行的几乎是前脚后脚同时赶到。

毫无虚假，两个银行贷款金额总共三百万元。不包括利息。

小宁整个精神几乎崩溃。但人家还算讲理，不能还钱也不能要命，只问了问家庭财产情况，便一个个长吁短叹而去。

一辆宝马车开路，四辆其他轿车组成的车队横七竖八地围聚在小宁家门口，那阵势令人不寒而栗。

车上下来二十多个一身黑衣满面凶气的青年人。那位打头儿的还算客气，不吵不闹，嘴里叼着一支香烟，下车就问小宁娘家哥，问那片一百多亩香樟树林。他说，那片林子在什么方位他知道，只是具体分界还不清楚，他要这户人家的家人带他们去山上看看界路。

小宁面色苍白，蓬头垢面，急忙问怎么回事儿。那个小伙子侧着脖子偏着头问，你们是真不知道还是假不知道？

那人拿出一张借据。清清楚楚写着，三百万。又是一个三百万！这就是"泡子"。每天每个"泡子"利息500元。她老公的"泡子"就是跟这班人借的。

小宁发蒙。她不知道"泡子"是咋回事儿。

那人说话慢条斯理，不重不轻：现在人死了，利息就免了。只是这纸条上面写的清楚，倘若一个月还不了钱，就拿这片樟树林做抵押。你们看看，他的字，他的笔迹，不会假吧？

小宁感觉五雷轰顶。她定了定神，想起老公给他写的遗嘱。

一切都真相大白了。那天看到老公自杀现场，药瓶滚落一地，气味儿难闻，然后是救护车上市上省地抢救，她做梦都不明白老公放着这么好的日子不过，怎么会想到自杀。还有老公留下的那个遗嘱，根本让人看了糊涂。这一切原来……原来是这么回事儿！这张遗嘱原来仅仅是老公垂死挣扎时的一点儿愿望！

但她还是不明白到底是怎么回事儿。她的家在这方圆数里，经济条件还算不错，老公既承包工程又有挖土机赚钱，可谓四方来财，他干吗借来这么多的债务？怎么这么多年了，他外面借来借去的，拆东墙补西墙的，就是一只蚊子飞了这么多年，她也能听到一些动静。可为什么一直到人死完完，才一个个找上门来呢？

她不干了。她感觉到了巨大的生存危机。她本能地说她有遗嘱在身，那片樟树林坚决不让任何人拿走。老公死了，她和子女还要活下去，还要过日子。那帮人见她一个妇道人家，一时半刻也说不清讲不明。愤然而去。扬言说要法庭上见。

小宁昼夜不能安宁，心神交瘁。这桩为保卫财产的官司能不能打赢，她心里没底。所以她想到赶来问我。她也是千方百计想尽办法打听才找到我的养鸡场，才找到这个山旮旯里来的。

我一直听得云里雾里，且汗流浃背。最后使劲儿摇头。

不是我见死不救。社会，是个大网。有些事儿，还真没法救。再说，就我的脑袋，一半是文学，一半是医学，没有法学的半点空间。我拿不出以理服人的东西来，不能耽误人家大事。

再说，在巨大的社会网面前，谁能知道被缠住沉底的一刻，

能有几分浮出水面求生的可能。不然，那黑大汉——小宁老公怎么会去死呢！

看到小宁抓住救命稻草般的目光望着我的情景，我也很焦灼地心里问：怎么办？

我想，她现在的处境，一是要靠运气；是要等待人家的善心。相信法庭是个真正天平，一切是非善恶，一定会给个真实公道。

二十二

小宁说的涕泗滂沱，听听也真他妈不是滋味儿。

原本说好的等到法庭上见，可人家不等法庭开庭，就使出了手腕。

一个风雪交加，正是本镇地区老老少少上山打雪的夜晚，小宁接到一个神秘电话：

喂——你是某某某，某某某吗？在家吗？那好！稍等片刻，我们来你家做客。

小宁看看外面的风雪，没怎么放在心上。虽然电影里看到杨白劳因逼债而被活活打死，正是一个风雪之夜，今晚也恰是这万恶的气候。可现在什么社会？绝对不是黄世仁称王称霸的万恶世道！不怕！她拿出手机及时和娘家哥取得联系，说明接了个不明电话。在举家皆为小宁提心吊胆的氛围中，娘家哥叹了一口气，也没说个所以然，只是要妹妹小心点儿。

四个黑衣小伙子走进了小宁的家门，每个人脸上的那份肃穆和杀气，是小宁有生以来最心惊胆栗之所见。这几个人似乎酩酊大醉，刚刚跨步进门就东倒西歪，有的躺在沙发上，有的歪在椅子上，有的还贸然躺在床上。小宁想骂，但根据她的判断，那笔债务的问题，这是来者不善，善者不来。她忍住了。

小宁不是傻子。她从各个渠道听到很多古里古怪的消息。

她老公从那放"泡子"人手上拿的钱，不是社会闲散资金，不是民间投资资本，恰巧是一些机关部门从各个腐败渠道流散出来投机取巧牟利的款项。据说，一个什么镇的副镇长，老婆和某银行有关联，用什么手段取出低息贷款，拿来放高利贷；可现在已经到了人家资金收贷冻结的时候了；某主管部门分管待遇的副职领导，把工作人员的工资待遇，年底奖金，交付一个什么基层领导，放了高利贷；可成百上千的工作人员已经到了年底发奖金的时候了；眼看春节将近，大家迫不及待，纷纷谩骂着指责领导了；某局长的老婆辞去所有工作，凭着老公的社会关系和手腕，专事营业高利贷。这些钱源源不断，恰巧集中在小宁老公手上。当时拿钱的理由不仅仅是赌博，据说还以要办什么什么最赚钱的企业为借口。

小宁多次昏倒。总是说上面千条线，下面一根针；今天这根针深深戳到她手心里了！千头万绪，就像无数颗来自四方威力无边的炸弹，集中轰炸到她那娇弱无力的寡妇身上。今晚人家来者不善，是幕后人实在等不及了。他们的社会地位和职务，这种事儿既不能昭告天下，时间又不能等人，一旦上面查个水落石出，说不定吃不了兜着走。这种事儿对于他们也太憋屈！总不能鸡飞蛋打吧！那些堂而皇之的腐败官僚自己不能出面，只能依靠社会黑衣人步步紧逼……

小宁无可奈何，只装作什么也不知道，坦然给倒茶递烟。她现在还能做什么呢？这全球金融危机的年代，人家要的是现金归还，不要那白纸黑字的条子。

娘家哥焦躁万分。从各方消息探听到妹妹家那帮不速之客，可能会有所妄为，便愤然召集了娘家兄弟近二十人，摩拳擦掌，驾驶着车辆分头并进，要赶到妹妹家与黑衣人决一雌雄。

情报很快传到黑衣人的手上。黑衣人一个个酒醒如初，他们把小宁拉上了一辆车，并没收了她的手机，切断了她和外界的所有联系，开车走了。

车子到了一家宾馆。四个黑衣人把小宁推进了一间房。

一个面貌白皙、漂亮、文静、气质高雅的贵妇人站在小宁面前。她那炯炯的目光射出一道道蛇腺，并扬手给了小宁几个耳光。一阵嗡嗡嗡的回声之后，小宁感觉天旋地转，这时她才想到黄世仁的魔爪原来还没有完全消失，杨白劳注定是要喝"百草枯"的。这是个什么局长夫人，因为自家的金钱，因为丈夫的前程急不可耐而怒不可遏，不得不使出了文静的野蛮手段。

娘家哥辗转弄到了那几个什么局长的手机号，愤怒地向他们发出各种严正警告。他们的行为已经犯了国法，已构成非法拘禁他人罪。别以为人家娘家没人！宁家人有的是年轻人，已经各方召集，纷纷拿起了菜刀和锄头，现在已经登车上道，倘若半小时内活不见人死不见尸，就要一路喊杀打到他们家去！并且扬言，要向更高层次更高的衙门告状。几位官僚无法，让几个黑衣人和小宁哥通了电话。

小宁哥厉声说，把手机给我妹妹！要快！

小宁不慌不忙接过电话，只听娘家哥哭得一把鼻涕一把泪。站在窗前，那纷纷扬扬的大雪铺天盖地。小宁沉住气。力劝娘家哥带人回去，千万别做出杀杀打打之举。目前，还没人敢把她怎么样。

可娘家哥说，听说那些放"泡子"的人为了急于收回贷款，经常把债务人剥光，拉到太湖，在水里钉一根木桩，把人浸泡在太湖里。今天一定要活要见人死要见尸，不能让妹妹受这种委屈！

小宁只说了"那是谣言"几个字，就断然挂了手机。

她很明白，自己家的事儿，纷繁复杂，千头万绪，不能牵连了娘家人。人家这样那样的举动，无非就是要钱，绝对不可能要命。人家一而再再而三风刀霜剑严相逼，就是要她答应让出那一百亩樟树林。她现在唯一所能的愿望，就是要保住那一百多亩樟树林。在人家没有对她有任何人身伤害之前，她不能让宁家人栽进了这纷扰无度的经济纠纷。她只要能坚持咬牙一分钟，就能守住阵地；只要坚持最后五分钟，人家肯定会不战而退。

果然，第二天的早上，四个黑衣人在接到一连串的电话之后，将小宁"无罪释放"。

……

听到这些，我还能帮她说什么呢？这事儿由白涉黑、由黑连白；小宁的家事，所有一切只能依靠法律裁决！

虽然不能责怪说我怕死，但也不能说我真不怕死。

二十三

对小宁的事儿不敢过于表示热情，因为这事儿毕竟牵涉到黑白两道，人家不管混得什么道，都是"刨食"，都是"不容易"。古人云：各人自扫门前雪，莫管他人瓦上霜；古人还说，可怜之人必有可恨之处，卑微之人必有龌龊之心，一定有它的道理。当初小宁老公在世时那种生活的风光！在他们那个地区，据说就是时尚的旋风。很多人猜测他从前只不过一介混混儿，突然成了暴发户。一个暴发户坐上了时尚的火箭，天花乱坠，花天酒地，他从哪儿弄来那么多钱？莫非曾经乘坐过"神六"、"神七"到太空赚的钱？等到一瓶"百草枯"下肚，水落石出真相大白，才知道却原来大把大把花的是人家的银子，原来是"人家的儿子不怕鬼"。其实人家也冤枉，人家一直在做着冤大头。本来是被"利息"蒙蔽了眼睛，真的应了那句话，"不识人没饭吃"。人家看走眼了，腰包全被别人挥霍一空，真摊上了某人说的最痛苦的事儿——"人活着钱没了"。现在债务人人家"人财两空"，债权人权力再大，可拿什么回去跟家人、跟亲戚、跟部门、跟领导交代？难怪他们冲冠一怒，使出各种手段，也实在是狗急跳墙，万不得已。其实人家咋呼咋呼一股凶相，也就是想能讨回几个是几个，希望多少挽回一点损失，那钱挣来的或是贪来的或是奖金来的，都"不容易"。再说人家又没有动小宁身上一根毫毛，就是动了也轮不上我说话；再说，还是那句话，一切善恶是非，法律自有公断！

这件事儿就暂放一个段落。

事到头不自由。这话不假。那年夏天，山上忽然来了十几个客人。说是客人，一个个气愤填膺气咻咻的样子。他们嚷嚷着怎么办，去年年底的奖金为什么至今还拿不到？

我一边和老婆忙着杀鸡宰鸭，一边沉闷着脸生闷气。我也是这个单位的，被老总邀请，做编外宣传员，不定期上班，基本属于编外挂职但干真活。去年年底，我也没有拿到预定的奖金。这时间飞逝而去，大半年的日历都被撕得如秋风扫落叶，大家终于憋不住了，这几天大家都在商议该怎么对付那个"抠老板"。

喝着山上野杨梅浸泡的杨梅酒，大家情绪一阵阵潮起潮落。看样子大家理由很充足，可是仔细推敲起来，又拿不出说话的硬件。比如，单位没有写出一个字儿的劳动合同。当时都是以单位领导谈话为准，只听领导信口开河，谁也没想到后来会有变故，更没有拿下脸面动笔画押。我们都是凭着什么文化职称招进了单位，所以比外来"农民工"要稍高一个层次。国家整治"农民工"工资不可以拖欠，可我们不是"农民工"，就没有"农民工"那种待遇。我们基本就是一种"边缘人"，三不管。现在基本是两手空空，只要领导哼一声不认账，那就一切归于"零"。好在单位领导一直没有改口，承认答应过奖金的事儿和份额，只是口口声声说"钱没到位再等等"。可这等待的期限是遥遥无期。今天大家聚到一起商议，最后商议的结果是，先不要去找政府，一步步来，由我，去找某部门领导反映情况，看看上面领导能不能给点压力，尽快解决尾欠问题。

　　找到部门领导的办公室，领导门前挂了个牌儿，写着大大两个字儿：外出。同时还留着他的电话号码。我这个人是个书呆子，从来不认识领导什么的，就照着号码打电话。电话里说半天，人家对那个厂一无所知，对于我这个人，倒听说过，报纸上读过"豆腐干"文章。我们预约明天上午，到他办公室谈谈情况。

　　领导的承诺给了我一腔热情和勇气。第二天一早，我顾不上给他打个电话，就匆匆赶去了，一直在院子里等那办公室开门。夏天的太阳真给力，一会儿就把凉爽的朝露驱逐精尽，换上了火桑拿。我烤了将近大半个上午，不见人影，忍不住了，拿出手机打电话。一问，领导说今天来不了了。他家请人砌围墙，正热火朝天营造小院子呢。

　　我这心里便开始有些不畅。不是说好今天见面谈谈吗？砌围墙不可能是半夜的决定啊？既然早有此预案，干吗要约我今天来呀？真是！

　　但我还算是通情达理。没有发火。两人电话里又重新约定，明天没空，后天上午见面谈。

　　后天说到就到。领导在。一见面，两人各自端详对方，算是认识照会。还没等我开口。他立即站起身，拿起桌上的墨镜，要出门。说，去那厂里先了解了解情况。我悻悻地，不知所措地，退了出来。

　　肚子里憋了一夜。第二天一早，我就给那领导打电话，干脆直问，今天可以谈谈吗？

不防那边儿突然来了一声大叫：你这人搞得清搞不清，这么早打电话，什么事儿不能办公室谈啊！

我满怀着一肚子火山的熔岩到了那办公室。真是起早碰到鬼了，那领导看见我一进门，霎地站起身，把手一挥，大声说：别说了！我都打听了！情况就是那么个情况，没什么好谈的！把我门带上吧，我还有事儿！

我刹车一般陡地立住脚。身体一阵颤抖。没想到这一急刹，激荡起了肚子里的万吨熔岩，本来翻腾的海面瞬间激荡起海啸般的万丈狂澜。我两眼直瞪着他，跨前几步，站在他面前，拿手指直指着他，大声说道：

你是个什么东西！你说，你是个什么东西！你以为你是个领导就可以为所欲为，可以拿我们老百姓穷开心是吧？！我一趟两趟三趟地和你约好，要谈谈，你一次两次三次把我拒之门外！我和你一句话都没说，你什么都知道了！你去那厂里了解了是吧？了解了什么情况？我没有开口说话没说半个字儿，你什么都知道了是吧？那你说，你了解了什么情况，你说！

我的咆哮声震如雷，隔壁办公室有人探了一下头，又缩走了。他梗着脖子，也瞪圆了眼睛，说：当然了解了！我们会给你一个答复的！有什么好谈的！

"砰！"我一拍桌子，再次用手直指其鼻尖，吼道：你作为一个部门领导，面对下面反映问题是什么态度！什么工作作风！你就是去了解情况了，那也只是一面之词，为什么我们不可以发言说话！为什么不可以反映问题！为什么不听我们说话！你说！

……

他哑了。

我继续说，常言说，为官一任，造福一方，你这是为民造福吗？你这是无故制造更大的矛盾！你知道什么叫现场办公，什么叫为民做主吗？我早就听说你这个人，解决矛盾总是拖拖拖！等到人家又气又急要到省城到北京去上访，你派人在火车站拦道，把人家强拉回来！拉回来还是不解决问题，还拉！你要拿出个办法啊！解决问题啊！天天拦着拦着，拦得住吗！像你这样的人能混进党内当干部，你可真是手段太高明了！可你给党的形象损害到什么程度！

一阵痛斥，算放了一肚子的臭屁，真舒畅！

说起来，他也可怜。因为他的工作方法，经常招人骂，简直像骂儿子。他天天东奔西走这家厂那家厂找厂长要酒喝。没酒喝就不办事。他还参与赌博，有一次在赌场上被人打了，包了一头纱布上班，简直是招摇过市。没多久，上面惊动了，动了真格，把他待岗了。

可我们的问题，后来在政府领导的干预下，终于得到圆满解决，我们如数拿到了各项奖金。

后记

这几年，在山上总共待了三年零六个月零五天，一千二百八十二天，三万零七百六十八小时。就不换算成秒了。不然庞大的数字不堪重负。

和小鸡小狗小猫野草野菜野鸟厮混的日子，一茬一茬，一季一季，体会最大的就是生命如歌，岁月轮回。不管你走到哪里，不管你幽居还是蜗居，只要生命存在，就会有这样那样的故事。即使原野独坐夜空观星，也能和星星对语，甚至可以幻想着星球的神话。何况我是很少静坐山里，常常"摇晃上下坡、孤灯照长天"，常常与酒瓶对话，常常和山里的人、山下的人、山外的人、山外之山外的男人女人熟人陌生人对话，一茬一茬，一季一季，体会更是生命如歌岁月轮回了。

倘若总结几句话的话，在山里，是辛苦了几年，疲劳了几年，还是糊涂了几年，清醒了几年？还是做对了几年，做错了几年？呵呵，我可以说，都不是，而是快活了几年啦！

山里的生活，就像我写小说一样，不按规则，想咋写就咋写，想写啥就写啥；那几年的日子，我是想咋过就咋过，真是倒下头就睡爬起头就喝；迷迷瞪瞪上山，稀里糊涂下河；夏季风雨不避，雪夜醉归躺雪窝；没有会议，没有文件，没有指令，没有委派。我感觉几乎真空，几乎羽化，几乎成仙。呵呵，成仙原来就是这么容易！不难！

我早忘了该怎么回归到山外。有时候，酒后遥问星空，那昔日陶渊明后来回归了么？星空眨了眨眼睛，无语。可是我听懂了。既来之则安之。怪不得世俗之人不能登仙。尘缘未了六根不净，心若浮云，如何修成正果？

但是后来我还是下山了。不怪我。我穿梭山里山外，没有尘缘不尘缘之说。我又不是做和尚。真正下山的原因是，从山峡来的三条特高压线直通上海，路经那林场，说有强大辐射，沿途高压线两旁近三百米内的所有住宅全部搬迁。我也曾试图着不走。可是晴天那通电的电线嚓嚓鸣叫，阴雨天气那电力更是惊人，顿感皮肤吃紧头发倒竖。我害怕了。不管尘缘不尘缘了。不论什么缘也不能说不要命啦！匆匆卷了铺盖卷，拿了理赔的钱，急急下了山。

自古云上山容易下山难。可我完全两样。山下镇街造起了崭新的大医院。镇街造起了崭新的文化中心。听说我要下山，同行们文友们纷纷开车，接我下山。我们是一路欢歌，一路扔了山中的破旧，一路直奔镇街！

那山，那人，那事儿，就此告一段落吧。

大傻韩大

我驾驶着小汽车盘旋上山，车窗一侧郁郁葱葱的杉木再生林苗壮成长着，轻风中舞动的枝丫仿佛群体欢迎我的到来。山风很紧，吹得我流泪。我曾经是这片再生林的主人。但后来，我把它们送给了我的一位傻兄弟。

山脚下一块茶叶地头，有一座小小坟茔。里面埋葬的就是我的那位傻兄弟。村子里都称呼他——大傻韩大。

我伫立山头，心生埋怨。千不该万不该，为了这一片树林，竟舍弃一条性命！为保住这一百多亩再生林，他用鲜血向那些毁林者誓死抗争！这片再生林若有灵知，它们会既幸福又苦恼：会为自身的存在被重视而幸福，也会为必须用如此代价而苦恼。时代不是在发展吗？看样子，是大傻韩大落后了。他那纵身一跳，当时虽也掀起小小波澜，也唤醒了这片原本没有灵性的树木，也给了毁林者当头一击，可是，直至今日，还是有人说他是——大傻韩大！

我忘不了大傻韩大。不是我多愁善感。我和他之间，搁谁也不会轻易忘却……

小时候，韩大从未读过书。在我们读书的那个年代，读书人寥寥无几。韩大是全村人男女老少公认的傻子，就更不会进学校门了。记得他父亲给他"一角"钱纸币叫他去代销店买一盒八分钱一包的"经济"牌香烟，他把"一角"往柜台一扔，指着"经济"香烟，斜着白多黑少的眼睛，呀呀半哑一般说着话。店员把香烟拿给他，捎带出来"贰分"硬币找他零钱，他却是拿起香烟就跑，店员举着"贰分"硬币高喊：你的钱！钱！他跑到老远气呼呼地回头冲店员嚷道：

钱不是给你了吗，还在叫？

找他的零钱他不知道要。

我们小时候常到田畈去放小鹅。每次到田畈我都要携带一只竹篮，因为田畈里可以拾到稻穗。韩大总是尾随我身后，我弯腰拾稻穗，他也弯腰拾稻穗。他的妈妈远远地看见这个傻儿子拾了一大把一大把，心里高兴。可在天黑回家时他却是两手空空。他妈妈追问拾的稻穗哪去了，他两手一摊，眼睛一白，怔着，然后再嘴一努。我们家住村东边，他的嘴就向东努着。他妈妈可不傻，早明白了啥意思，气得流着泪骂：

"人家孩子知道一篮子一篮子稻子往家里拿，你捡了也白捡——给人家捡！"

不是我把他拾的稻穗哄进我的篮子里，是他自己不要，他只知道捡，不知道要。

整个村子里男女老少都不叫他韩大，只叫他"大傻"或"傻大"。

韩大后来长大，娶不到媳妇，直到三十开外才娶了个同他一样半傻半痴的女人。这女人生了一男一女，令人吃惊的是两个孩子聪明伶俐，后来双双考上大学，学费由我主动赞助着，这是后话（不幸的是这女人五十岁光景在外面跑丢了）。村里人惊奇地发现，韩大自从娶了老婆人一下子像开了窍，特别有一件事情，我也觉得韩大不是太傻，而是有些鬼点子。

在我当上大队长的那几年，农村干部时常夜晚带民兵抓赌。大队张书记更是个抓赌狂，每天吃了夜饭就来找我悄悄嘀咕：三猴子今晚又要动了，在谁谁家里。我是个大队长，不能不跟随他去。可我实在不忍心寒冬腊月把抓获的赌徒衣服剥得精光只剩下一件裤衩蹲在墙角咯咯咯地打寒战，还要把他们仅有的几元钱几角钱搜刮一空，然后拿去下馆子。

那一年，腊月二十七夜晚，月黑风高，我们闯进三猴子大伯父家里，张书记一声大喝：谁也不许动！竟真的没一个人敢动，全像瘟鸡一般呆呆地蹲着。张书记又一声炸雷般吼道：把钱都交到那桌上去！他们乖乖地把钱放在桌上。我在桌上摊开日记本，一一记下他们的姓名，张三交来一元，李四交来三元……全记下。啪的一声听到张书记一脚踢在三猴子屁股上，接着是大骂：这下瘟了吗？死了丈母娘一样挪不动窝了哈！三猴子咧了下嘴，捂着屁股来交了五元钱。他还真是个大户！那时候五元钱可以买很多东西。这些钱都是要被罚没充公的，明天中午一帮干部在镇酒馆里还要开销的。我从暗淡的灯影里瞥见韩大也夹在这帮人堆中，斜着习惯的白眼正偷看我。我心里一咯噔，听他傻女人说，过年的年货一分钱没买，老丈人怜惜他们傻不愣登的可怜，白天送来二十元钱给他们打年货，可韩大今晚却溜到赌场来了，还被我们这样抓住了！不知道他这个"大傻"会不会把二十元钱全部拿到赌场来呢！

张书记又来个晴天霹雳：把衣服全部脱光！

他们一个个瘟鸡褪毛一般脱衣服，棉衣棉裤大多是破的，棉絮都在外面绽着朵儿。每人只允许穿一件裤衩。张书记又一件一件逐一在口袋里搜摸，偶尔还有一分、贰分漏网的硬币，还有半盒半盒的香烟，又全部扔到我面前让我登记。我眼盯着韩大，他哆哆嗦嗦把烂棉袄脱下，张书记一把夺去，搜出"五分"钱，外加半包"大红鹰"香烟（每盒价一角三分钱）。张书记啪的一声扇了韩大一巴掌吼道：穷得打年货都没钱，也来瞎弄！

我把"五分"放进抽屉，动了一下"大红鹰"烟盒。我的手指头忽然一颤——烟盒里白色的纸烟中还夹着两支杂色的"烟"。我仔细一看，差点叫出声来，原来是两张"大团结"十元币卷成的"烟"！这家伙！啥时候学着这样鬼灵了？我抬眼认真地打量了他两眼。他捧着头，蹲在墙角，眼角朝我这边瞟着。

我保持冷静，把烟盒原封不动地放在抽屉里。

一切程序一一过场完毕，张书记才下令他们一个个光着膀子回家去。

韩大临走时，躬着腰瑟瑟抖着站在我面前用白多黑少的目光和蚊子般的轻声乞求我：大队长，我烟瘾大，把香烟还给我吧。

看到他伸过来黑乎乎的手不停地哆嗦，我斜了张书记一眼。此时因为人群的挪动遮掩着，我从抽屉里拿出"大红鹰"塞到韩大的手上。

这件事，我着实变得对韩大刮目相看了。"大傻"？每当人们谈起韩大如何如何傻得可爱时，我会自然而然想起"大红鹰"香烟来。

我和张书记之间共事不是太久。两人意见常常相左，时常争执得面红耳赤。后来我退出领导班子。责任制后，我媳妇天天嘀咕，说大哥家承包了两百多亩荒山，种植的杉树一晃从筷子般粗细变成茶杯一般粗壮，长势喜人，乡里来人说这简直是绿色银行。我便把村里剩下的一百多亩荒山不论肥瘦全部承包过来，也种上杉树苗。我们兄弟俩各自在各自的山头上挥汗如雨地忙碌，很少谋面。不想一天傍晚，大哥骑着自行车匆忙下山，和我迎头相遇。我先是一阵高兴，早几天就想向大哥打听苗木施肥的办法。可今天一眼看见他脸上的愠怒和焦头烂额之状，心里陡然惊诧。大哥告诉我一件很伤脑筋的事情。他那一片杉树有大有小，多数茶杯般粗细，也有饭碗一般粗的大树。他请了三猴子当他的护林员，谁知三猴子这娃不规矩，常常深更半夜监守自盗，伐大留小，搞得翡翠一般的山林一窝窝得疮痍狼藉。据说，树木都卖给张书记的儿子张侯宝了。这事儿有理还没处申诉呢，只有自家苦恼。我一惊。张侯宝在村里办了个木材厂。这小子鬼精得很，做木材生意倒卖了大批木材。很多森林都已经被他们毁了。大哥今天的遭遇可就是我明天的遭遇？看起来，承包荒山植树，生长培养是件大事，守护看管同样是件不小的事情。树木好不容易长大却被人盗伐，长得再大也没用，长得越大越令人心痛。我回家赶紧和媳妇商量，这片山得请一个牢靠人看守。请谁？把村里的人排过来比过去，只有韩大是合适的人选。小时候我就了解韩大，他手稳，不拿人家东西。美中不足我们夫妻俩都想到一块另一个问题，此人太憨实！倘若抓住偷树贼，他才叫"痴汉不会饶人"呢！

当杉树林长到茶杯一般粗，我已经把护林棚搭建起来。韩大满口应承，还不断伸出大拇指夸我"好人！好人"。我知道他说的是当年那包"大红鹰"香烟的事情，心里更加踏实。

后来的两三年里，我不断听到大哥为丢树发牢骚和不敢深究的苦恼。他恼火之下，把护林工三猴子辞退了。却不料这更加火上加油，三猴子不再偷偷摸摸，而是明目张胆，大白天就扛着斧锯上山砍伐。因为我的一百多亩杉木林毫发无损，我正打心里为找到韩大这样的好人高兴呢，突然一个傍晚，山脚下那水库旮旯里传来韩大暴跳吼叫的声音，山谷里很响的回应直叫人心惊肉跳。我赶紧穿树钻林抄小路跑过去看，原来三猴子偷我大哥的树还不过瘾，今天跑到我家地面，刚刚锯倒了了一棵大饭碗一般粗大的杉树。这边道路陡峭，不便扛出，张侯宝却从木材厂赶来帮着他抬呢！韩大正死死抓住张侯宝吼叫着：

抓贼抓赃！你这人赃俱在，还想跑？跑得了吗？

张侯宝被抓得窘态百出，脖子上一道道血痕，却声声辩解不是他砍的，他是来给三猴子帮忙抬树的。

三猴子早拔腿跑了。韩大也看见三猴子跑的，但他揪住张侯宝就是不放。他梗着脖子敞衣露怀，袒露乌黑的肌肉疙瘩，越揪越紧嚷道：你莫全怪三猴子！你不办木材厂，三猴子就没地方销赃！种树人就苦了你！

这副阵势，我恰恰一头站在他们面前，十分尴尬。

张侯宝犹如捡到一根救命稻草，连声喊：叔、叔，你帮评评理，这三猴子偷你的树，他叫我来帮忙抬，这大傻追来揪住我不放！三猴子跑了，我倒成了替罪羊了！

我先是急躁满腹：大哥的命运终于落到我的头上。现在这情景，我也无法指责他们谁是谁非。张侯宝好像是无辜的，他的天皇老子又是村书记，我兄弟俩承包荒山还承蒙他点头照应。我只急得喷喷咂嘴，只怪自己来得不是时候。

啪！韩大扇了张侯宝一个耳光，说，今天抓住你就是你，说一万遍都没用，喊叔喊爷都没用！这山上的树是我管，不是他管！

我一看韩大打人了，怕事情闹大了，赶忙劝阻，一声一个韩大哥，又拉又抱，总算把韩大揪人的手指头给掰开了。等张侯宝狼狈而去，我已是满头大汗，气喘吁吁。

韩大"得理不饶人"，只那一次，便威镇山林。三猴子和张侯宝再也没敢在我那一百多亩杉林里溜过影儿了。

杉树林伐大留小，砍了又冒，审批了砍伐证，大树卖了小苗又再生，一百多亩还是一百多亩，颇像菜地里的韭菜。我们家有了钱，到镇街去买了房子，全家搬到镇街去住了，改行做了服装生意。可这一百多亩再生林的山地承包期还没到期。为了感激韩大的忠诚护卫之恩，我们全家决定，把这一片再生林赠送给韩大。韩大一家当然感激不尽，韩大噙着泪夸我：好人！大哥好人！

我们家搬到镇街，也觉得心安理得。我家的发迹，幸亏了韩大的鼎力护林，而我们除了给工资之外，又赠送他这么多再生林，韩大从心里也会感觉到高兴的。

谁知，这事儿却出来一桩大麻烦！

一天一大早，韩大跑到镇街咚咚敲我的房门。开门一看，韩大身上朝露湿漉一路风尘的样子，很是焦急。他没工夫进门细说，站在门外告诉我一件意想不到的事。张侯宝现在接替了他老子的班，是村支部书记了。这书记一上台，新官上任三把火，要把韩大那块地收回，村里请挖土机来搞山地平整。平整好后，承包给外来的一个投资商，办砖瓦厂。那投资商说这山上的土做砖做瓦再合适不过的了。韩大说，他全家这么多年把血汗都撒在这片林子里，现在说收回就收回说挖掉就挖掉，岂不是要他一家好看！他现在坚决和张侯宝抗着的！

这事儿麻烦！人家从前吃过韩大的亏，可现在人家当书记了。现在是趁着韩大的苗木青黄不接的时候，公报私仇呢！

我感觉事态紧急，但今天正好有一趟货要发过来，暂时无法走开。我叫他先回去，答应他傍晚时分赶回村里去帮他说理。他说，山上就要开始平整了，石灰印子都打好了。他也搬回到家里去了。他说我们傍晚时分就在七里渡大桥上见面、碰头，然后一同到张侯宝家去理论：这承包合同毕竟还没到期嘛。

傍晚，他果然就在七里渡大桥上等我了。七里渡大桥在夕阳残照里线条浓黑分明，大河两岸秋风萧瑟的霜叶重彩构成一幅秋晚之图。韩大光着膀子，古铜色的臂膀露出一疙瘩一疙瘩的肌肉，一束夕阳从远山耀过来在肉上晃着。他端坐桥墩，伸长脖子看我骑着摩托赶来。他的眼睛竟然一下大了许多。

大桥头的村委会早关了大门。我和韩大一同赶到小张书记家。老张书记告诉我，他儿子早就不住乡下了，自从当了书记就买房搬镇街去了。轿车来轿车去，找他还真不便找。

我问老张书记身体一向可好，他说就是血压高，其他都好。我们谈话时，韩大在池塘边远远站着，对张书记看都不看一眼。

到了镇街，在一个豪华的小区里，我们找到张侯宝家里，一个五旬上下的陌生妇女系着围裙开门，我们心里好一阵琢磨：那张侯宝不足四十岁的人，他的妻子大家也眼熟的，可这位五旬妇女谁都不认识。没等琢磨透，那女人自报家门说，我是张书记家的保姆，有话告诉我一样的。

保姆？我一惊。这村书记家请保姆啦？呵呵。但一想，管他啥人，今天这话告诉她恐怕没用，我们便向保姆讨要张书记手机号。保姆说可不敢告诉，告诉了是要倒霉的。

我更觉得这村支部书记和他老子大不一样了，赶快和韩大匆匆而去。后来打给我大哥电话询问，他说找张侯宝必须到七里渡大桥的村委会里，他家里素不接待公务之事。

第二天，我又骑车前往七里渡大桥。韩大早就坐在桥上等我了。我们赶到村委会，多年不见的张侯宝果然今非昔比，很胖，肚子腆得老高，与其说是个人，不如说是一堆肉坐在办公台上。那办公台和办公桌决非可以同日而语，又宽又大，长约两丈，一幅不可一世的气派。

我和韩大开始谈那片承包山林。我拿出承包合同，合同期还差五年。张侯宝一看，眼睛有些定格，但他随手把合同一抛说，叔，这合同是你家的，你是你，他是他！你的树卖了发了一笔也就罢了，我们村里招商引资正伤透脑筋，好不容易来了个办砖瓦厂的，他就看中那一片。乡政府也眼巴巴盼着的。

我说，你韩大叔这几年的心血都在那片林子里。

张侯宝说，我们要补偿给他的，青苗费！

韩大忽然站起来嚷道，我不要补偿！电视里我都看了，砖瓦厂不可以乱办，山林不可以乱破坏！

张侯宝猛一挥手，喊道，叔！那电视里的事你也信？在哪里？我们眼面前的事都顾不牢，还管那电视里说的事！说着起身就走。边走边说，这事是村里两委会研究定了的，今天来不及谈了，明天再说了。

于是，第二天，韩大又坐在七里渡大桥上等我。我们去了又白说一通，他又说改日。

第二天，韩大又坐在七里渡大桥等我……

第二天，韩大又坐在七里渡大桥等我……

一个多月里，村里男女老少天天看见韩大坐在七里渡大桥桥墩上，眼睛总盯着我骑摩托车的方向。其实这个月里，我只去了八趟，韩大坐大桥上或是不完全等我，或者，还有什么别的盼望吧。

韩大心眼儿太憨实，后来有人叫他别盼了。苦劝，劝也没用。有人就说，反正你这辈子肯定是盼不上了……韩大听此言慢慢转动眼珠，好像想什么心思。

最后一次见到韩大那天，和我原来合作的老张书记身患中风后遗症。听说高血压严重了，发了半边瘫，连嘴都歪了，说话像半哑。

那天已快傍晚，我刚走上桥头，忽听到一个憨厚的唱小曲的声音：

千年良田八百主，十年兴败许多人……

我一怔。不单是小曲歌词令人回肠荡气，新鲜的是唱小曲的人竟然是韩大。七里渡大桥在夕阳残照里线条浓黑分明，和大河两岸更深的秋风萧瑟的霜叶重彩构成一幅秋晚之景。韩大光着膀子，古铜色的臂膀一疙瘩一疙瘩的横肉，一束斜阳从远山耀过来在肉上晃着。他端坐桥墩，一瓶红高粱，二两花生米，正边哼着小曲边喝，颇有一番嘲讽世态的古酒狂人之态。

他一把抓住我的手拉着我非要我陪他喝几口酒，说："想当年那包'大红鹰'的事，今天就在这里感谢了！你一定要喝一口！"

我是滴酒不沾的人，看他今天有些酒多，便坐下拿几个花生米陪他吃陪他聊。

"知道他瘫了吧？"韩大问。韩大指示方向的习惯动作是用嘴努着，当下正向张书记家住宅的小村子里努着，且努得很用力。

我"嗯嗯"地应着，韩大把努着的嘴收回来，欲言又止，却一个劲儿地拍着我的肩膀说，大哥，像你多好！像你多好！

他咽喉里酒气缠绵着的哽咽之声，我知道他是实实在在动了真情了的。

……

没几天，传来消息，韩大坐在桥墩上喝酒，跌到桥下，摔在一堆石堆上……

闻此噩耗，我赶到七里渡大桥，天已经很黑了。桥下闪耀着五六把手电筒的光柱，一片嘈杂的人声。韩大儿子、女儿都在外面读书，桥下都是村里的乡亲。有人喊着"门板！门板"，也有人轻声嘱咐韩大：老哥，别怕！我们把你放门板上，抬你回家。我已不能控制自己，冲撞着在一片纵横交错的灌木林中寻找下河坡的坎儿，忙乱中找不到路径。我喊着问：从哪里下去？从哪里下去？可没人理我，下面的人在手电光下正手忙脚乱着。我依然喊：韩大，你是从哪里下去的？我怎么下不去？喊着喊着，我的泪水呛入酸楚的鼻腔，忍不住失声痛哭。我恨不得从灌木丛中跳下去，去搭帮一把手。我要看看韩大还能不能得救。

大傻韩大

河堤上已经站满了村里的乡亲。大家先敛声屏气地注视着桥下几道手电光地挪动，等听到哭声，人群里骚动不安。有人说韩大可怜，一辈子没有过清闲日子，又当爹又当妈把子女拉扯大；刚刚松了一口气，刚刚有了那一片长势喜人的杉木林这么点财富，就这样凄惨地走了。有的人说这是命！命里只有三五角，七角八角要招祸！村里多少人养鱼养鸡都发了，可刚刚要轮上韩大，却是大祸临头了！有人说他傻，村里要赔偿他青苗费，赔的钱不也是钱嘛，干吗一根筋挺着，一条道走到黑？

在一片呼喊声中，抬韩大的门板上了大桥，几十个乡亲一拥而上，把门板团团围住。手电光照耀着血肉模糊、脑浆迸裂而眼睛却瞪得老大的韩大。我扑上去叫喊：大傻！你可真是个大傻！上边就要来办了，你怎么这样傻啊！周围也有人附和着说他真傻。有人苦苦劝着把我拉起来。我起身时，再次看看他那一双瞪得老大的眼睛，用手轻轻地抹着，想要合上他的眼皮。可这个大傻，就是不闭这个眼睛！

我骑着摩托车飞一般的行驶，开着大灯绕着那一百多亩再生林一圈儿一圈儿又一圈儿。我骂，韩大你太傻了！我一直在为你跑乡串县，张侯宝不给办，上面是一直说好办的！合同有合同法的！

韩大死了。他太憨厚！太听信人家的戏言：你这辈子是办不了的。他想早点结束他这辈子。他想赶快跑到下辈子，下辈子接着办！他说他一定要保住那片山林，坚决不要村里的补偿钱！

韩大出殡那天，一辆警车赶来把张侯宝带走了，说是上面掌握了他的经济犯罪问题。

那个砖瓦厂的投资商从轿车上走下来眼望着远去的警车，木然。张书记被抓，他自知大势已去，开车走了，便再也没有来过。

村委会里争论很大，有的说韩大太笨，憨实得不知好歹，临死也不为村里的招商引资做一件好事。有的说，张侯宝被捕了，韩大若晚死几天，他的保护再生林的愿望一定会实现的，他笨得不知时务。

可老百姓在外面说，韩大不笨，他清楚得很，只要张侯宝这样的人还在位置上，他这辈子是永远没法办好的，再生林也是保不住的！他笨，就笨在他这样的小百姓不知道上面什么时候才会搬掉张侯宝这样的"官"！……

竹　子　涧

序言

　　昨天重阳节，窗外的月亮清光半圆。从窗的这头走过去是七步，从那头走过来是七步。手里的一壶桂花茶喝干了，我才看见脚上的拖鞋穿反了，都往两边别着。反就反着吧，无心去换它。一个遥远的山间丛林的故事一幕幕在月光下的脑海里翻腾。我在想，她要是不死，现在也该岁月添鬓，快要知天命了吧……

　　我糊涂了半辈子，醉生梦死，啥都忘到九霄云外。就这件事惴惴不安。

　　我永远忘不了一个叫竹子涧的地方。那时候刚刚实行责任制。新与旧正在交替。那里曾经写过我一段凌乱的人生。

第一章

　　平时我不喜欢谈起我的青年时代。我是属于展望型的。两眼永远看着前方。也许未知数的前景总是充满神秘的魅力吧。现在金钱时代，我虽然没有钱，但是也不愿袒露过去那种穷困和窘迫。那毕竟不是值得炫耀的。当今三十岁以下的，你要说起三十年前的岁月艰难，谁信啊！还有，尽管那时候普天下差不多穷，没什么好汗颜的，可是那些同龄人没有我那一番非同寻常的经历，没有因为穷而和一个美丽的姑娘擦肩而过。尽管年轻时根本不懂得什么是爱情，也不懂得爱情和生活乃至于和死有什么瓜葛，可那些事儿就奇怪的摊上了我。伤刻在心里，一直藏着。本来中国人的死就是入土为安，干吗还去翻动它呢？

　　可偏偏这重阳节的月亮，扰人……

　　那时候，我刚刚二十出头，个子不高，破男孩儿一个。在来到竹子洞那个陌生神秘的丛林之前，我还有一些很寒酸的童年和少年生活需要交代一番。

　　我是穿着哥哥们下传的破衣破裤长大的，那衣服从来没有合身过，总是有很大的空间在衣服里晃荡。这九月九的秋天也曾光着脚，翻山越岭上小学；跑六里多弯弯绕绕湿漉漉的田埂路上中学。那时候小，只管皮闹，啥也不懂。也没人笑我，因为他们身上的补丁也不比我少。

　　记得小时候的过年，好像一定是下雪。我们家人多，兄弟四个，吃起饭来站在灶头排队一般。父亲总是在大年三十那天很晚回家。我们小，不知道他在外转悠什么。雪地里父亲一行行的脚印深一脚浅一脚的，他背着一只麻袋，把家里的稻米一袋一袋送到左邻右舍去。父亲的衣服全被溶化的雪水湿透了，他才拍拍袖子，取下竹笠，跺跺脚回家。母亲问，都还啦？父亲苦闷着脸，哼了一声，叹了一口气。母亲说，有借有还，明年再借不难。等父亲换好衣服，带领我们围上桌子，吃年饭。全家在父母亲绷紧的脸色氛围中很少欢笑。但我们还是眼巴巴地看着父亲。因为过年除了可以吃到平时极其少见的肉、鱼、鸡蛋和豆芽、芹菜，还有个值得我们挂念甚至做梦说梦话还念叨的项目，就是压岁钱。每逢这个时候，父亲率先露出笑脸，从口袋里摸索摸索，掏出"五分""五分"的硬币一一发给我们。大哥已经是大人了，他不穿的衣服我们一个个轮流下传已经好几茬了，地位特殊，他得到了父亲"贰角"钱纸币。这时我们下面几个小弟兄在全家愉悦的欢笑声中开始了梦想，我们要赶快长大，长大可以得到"贰角"钱啊！

另一个得到"壹角"钱的，那就是我了。我是最小的儿子。在家里灶头前排队盛饭时个子最小；在村上读书成绩又是最好；那个当老师的表哥见了我父亲又递烟又夸我：舅舅，小表弟读书好啊！不像三老表，年年留级。学校里班级房子紧张，明年可能要安排他跳一级呢！父亲或许在他最基层的官位苍凉人生中从我身上获取了一些慰藉，特别在压岁钱上加了码。虽然哥哥们有些不平，但他们没办法。这钱有点"奖学金"意思，我那成绩他们只能望洋兴叹。

那时候不知道父亲望子成龙到了什么程度。如果他早就预知后来的我这么不争气，肯定不会另眼相看给"一角"钱的。

我们就是这样年年过年，一年一年纷纷长大。

在我上中学的时候，家里情况发生巨大变化。在大队当了几十年穷书记的父亲，他的芝麻官位面临着巨大考验，他的性格发生了巨大变化。无官一生轻，那是假的。他原来以为干部会终身制的；满脑子的"大集体""以粮为纲"全套体系，在责任制新形势下"土崩瓦解"，面临全社会"八仙过海，各显神通""发财致富"的新一套，他想不通。无法释放的情绪积郁着，常常火山爆发一般迁怒给我们。他先溺爱我，那是对我期望值过高；估计后来没那心情了，干脆把我和哥哥们一视同仁算了。我们家分得了十二亩承包田。早就长大了的哥哥们再也不天天听队长哨子上工，而是看父亲的酒杯。酒杯一放，呼啦呼啦响，只听见声音，眨眼之间，山尖般的一碗碗饭风卷残云了。父亲一声咳嗽，哥哥们赶快起身，拿好了扁担、锄头赶前出了门。父亲赤着脚，裤脚卷起老高，大声咳嗽着走在后面。那时候农民的脚非常皮厚。石头渣子路、草丛中，到处踩，秋毫无犯。那时候发生蛇咬人都是夜晚。白天很少听说。因为白天干活赤脚踩在草丛里，蛇早就闻风而逃，你不逃，那双赤脚板会活活踩死你。父亲走路不会东张西望的。他看不惯大路两边那些"私有制"后拼命卖力的各位。村里人分了责任田白日黑夜地干活，和大集体完全两样，父亲很生气，想，这些人为什么从前在生产队里偷懒，耍滑头，磨洋工？现在分了田反差太大了！什么思想！

星期天，哥哥们有时叫我去学插秧。可父亲不干。他声音大，几乎是喊着说：磨镰刀砍草！

父亲的威严，不光是在我们家。刚刚解放的时候，他是第一批入党，多年在大队里当干部，全大队一千多号人，只要听到他咳嗽声，无不惊恐不安。那时候集体干活，大家都学会了一套技术含量很高的姿势：站在田里，锄柄挂着下巴，一条腿立着，一条腿斜倚在锄柄上，或者谈古论今聊天，或者谈某某地主富农不老实，或者谈某某家女人偷男人被丈夫抓住挨打。忽然咳嗽声传来，霎时鸦雀无声，顿时两条腿扎开了架势，干活干疯了。也有人说父亲那咳嗽是故意吓人的。他们经常谈父亲的咳嗽。有人说，秦书记这是在打招呼，等于通知大家，他来了！其实故意不故意也没人敢问他。但他每天早上上茅坑的时候，一枝竹烟袋伸出茅厕门外，火苗子一闪一闪，他就咳咳咳咳嗽不停，有时候噢的一声呛住了，一点声音没了，我们担心别是出事了，但是里面哈的一声巨响，他又缓过来了，又接着咳嗽。

　　大家劝他戒烟。那哪儿成啊？他在菜园里专门有一块地，种烟叶，晒干，切丝，揉成一团装在竹烟袋窝里。自己抽着，来了村邻，还把竹烟袋递给人家，给别人也过过瘾。我喜欢盯着看。你抽几口，他抽几口，一个个抽得脖子直颤。他们的友谊在那竹烟袋里地久天长地传递着。有时候竹烟袋不透气了，父亲拿一个铁丝捅那个竹烟袋，一股黑黑的烟油被挤出来，母亲看见了，总是会大声嚷：你看看这竹烟袋！熏得这么黑，你想你那肺里还不一样黑！烟袋你经常捅，你那肺里怎么捅？别抽了啊！我估计父亲为了不让母亲再烦那黑油烟的事儿，他有时候从大队部拿回报纸，裁成条子，把烟丝卷成一枝枝烟卷。我有好多礼拜天都为父亲干这个。有时候卷成了一头大一头小的喇叭状。父亲看看不行，直摇头。抽着过瘾差不多，但是看着不雅观。雅观的标准是像不像代销店买的客货香烟。他不知从哪儿弄来了一只卷烟器。木制的，一根筷子插在一张纸条里，滚动着卷烟，一天要卷好多。我们兄弟没有任何人敢学抽烟。谁抽谁挨揍！当时不知道父亲是什么想法。是因为他这点儿"小锅饭"本来数量不多，还是他认为他的咳嗽来自于抽烟的结果，估计是后者。代销店里卖的什么"新安江""利群"烟，平时从来不买，只能是过年的时候拿着大队部发下来的烟票去买，用来招待新春来的客人。那时候很少看见路上有烟头。那是一个不允许浪费的年代，谁看见有烟头都会捡着抽。抽这个烟头很讲究，站在捡烟的原地，一动不动，点燃了抽。没人敢挪动脚步，这么短的烟头你不专心致志会烫嘴巴。倘若你要是看见有个人站在路上或蹲着一动不动，不用猜，他在抽烟头呢。往往都是噘着嘴，避开烟头火。直抽得一点不剩，火与肉碰对碰了才丢。父亲后来的咳嗽越来越厉害，实在不能抽烟了，他终于下定决心，坚决戒烟了。

戒烟三十多年，后来父亲活了八十多岁。

我只能乖乖地拿镰刀砍草。那时候的学生放学了都是砍草。砍回的草扔进猪栏垫肥。乡间有句俗语："巧种田，不如我偏上粪"。田埂、池塘边、山脚下、树林里，全被娃子们刮得比和尚头还光。夏天他们不喜欢读书，不读书反正也没人找，老师遇见了家长大不了问一句，你那儿子在家干吗？家长常常回答：啊？没来啊？总又是砍草去了！他们天天在水塘泡着，浑身泥猴一般，有时候光着屁股上岸砍草。我是全村家喻户晓的书呆子，砍草哪能和他们比产量！可父亲偏偏要我和他们比。他们要砍多少，我也要砍多少。为此，父亲曾说我偷懒，还给了我几棍子。但由于我是高中生了，村上人说读十年长学是秀才，怕禁不起打，那棍子比筷子稍微粗一点点。

父亲的儿子们都长大了。本来父亲应该有帮手了。可是没一个听话的。

大哥已经结婚分家另过了。二哥平时人挺好，我小时候到新建的飞机场去玩，五十多里路他把我背去背回，在路上总是说要把我扔给路上要饭的，但一直没扔。但是在喝了酒后常常会瞪着红眼睛为了人家鸭子跑到水田里去跟人打架，因此落下酒疯子的绰号。三哥总是眼馋人家穿新衣服。有一天，他趁家里没人，私自挑了一百多斤米上街去卖，买了件新裤子；结果父亲发现了，抄着扁担房前屋后追了几圈儿。即使小时候溺爱的小儿子——我，花钱供着读书长大，也是越来越不听话。

后来我毕业了，但我还没完全长大。勉强有桌子那么高。二哥曾经提出叫我去跟一个老中医学医的想法，但是父亲不干。父亲或许早就盼着我毕业了，买了把新镰刀，挂在墙角，等着我呢。

那天父亲喝了酒，嘴里叼着烟卷，弯着腰在院子里霍霍霍地磨镰刀，边磨边拿起用手指试试刀锋。我苦恼着脸。我倘若砍不过他们，父亲会不会生气，会不会又拿那细棍子打我？我不敢问。但是我有一个想法。倘若他打我，我就跑，不是像三哥房前屋后跑，而是跑到十几里外街上去。我要找舅舅，叫他帮我进厂。

过年的时候，我们全家都做了新衣服。自从穿上新衣服那天起，我的胆子突然壮起来了，气派也不一样。仿佛有了这行头，我哪儿都可以去了。我经常跑到街上舅舅家。也不完全是显摆新衣服，主要是纠缠舅舅帮我弄到什么厂去上班。我不喜欢砍草。干农活我不行。有一年村里来了个算命瞎子，母亲带着我为我算命，那瞎子说，这娃干农活不行，他是早怕露水晚怕霜，中午还怕大太阳！我当时很生气，朝他瞪眼。我不怕他，我瞪他眼反正他也看不见。等瞎子拿竹棍笃笃笃地敲着路面走了，我跟母亲说那瞎子胡说。母亲嚷着说你不就是这样的吗？还说人家胡说！我据理力争说，早上有露水是真的，谁见过傍晚的时候有霜？母亲说，人家那是说话合韵！我继续说，那干脆叫早怕露水早怕霜好了！呵呵。母亲气得直瞪眼。

果然，那天黄昏暮色中，估计我要挑着青草回家了，父亲就搬着椅子坐在门口抽烟。竹烟袋早不用了，换香烟了。那烟头一闪一闪，远远的我就心跳。我只砍了半担青草。我的新镰刀也脱了柄丢到水塘里了。

眼睛的余光里，我看见父亲已经起身了，只听那墙角里一捆细竹子哗哗响，我扔下担子，拔脚逃了。我一口气逃到舅舅家。

后来母亲告诉我，说我太过敏了，那天哪里是父亲要打我，他在帮母亲把那捆竹棍搬到灶间当柴烧饭。

舅舅怜惜地看了看我。咂了咂嘴。胖舅母说，你父亲找不到你会着急的。舅舅说，怕什么！我去说；叫这娃子进厂——读了这么多书，砍什么草啊！

　　舅舅把我带到一家电器厂。那时候的厂叫社办企业。电器厂是区里办的。区是什么概念？是县政府下面可以管理五个公社的行政机构。这电器厂是全区唯一一家不拉车不挑担子不见烟尘的厂，做直流电扇，装在汽车驾驶室里和船上用的。全区多少人走后门想进这个厂，进不了。舅舅说，这是个技术活，要好好干。厂里的杨书记和舅舅是朋友，叫我当材料会计，仓库里记账。我直皱眉头。杨书记说，厂里的老会计快七十了，你要跟他学学，学会了好接班。我没言语。我见了搞这些数字就头大。老会计见我舅舅和杨书记是朋友，叫我把办公桌搬到他办公室去，天天帮他抄东西。其实他自己早就抄好了，另叫我再抄。他的意思就是把我当徒弟，这是给我布置练习作业呢。

　　厂里干了三年。每个月拿28元工资。原本相安无事，可我还有一个小舅舅，也在这电器厂上班。厂里经营管理不善，直流电扇推销不动，资金紧张，厂里行政组开会研究，工资暂时发不出。为了厂内资金周转，会议规定不允许给任何职工借钱。小舅舅比我大两岁，小伙子了，谈恋爱要用钱，还会赌点儿钱。工资停发，他急得热锅上的蚂蚁一样。找出纳借钱，出纳不借。他茫无头绪地在院子里团团转。但是那出纳不知是好心还是什么目的告诉他，只要杨书记在借条上签了字，还是可以借的。小舅舅坐在我房间里长吁短叹，他已经找过杨书记了，人家不理他。小舅舅拿支笔，横画竖描，他想模仿杨书记的笔迹在借条上签字。我扫了一眼，他那机床上沾满油污的手，无论如何画不像。我说，让我来。杨书记的字迹我见得多，拿过笔就给他模仿了。还真像！小舅舅直奔出纳办公室，真的就借到五元钱了。

　　没几天，出纳见到杨书记，问他，不是说不好随便借钱给职工吗？怎么给某某签字批借啦？杨书记一时丈二和尚摸不着头脑。他不信，出纳从抽屉里拿出借条对质，杨书记傻眼了。但他拿了借条直奔车间找小舅舅去了。

车间里传出激烈的争吵声。我心直跳。但是小舅舅没有说出我帮他签字的事儿。他只是大声嚷嚷反击杨书记，说是借钱又不是偷抢，不怕！

我看见杨书记脸色发紫出了车间，走路有些踉跄。

这件事鬼都不知道。可是却让老会计怀疑我了。他是亲眼看见小舅舅面色苦楚地进我房间的，出门时喜气洋洋的手里拿张条子。

一天，舅舅来厂里。把我喊到杨书记办公室，问那张借条的事儿。我脸都吓红了，半天不敢抬头。杨书记说，这件事是小事。但是你要认识到错误。以后你接班当主办会计了，若搞这种小动作，那就不是小事！弄不好把自己整完蛋了！我抬眼看看舅舅，那么严肃的目光让我至今不忘。我再也不敢了！

厂里给我半间宿舍。另半间是一个和我同年岁的姑娘住的。她叫小兰，在车间做螺帽。她和我虽然住隔墙，可我们几乎没有见过面。平时只听见那边有声音，凭声音听出个女的，我浑身感觉老不自在：怎么会是个女的？这怎么办啊？我一个男的。自己的一举一动仿佛受人监视一般，拘束得膀子都绷紧了。我们房间中间隔的那道墙很奇怪，这道墙只做了三分之二，上面三分之一空着。她那边开灯，灯光可以照进我的房间。我这边开灯，不知道会不会照进那边。我不敢抬头看那边。她那边经常弄出男性不可能有的声音，弄得我心里七上八下的。头几个月，那道墙仿佛是一座山，彼此只能看见山尖，我们从来没有说过一句话。我晚上喜欢看书。她在那边翻来覆去睡不着一样在床上翻。我想，这人，反正睡不着怎么不拿本书看！我望着那上面三分之一的空处想，这空间必须做实了，不然她那边的声音太打扰我。我去舅舅家说了。叫舅舅跟杨书记说，要把那墙做实了。不知什么原因，后来那墙一直没人管，没做。

她经常到仓库领取材料，但必须要到我办公室来开领货单。你说我那时有多傻就有多傻。当初我根本不知道隔墙住的是谁。她开票只管跟她开票。我除了问那些前来开货单的人领取什么之外，我跟谁都不怎么说话。但在我眼角的余光里，把所有人的容貌都囊括了一遍。心里也曾经个个评判，这个漂亮，那个娴静，这个粗俗，那个妩媚，这个轻佻，那个浪荡。我感觉这个叫小兰的姑娘比那些姑娘发育得好，眼睛也好看，说话更是和乡村人贴切，不像镇街上的姑娘张狂。她签字的时候俯身在办公桌前，那弯腰的体态特别迷人，笔杆时常碰到鼓起来的胸部；那烫卷的头发散发出一股清新的香味。我撕领货单，别人的从不出差错，总是她的领货单被撕得歪歪扭扭。她喜欢顶撞人家，可她拿着我撕得歪歪扭扭的单子，从来不责怪我。她常常手里拿着已经开好的单子不走，站在那里和老会计说话。老会计好像很巴结她，说话客气劲儿令人烦。有时候他们谈起杨书记，谈起她的父亲母亲，谈起她姐姐。你说那老会计多无聊。人家跟你又不是亲戚，竟谈这么多家长里短的事。可是不知怎么回事，我一边厌烦老会计无聊，一边还真希望他们多聊一会儿。他们只有漫长的聊天，小兰才有机会多停留一会儿。呵呵。

一天晚上，我和小舅舅从街上电影院回厂。小舅舅回他自己房间。我开了门后，见房间里黑灯瞎火的。她走啦？我刚开了灯，那边喊：小秦，你帮我换上灯泡好吗？

什么？我头脑子里嗡了一下。

怦怦怦……心直跳。

她又说，我灯泡爆了。

我怯生生地走进她房间。

我哆嗦着接过她递给我的灯泡。她穿着一件粉红色的衬衣，短袖，一股女性特有的气息扑面而来。我颤抖着站上一张凳子，在我那边房间的灯光照亮下，慌乱地帮她换上灯泡。在这盏灯"霎"地发出亮光的一瞬间，照亮了她圆滚滚的两臂和挺起的胸脯中间的乳沟，我那时突然产生了剧烈的慌张，几乎是跌下凳子。

我慌乱地走出她的房间，一头遇见小舅舅摇摇摆摆而来。他找我借书。我的脸一下红到脖子根。小舅舅一愣，对我笑笑，用手指了指那边，做了个鬼脸。我不知道如何回答小舅舅。急忙把他推出门外。

一天，我到舅舅家吃汤圆。舅舅问我，听说你谈恋爱啦？

啊？

舅舅问，那姑娘是哪个大队的啊？

什么啊？我喉咙里的汤圆差点把我噎死了。

不过你才二十岁哈！计划生育年龄还不够，你可不能出纰漏哈！

天啦！我坚决地摇头否认。胖舅母站在一边笑，对舅舅说，莫说了，看你把他说的脖脸通红的。年轻人哪有那么好的！不过，小四子，姑娘要真有了，跟你大表嫂说，她是妇女主任，好打的。

救命啊！我汤圆也不吃了，放下碗拔脚想跑。舅舅一把拉住我，严厉地说，不是开玩笑的！那姑娘叫小兰吧？那姑娘家里什么情况啊？你不知道吧？告诉你，那是个高压线，你不许碰她！

我几乎是跺着脚喊：你肯定是听小舅舅胡说什么了！我只是换了个灯泡！换灯泡就有事儿啊！

舅舅说，我早听那老会计说了，他都看出来，那小兰姑娘对你挺有意思的。

她对我有意思？这句话不是我问舅舅的，而是后来接连不断回味在我脑海中的。

奇怪的是，从那之后，那边半隔壁的房间里好久没见到灯光，更没听到任何声音响动了。生态平衡、心理平衡、生物钟突然全打破。我几乎一下病倒了。

上班的时候，魂不守舍的，开发票老是出错，仓库保管员一趟一趟赶来找我重新开。给老会计抄写的资料总是抄错。老会计突然问我：小秦，小兰的事你晓得不？

啊？

后来我自己评价自己，那时候的我是世界上最最昧头的一个人。全厂都知道小兰的父母亲来把她弄回家去，订了一门婚事。就是我一个人蒙在鼓里。

小兰从此不再来上班了。那半间房从此黑暗、静寂、空荡。

厂不久就垮台了，我失业了。

我成天泡在街上。现在我面临的最大问题是，离开厂后怎么办？我该往何处去？

我犹豫了好久。回家？父亲又要叫我砍草！我才不回去呢！那天和小舅舅在街上溜达。电影院里人山人海，正一天八场连续放映《少林寺》电影。忽然一个小伙子像从森林里蹦出一只兔子一样从人群里跳到小舅舅面前。他是小舅舅同学，也是他的赌友。他说他那边一个林场，要招护林员。我和小舅舅跟随他赶到了三十里开外的一片黑松林里，去当护林员了。

第二章

今年是那个电器厂垮台第二十八年。也是本文开头絮叨的第二十八个重阳节。你说时间这东西，古人把它比流水，逝者如斯；把它比飞箭，岁月如梭，等等；可我把它好有一比，它就是个梦。人生和时间难道不能画等号吗？

竹 子 涧

……当我们第一次进入那深山老林腹地，已经是清明节前半月的一个下午。

那条山川叫竹子涧。

我心里剧烈矛盾斗争着。山道弯弯，伴随着一条哗哗奔流的山涧一直通往飘着云絮之深处。山道往里走，山涧往外流。越走越深入，松树越来越粗，越来越高，林子越来越密，光线越来越暗。成群的松鼠旁若无人的跳跃撒欢。这松鼠不可怕，问题是说明我已经进入到了野生动物出入的境地。据说山里有狼，还有野猪。我是进是退？现在决定早点回家还来得及。奇怪的是我忽然对这种幽居般的野外生存产生了强烈的兴趣，忽然想挑战一下自己。我就坚持往前走，走过三里多路的黑松林，坚持着翻过一道石子斜坡，突然路左峭壁下霍地一亮——一口大水库波光粼粼。这就出现了一个巨大"中"字！那个"口"就是水库，中间那一竖，就是那条山涧。一道石桥跨过怪石嶙峋的水涧，涧里白花花的水沫飞溅到了桥面。跨过桥，走过一片草坪，来到一片尚未萌芽的板栗林，看见林中一座土墙薄瓦、风雨飘摇的破瓦房。

历史却是如此惊人的相似。破柴门上半部分像我在厂里睡觉的房间墙，上三分之一空的。下三分之二门板张着嘴，眼看马上就要坠落。我迟疑地掏出刚刚在场部一个黑大汉手中接过的钥匙，刚要插进锁孔，啪！那门扣自己掉下地了。

我站在门前一动不动。心跳。刚刚林场场部的副场长黑大汉还说了这句话：看山护林，胆子要大，不能怕挨打哟！

挨打？为什么会挨打呀？我好一阵思索。

这什么门啊？它能对付什么啊？有人说半夜野猪经常拱门的。

好一会儿，我决定推开门进去看看再说。

屋子里灶头、饭桌、洗脸架还算齐全，房间里一张木床，也算宽大牢固。我把背包放在床上，赶快疑神疑鬼房前屋后转一圈儿。最后忍不住对西边那道山梁看了看。小舅舅就在西边那条山谷里，他那里会不会也是这一样的破瓦房？他不知道怎么想的？是去是留，我要赶快跑去问他。

那时候没有手机。我那个年轻劲儿，飞奔，翻过几架山，去西谷找小舅舅问问。

小舅舅已经铺好了床铺。土灶锅里已经生烟烧水了。

咋办？我问。

啥咋办！住下来呗。小舅舅毫不犹豫地回答。

不怕？我又问。

远怕水，近怕鬼。我们也不知道这山谷的鬼事儿，怕啥！想要他的钱，不冒点风险哪成呢！

小舅舅已经铁了心了。他刚刚把他那破房门钉好。我只能赶早回去，拿了他一把铁榔头，抓了一把铁钉，回去钉门。

舅舅收到我的寄信，非常恼火。他被我信中描述的如何深山老林里万分恐惧，整夜整夜睡不着，既是心疼我，又为小舅舅在那荒郊野外担心。失眠了。他很快赶到我家里，跟我父亲发火。说孩子已经是高中毕业生了，若不是天天要孩子砍草，哪里会逼得他不回家！父亲和舅舅狠狠地吵一架。他说这几年这个小儿子哪里还是自己的儿子！早就是舅舅们的儿子了！在电器厂里上班是舅舅安排的，电器厂垮台了，赶到那几十里地外看山护林是小舅舅安排的，什么时候当爹的说了算了！现在反而倒打一耙！在吃饭的饭桌上，父亲和舅舅把酒杯都摔了。母亲在一旁气得啥也不说，只一个劲儿骂我翅膀硬了，一肚子书全白念了。

母亲实在冤枉我了，我翅膀硬什么啊。我成了世界上最可怜的人儿！一个人蜗居在那深山老林里，每到夜晚来临，呜呜……

松涛声一浪高过一浪，树枝咔咔折断响。我几乎是竖起耳朵，在那狂响声中竭力辨别有没有狼嚎的声音。那个心惊肉跳劲儿，要不是赌着青春期的那点儿面子，真的想着还是赶快回家砍草算了。

其实我要是真的回家，也不会再砍草了。家里的经营方式发生了一些变化。哥哥们离开了田园，赶往附近的厂矿上班了。父亲大声骂着：吓死他！格东西！要滚回来就滚回来，还到舅舅那儿告我状！他跟那小舅舅在一块儿，迟早要出点事儿！

这点儿忧虑，父亲和舅舅不谋而合。

我与世隔绝地过了一周。恐惧渐渐稳定下来。破瓦房东侧一条山道曲曲弯弯，铺着一层古老的石板，绕着历史的青苔云雾向上攀登。我时常低着头踩死蚂蚁地琢磨这石板古道是什么朝代铺的。石板东侧就是悬崖，悬崖之下是一马平川的山谷，叫大东沟。踏上最后一块青石板，走过十几米宽的青草地，翻越那道岭，那边就是安徽省界。站在山巅，可以看到著名的长广煤矿集团星罗棋布的一处处煤矿，滚滚黑烟升腾弥漫在整个矿区上空。以我脚下的山岭为界，山南山北一边是灰雾蒙蒙，一边是山清水秀。这里可以看到一个非常现实的问题，刚刚实行责任制时山南的好空气里，就剩下那点儿空气。田里种着稻谷，地里种着番薯，人们汗流浃背，收获甚微。人们朝思暮想的财富还真的藏在山北边灰色迷雾之中。矿区有钱啊！

我经常望着那边发呆。说那边私人可以开小煤窑。挖一个黑洞立马可以财源滚滚。我蜗居这片山林的任务之一，就是提防那边的人来这边偷伐松木，他们小煤窑里需要木头撑井。

清明节快要来了，山野里开始到处发青，星星点点开着小花。

突然的一天早晨，悬崖下的大东沟平川里出现了几条牛。你可以猜想我当时的心情……这段日子过着人不见人的日子，你说那叫什么日子！除了白天与古石板道为伴，晚上听狐啸狼嚎，我都快成白毛女了，都快成《聊斋》里的什么书生公子了，我都快不会说人话了。我飞快地向那一马平川冲过去，我要找个人说说话，问问山外面的事情！呵呵。

谁知我刚刚见到两个人影，突然吓得掉头就跑。

放牛的是一群姑娘。正在彼此呼应大声吆喝着毛竹园里出竹笋的新鲜事儿。

我像甩掉了老虎追赶一般，斜靠在一棵老松树上喘气儿。心惊肉跳。老天爷！这究竟是咋回事儿啊？

就在这群姑娘里，我和小兰不期而遇。

第三章

那个时候见了个熟人没有地球太小了的说法。我家和小兰这儿只相距三十多里，两个乡镇的事儿，无非一边是南山一边是北山而已。

小兰家住在山门口外，几座茅草丛生夹杂杉树林的荒凉丘陵，一眼就看出当年村民种植业方面的六神无主。坡下是一望无际的番薯地。还没有到栽插的季节，袒胸露腹，坑坑洼洼高低不平。山脚尖下三间土墙瓦房，半粉半泥斑驳不全。一棵拴牛的老杨树下，堆积着一堆牛粪。这就是小兰的家。

小兰和我在大东沟相遇，她当时是一脸的窘迫，想说话又要躲藏的样子。我那时候全蒙了。像冬眠的土蚕忽然遭到惊蛰雷声的轰鸣。傻站着。

她带来一罐腊肉。她带来一罐腊鱼。她带来一袋豆腐。她带来一罐辣酱……她还带来成群的姑娘。

大东沟里青草渐渐丰茂。山谷里的热气蒸发，阳气上升。放

竹 子 涧

牛的、砍柴的、挖猪草的、拔小竹笋的人越来越多。全是穿着花花绿绿二十岁边儿的姑娘家。我真糊涂这山下哪儿来那么多的姑娘。后来才知道这个村子和我自己那村子正好相反，我们那边净生儿子，像我家就是兄弟四个；她们这边净生女儿，很多人家都是四个五个女儿。小兰在我那几间薄瓦房里生火做饭，那一群群姑娘也不客气，一个个穿着布料粗糙颜色灰暗的砍柴衣服，透着一种与男人不同的汗味儿，呼拥过来拿碗就吃，有时候饭碗都被抢落在地上，哐啷！破碎几半。筷子不够，她们拿着柴刀在房前屋后削来小竹子，齐齐地斩截几段，用刀刮了刮就当筷子用。我经常因为没有了剩碗只能坐在一边看着她们吃，听她们傻笑我，编排我，等她们吃好笑好，在那涧溪沟里洗了碗，我接过再吃。笑闹声在山川里沸沸扬扬。

这什么屌书啊？这么多！

姑娘们拥挤进我的房间，像一群老鼠拥挤在一只土窝里叽叽喳喳不停，毫不客气地乱拿乱翻乱扔着。那个"屌"字出自她们之口是那么自然流畅，毫不拗口。

他是个书呆子！小兰这样说我，那时候在厂里天天晚上看书，看得我眼睛发胀，睡不着！

什么！姑娘们追问，怎么他看书你睡不着？你们睡在一起的啊？

哈哈哈哈！

死丫头！我们住一个房间的！

啊！真住在一起的啊？

你你……胡说！看我打你！

她们扭打笑闹不停。我早就脸红得不行了，你说这是哪跟哪儿啊！

一个砍柴的姑娘站在水涧沟旁弯着腰磨柴刀。她好像有意离开她们，还不时拿眼睛看我。我受不了屋子里的喧闹打趣，走出来看她磨刀。她对我笑笑，招招手。我坐在一块石头上，她告诉我一件让人瞠目结舌的事情。

小兰有个姐姐，一个很漂亮的大姑娘，她姨父做媒，她父母亲非要她嫁给山北边一个开小煤窑的姜老板。那姜老板三十出头，属大龄青年，有钱，出手大方，很讨小兰父母亲喜欢。可她姐姐不知道从哪儿听来的消息，说那小煤窑姜老板到城市里送煤时搭上了一个理发店的女人，誓死不从。她不敢向父母亲反抗，只能憋闷着上山砍柴。总是流着眼泪上山，流着眼泪下山。砍着砍着，竟和这破瓦房里一个看山护林的男青年私奔了。那个看山护林的就是我的前任。

小兰那个姨父姓杨，就在我们南安镇电器厂当书记。后来一排比，他就是和我小舅舅吵架的杨书记。小兰姐姐逃婚私奔，做媒的杨书记面子可丢大了，气得不行，曾亲自到小兰家吆喝着兴师问罪。小兰的父母亲想了个馊主意，他们把在南安镇电器厂上班的小兰叫回家，顶替给了那个原本是她姐夫的姜老板，这在山里有个冠冕堂皇的名堂：叫妹顶姐嫁。

……

我糊涂了。

但事情就是这么明白着，糊涂也没用。

我站起身想离开这个磨刀的姑娘，独自一个人静静地梳理一下这突如其来的消息，安顿一下心跳。刚刚那小兰还是一个活仙女，这眨眼之间，她成什么人了！

小兰不同意顶替她姐姐。可她父母亲不管这一套。这下个月的五月劳动节就要结婚了。没什么愿不愿的！这几天，小兰天天上山放牛，老是偷偷摸摸带鱼带肉的，她父母亲已经有所怀疑有所防备。他们打听了，听说山上又来一个看山的，还和小兰曾经在同一个单位待过，吓了一跳，早就准备来看看你……

那姑娘不停地在念叨。我塞了耳朵，不听不听，快步跑开了。

突然有一天，三哥出现在我这山谷破瓦房门前。他是在我寄回家去的信里看到"竹子涧"三个字，乘车到了界牌公社所在地，翻过一道道山坡，一路打听而来了。三哥奉父母之命，要我回去。他是来帮我拿行李的。他还带来舅舅的话，要我回去后进另一家乡办工厂当会计。山外面已经不叫"公社"了，改称"乡政府"了。我们电器厂的那个杨书记也调到界牌乡了，说是当乡长了。

我皱起了眉头。

最后好像想起了啥事儿，我叫三哥翻过山去看看小舅舅。

三哥是个没什么主见的人。总是听人摆布。他很快就消失在我所指引的那片黑森林里。

我已经不想回去了。

当天晚上，三哥并没有来我这儿。他就住在小舅舅那破瓦房里了。第二天早上也没来。过了三天，三哥忽然再次出现在我面前。他是从山北翻过来的，身上还残留着那边特有的浓烟灰屑。他说他也不回去了，他要在山那边小煤窑里挖煤。我急忙问他咋回事儿，他说，是小舅舅帮他介绍的。小舅舅认识那边？从来没有听说过啊！我说三哥，你哄我吧！他说，不是假话，你要是回南安镇去，给父母亲带个信。他自己在山那边已经给舅舅打过电话了。

三哥翻山去了。

我望着他的背影发呆。

第四章

五一劳动节越来越近。我有好几天没有看见小兰的身影。放牛的姑娘们告诉我，她父母亲为了防止她姐姐逃婚的事件再次发生，这阵子看管严密，不要她出门，她的自由仅限于房前屋后的番薯地里帮忙挖地种番薯。

那天晚上，我忽然心血来潮一般，万万不能入睡。清明节之后的山林里，气象大变，已经不再经常刮大风，只是经常在暖洋洋的夜幕里下起初夏之雨，怪叫的松涛声变成了"明月松间照，清泉石上流"了。山涧里哗哗流水，声音清亮。偶尔山谷传出"布谷、布谷"阵阵鸟鸣。山外面已经是播种的季节了。我怎么也想不通这山涧叫"竹子涧"。除了大东沟平川最深处有毛竹园和几丛小竹子，别处没有竹子。这山涧两侧，更多的是板栗树，灰白色的坚挺树枝上已经有鸡蛋那么大的绿树叶片了。爬上山坡全是黑松林。这涧名是否有些太离谱啊！

下半夜有人推门的声音，吓得我一跳而起。

在黑暗中，我捏了一把长柄柴刀，站在门后，惊魂未定地颤抖着大声问：谁？

是我。声音很轻。我是小兰。

我全身早已起满了鸡皮疙瘩。这深夜造访的女人压抑恐惧的声音更是让人几乎瘫地。我再次问她是小兰，确切听明白她是小兰，我才急忙开门。她站在门外，牵着我的肩膀，轻声说：把门锁上，你跟我来。

什么？我问。我不明白她是干什么。她嘘了一声，叫我放低声音，她说可能她的身后有人追过来。她拉着我摸着黑往大东沟平川里走去。我被她说的后面可能有人吓怕了，时常回头看后面。一只夜鸟一声惊叫，吓得我脑海里嗡嗡打鸣，两条腿打飘着走。我被她牵到那片小竹林里，找个地方坐下来。

怎么回事啊？我问。

我完了。明天就是五月一号了。

竹 子 涧

怎么？你逃出来的？

我说过的，就是死，我也不嫁那边！

那你这……咋办啊？

我躲在这山上。

你怎么不跑外面去啊！上海杭州……

去不了，没钱。我们这儿山区路口少，我姨父早派人守着的。我只有躲在山里。

那你把我叫来干什么？！我这心跳，你听！

这山谷里……我害怕，你给我做伴。等会儿你回去开门，看看没人来，你拿几件衣服过来——有点冷呢。白天你给我送饭。

完了。我心里再次一阵颤抖。她这是什么事儿啊！怎么还非牵连着我呢。我嘴上不敢说，心里挺生气。我几乎是竖起耳朵听着刚才来路的声音。她家里人要真跟踪找来，看见我那门锁着的，明天会不会盘问我啊？你干吗去啦……像电影里审案子那样问，你几点几十分在哪儿，谁给你做证明啊……我怎么回答他们啊？弄不好……怪不得我第一天进山接过那黑大汉钥匙的时候，他说看山护林要不怕挨打，这……这段日子没怎么挨打，可今晚这件事弄不好可真要挨个冤枉揍啊！

我赌气离她坐得远一点。

你真好玩儿。她说，声音里略有讥讽。

什么！我反击说，你还说我好玩儿……你看我这快人不人鬼不鬼的了！

我是说你在厂里那段日子好玩儿。她说，你天天晚上看书，你怎么那么多书看不完。一句话不说。

你不也是不说话吗。我反击她：再别说那时候的事儿了，你现在这件事儿怎么办？今晚你怎么逃出来的？

他们怕我跟我姐一样，她说，守了我好长时间，我跟他们玩点心眼儿，我装作听话的样子，半点不闹；一直到了今晚，他们想明天就要出门了，今天还是看我笑嘻嘻的，他们麻痹了，只顾照顾客人。我姨父——原来厂里的杨书记，现在在我们乡当乡长。他和山那边姓姜的——就是我要嫁的人，一起经销煤生意，原来你们那边南安公社所有的社办企业用的煤都是他们合伙做的生意。我姨父是我这件婚事的媒人，今晚他喝了酒后就骑自行车回去了。我假装送这个客那个客，送着送着，我就悄悄溜跑了。跑到山坡上，我听到山下我娘在大声喊我。我爹见我娘惊惶不定的口气，他还骂我娘：瞧你这个样子！兰子这阵子不是好好的嘛！跑到山顶上，我听见山下家里大呼小叫了。有人骑自行车赶去报告我姨父了。

......

这时候我沉默了。我不能责怪她了。其实她也够可怜的。

明天送饭怎么弄啊？我问。我又加一句：你打算在这儿躲多少时间啊？

走一步看一步。明天白天有人上山来砍柴，你帮我听点消息看。

我急忙说，那怎么行啊？那不是不打自招啊！

她说，你就问，今天是小兰出嫁的日子哈。他们肯定有话说的。

嗯。我点点头。山里的夜晚一阵阵发冷。她叫我回那破瓦房里去拿几件衣服来。

我赶快轻手轻脚地顺着来路摸回去了。

你说好端端地走路会摔跤，是怪夜的黑，还是怪路不平？我看完全是怪脑子。你看人生路途上那些摔跤的人，哪一个不是脑子出了问题。这一会儿也是啊，满脑子塞进了小兰那些杂乱的事儿，更多的是恐怕被牵连的担忧，在那昏暗的星光下，昏暗的丛林里，虽然这份护林的职责练就了夜猫子般的神眼，可上实下虚，

竹子涧

两条腿打哆嗦。寂静的山林清空世界，一滴露珠摔在树叶上，几乎都是一声响雷。走出那片草坪，迂回到了树林，树林上空指缝宽的星空间隙，是此刻唯一的光芒，简直就是心灵瞬间的泯灭。我是跌跌撞撞走回那座破瓦房。

我凝神屏息静听了一会儿，才蹑手蹑脚走到小屋。

山外远远地传来狗叫声。

我愤怒了。那狗叫声不是有人要进山，而是已经有人出山了。

门前的涧溪幸灾乐祸忙不停息地流淌着山泉。

小屋张开了大嘴一般敞开了门洞。歪倒一侧的破门无声又无奈地躺着，仿佛泣不成声地诉说刚刚遭遇到的残暴。屋子里被砸碎的用具顺着敞开的门洞滚出门外。

我用力挺了挺身体，摇晃了摇晃两只臂膀，捏紧了拳头。那二十来岁体内青春的火焰在一瞬间厚积薄发。妈妈的！这简直成了电影里的旧社会了！那是个什么乡长，什么政府官员！什么姨父！姨他妈的姨奶奶！逼婚逼成这个样子！人家小兰有家不敢回，快成白毛女了！你既做官又做生意，当着"官倒"赚钱不算，竟不惜牺牲姨侄女的人生幸福来换取利益，甚至使用这种下三烂恶劣手法，太无法无天了！还殃及无辜！这干我什么事儿！干我什么事儿！为什么要打破我门，砸坏我东西！

我哗啦一下把那扇破门板抛起一丈多高，摔在石头上，在山谷里发出巨大的声响。我喊了一声"太无法无天！"了，心里已经拿定主意：不怕他！这件事我管定了！一定要和那什么狗屁乡长理论理论！

我现在就去西沟找小舅舅，他也毕竟和小兰是电器厂同事，不可能没有同情心；凭他的反叛和冲动劲儿，还有那次仿冒签名和那个家伙结下的不愉快，他肯定会和我结成联盟，来管一管这件事儿！

我拼命地摇晃着手电筒扫射着天空。一咬牙，跳过涧沟，钻进黑松林，奋力爬着那座高山，往西沟奔跑。

黑松林里出没的野猪、狼和狼群，惊慌地逃窜。刚和小兰一起出门时，一直关闭、不敢开亮的手电筒，此时在我手里，一束直冲云霄的光柱，在愤怒地向苍天慌乱地宣告，一定要讨伐讨伐这人间罪恶！

我大汗淋漓，气喘吁吁跑到小舅舅那座破瓦房。乒乒乓乓地敲打那门板。边敲我还大声吆喝：小舅舅！小舅舅！

山谷里回声很响。可是屋子里没有一点反应。我这才看清，门上上了锁。

我忽然想起，傍晚的时候，三哥好像从那边煤矿翻山过来。说要到小舅舅那边去。

我被三哥身上穿着的一件新衣服吃了一惊。这衣服起码要二十多块钱。可我们的工资每月才四十二块。再说三哥翻过山去才几天啊！我好奇地摸摸那新衣服问，三哥，还没发工资吧？他遮遮掩掩可是又遮不住，早知道我要盘根问底他就不会穿它出来显摆了，他手里还拎着一只挎包，装着一件干活穿的破衣服。我更好奇且疑惑问，三哥，人家走亲戚带糕点带酒，你怎么带这破衣服啊！

三哥的眼光有些回避我，很虚的样子。当时我没反应过来。现在我感觉那种目光有些鬼鬼祟祟。

我在三哥身边转圈子看那件衣服，问个不停，一向没主见的三哥招架不住告诉我，这衣服是他帮小舅舅抬东西，小舅舅给买的。那家伙一下把我给急得！什么！抬什么东西啊！这小舅舅也太那个了吧！抬东西就不能找我！他是和我近还是和我三哥近啊！那模仿签字冒风险的事儿有我，现在这买新衣服的事儿就把我抛了！

竹 子 涧

我那心情是既憋闷又羡慕又迫切，指着三哥那挎包里的破衣服问：三哥，你这翻山到那西沟去，又去帮忙啊？他干吗从来不叫我？我也要去！我也要去！

三哥急得拼命摇手否定，说今天不抬今天不抬，他到那里说个话马上就回山北煤窑去。他闪了个趔趄，快步逃着钻进黑松林里去。

……

不好！一种不祥的预感兜头袭来，令人不寒而栗。

我满腹狐疑地返回破瓦房。

等我回到破瓦房，已经是黎明前的黑暗时分，天将破晓。

摇晃的手电光引起屋子里一阵惊慌。我看见小兰的身影惊慌失措的闪了闪。她那当时的神情我是一辈子难以忘怀。鼻子忽然一酸，想哭出来。她是在山谷里冷得慌，偷偷摸摸溜来看我拿衣服怎么拿到现在。当看见那扇门，看见屋子里砸烂的用具，她什么都明白了。可她不明白我为什么失去了踪影。她判断山外人不会有人来了，就双手抱肩斜躺在已经砸塌了的木床上等我。所有衣服和被子都没了。第二天早上才发现全被扔到涧溪里去了。

我心里乱糟糟的。

我们依偎坐在床板上。无语地等着天亮。刚才她那副令人怜悯的神情实在揪着心。我不会再责怪她。我突然想抱抱她。可是我不敢说出来。我不是怕别的，不会像小说里说的惧怕已经受伤的女性心灵雪上加霜，我没那么崇高。我是怕我从来没有接触过女性，我不知道该如何破这个天荒。最后战胜胆量的是她身上特有的奇妙气息。那气息就像威力强大的蘑菇云升腾，穿透般击败了我。她好像也不是木头，具有蘑菇云强大气息的她，这么零距离地和我依偎在一起，彼此都清晰地聆听到对方的心跳，她的呼吸好像在微喘，火热的岩浆仿佛在地幔里酝酿。今天想起来那情

景，那个黎明时分，不像今天说的缘分不缘分，主动不主动，爱情不爱情，恐惧不恐惧，好像根本就是一阴一阳的两块磁铁，放在一块我们就本能地牢牢吸附在一起；好像根本就是两团云朵融合，轰隆隆碰撞出了电闪雷鸣。在我心情还处于畏首畏尾忐忑不安的那一刻，我要打抱不平跑到小舅舅那边找联盟失败明天可能会单打独斗的忧虑；小兰现在的艰难处境和可能存在的危险；明天天亮后我们该如何来处理和面对今后事态发展之念，像一只只夜蝙蝠飘忽而过……但最终体内的激素战胜所有体外的因素。这就是哲学所说的"内因"何等神威超常。当我们拥抱在一起的时候，那些蝙蝠瞬间作鸟兽散，脑子里一片空白。唯一剩下的只有我的嘴唇，只有她的嘴唇；只有我们的手，只有我们的身体；只有火热的气息，只有急促的喘息……完了！这时候，有人肯定会指手画脚说话了。你们年轻人的冲动情有可原，但是，这时候需要的是适可而止的理智，需要的是控制控制再控制！说那话的人真是跳出三界外不在五行中啊。那种控制恐怕只有道德学家、而且是很老气横秋的道德学家、而且和小兰根本素不相识的道德学家才能做得到。你敢说你坐怀不乱吗？那要看谁坐，什么人坐，在哪里坐，什么时候什么情景坐！你没看见过海洋里翻腾的巨浪吧？那奔腾、澎湃的滔天巨浪，你怪风吗？你怪水吗？风和浪早已是相互纠缠相互推动相互给力，这才是真正的忘我境界！"我"不存在，唯一正在解读的是体内无法解密充满神秘和巨大热情的密码，也正是这些密码在推动着青春地幔里的岩浆火山之喷发。有人说，这或可是生命之源，这或可是最原始的野性，没有任何社会性。那些社会地位、金钱、荣誉、官员、制度、法律、爱情、缘分、道德、理智、文化……统统在九霄云外！我想即使此刻外面有人拿着武器把我们包围在小屋里，那也只能是他们干他们的，我们做我们的！

房间的黑暗给了我们一个机会。有些胆量就是在夜色里练就的，包括犯罪。我颤抖着，顺着滚烫的气息找到了嘴唇，但那是自投罗网，我被她一口咬住。人说君子动口不动手。手，哪里还当得了君子，几乎就是个贼，像长着眼睛一般到达各个角落，一直掏到人家胸窝。当那只神奇的纽扣突然被解开，我生平第一次感觉到了什么是青春什么是活力，已经中电的躯体加上青春活力的溶化，我仿佛走到了人生岁月的升级版。女人的克制比男人可能更加脆弱。她那剧烈的扭动分明在诉说人性的病毒已侵蚀每一个细胞，无法支撑她平素学习的种种规范。

时间停顿了。呼吸在顺畅中加剧。我们的血液在血管里浪涌。

一颗纽扣的瞬间松弛，改变了一切。

……

一直到后来我还想不明白，小兰为什么忽然之间流出了眼泪。

第五章

五月一号那天早晨的太阳特别绚丽多彩。夜色消散，还原了大地面貌。旭日在东山的背面撑开一片霞辉，映衬得多姿的山体和淡蓝色的山岚气象万千。山涧溪水奔流，树林百鸟唱歌，大东沟里新竹笋早已出林，正充满朝气的茁壮生长。仿佛经过夜色雨露沐浴，翻越了生命里程的荒岭，一夜之间改变了种种，我和小兰心旌荡漾，扬眉吐气，尽管因疲惫显得清瘦。

我们坐在草坪上。我们已不愿意做贼一般躲藏在密林里。我们煞有介事地商量着未来。

事已至此，已经没什么好怕的。现在唯一的选择就是不离不弃，就是计划我们的婚姻和生活。

作为有点正义感的读者，也许理解万岁，不会对我们冒天下之大不韪指指点点，指责我们的结合是那种见不得人的野合，说我们是违背公众道德。那天的确是五月一号，山外小兰家的三亲六眷从四面八方纷纷赶来喝喜酒。昨日先来的客人已经历了昨夜寻找逃婚者的动荡不安，正三五成群的窃窃私语。忙碌寻找了一夜的小兰父亲，几乎病倒了，躺在床上直哼哼。小兰妈面对着亲友哭哭啼啼，边絮叨边骂自己前世作孽，责怪自己为什么在当初没把小兰姐妹俩闷死在马桶里。今天刚到的亲友们多是愁眉不展，一副干着急之状。也有脸上收敛着，可内心里不无嘲笑。帮着小兰父母义愤填膺的就是那个杨乡长夫妻俩。杨乡长啥也没说，他大清早就骑车带着老婆来了，站在谷场中间，不知有痰无痰，大声咳嗽了几声，沉着长脸在那棵已经把牛粪清理干净的大柳树下喘粗气；他老婆——小兰的姨妈，双手插着腰，一个人站在谷场上一个劲儿地非常有节奏地指手画脚数落坐在房间没出来的妹妹妹夫——小兰父母，间隙还拍了几下巴掌：

你看你这户人家的家教！大的大的管不了，小的小的又管不了！你们还活在世上干什么，找一块豆腐也能把自己碰死！小兰那死女子真是作死，你看不上人家，早点说！你姐姐不干了，指望你，还不都是为了保全你姨父的面子嘛！你姨父好歹也是个乡长！谁也没有逼你，谁也没有捉住你，捆你、绑你！你自己从来没说过不同意的话！人家虽然比你大那么几岁，可人家浑身上下戴满了金器，他哪一点儿配不上你们姐妹俩！你们自己也不撒泡尿自己照照！人家大小也是个矿长啊！你们这山沟沟里的人家，连个生产队长都混不上的人家，找上这门亲事，也不想想，还不是你们姨父的面子！多少姑娘都巴结这门婚事呢！倘若是外人，要不是我的亲姨侄女，你姨父会操这份咸淡！他当乡长一年到头累得头发都掉光了，哪有闲心来管这屁事啊！还不都是为你们

好！你们这么没眼力劲！你们这些老鼠眼睛一寸光的东西！他姨
父！（她狂喊）他姨父！老李头！你别躲在里头不出来！你这几
个姑娘，就是你们这娘老子传的！我气得……我非要说下去！现
在倒好，人家那边迎亲的轿车都请好了，十辆轿车来接你姑娘，
你们怎么这么不识好歹呢！你们是千金小姐啊！你们是大家闺秀
啊！你们说，今天人家那边的脸放哪儿搁？！说一个姑娘不成，
说两个姑娘还不成，不成你们早点说！到今天花轿都上门儿了，
你们发神经了！人家那边亲戚六眷都来了，你说叫人家的脸面放
哪儿搁！你们说啊？你们说！

大姨妈啪啪拍着巴掌，两只眼睛瞪得比牛蛋还圆，已经喊得
口吐白沫了。四周听热闹的人窃窃私语道：这女人厉害。小兰那
女子不多言多语，遇上这样的姨妈媒人，她也敢逃婚？有人接话
茬说，当初就是小兰姐跑了，他们一家招架不住这姨妈，小兰才
被迫接她姐姐这门亲事的。作孽！

大姨妈还不解气，又转向杨柳树下闷声不响的丈夫喊，老杨！
你说今天这事儿咋个办法？

杨乡长慢慢转过身来，一脸的苦相，两手一摊，说，先把小
兰找回来再说吧。

大姨妈一声大喊，找你个头啊！昨晚人家就住在竹子涧了！
你以为人家还是黄花闺女啊！哼！这么个不要脸的东西！

杨乡长艰难地屏住呼吸，深吸一口气，冲屋子里大声说，那
就叫你妹夫出来，得了人家什么还给人家什么！公鸡不抱窝也不
能折断腿，不嫁就算了！把山那边的彩礼钱好好地算出来——人
家早就算好了，两个女儿，人家花了八千多！他们看在我面上，
那个"多"，就免了！就把八千整数还给人家吧！

八千这个数字，拿现在根本就不算个什么。可是在那时候，
有人根据天价要婚姻彩礼的民间新闻编了个戏剧《三千三》，从

江南唱到江北，传说还唱到北京去了，风靡全国。三千三，在当时已经是天价了，何况八千！当时在场的所有亲友和村邻纷纷面露惊愕万状之色，立马五模六样的表情突然转变，纷纷同情那男方人家，纷纷指责小兰一家人。

小兰父亲自感没有脸面出来见人，但架不住杨乡长夫妇再三吆喝，踉跄着走出来。他显然昨夜一夜未眠。早晨的阳光照射他那苍白疲惫的脸颊不停地颤动。他嘴里装满了大金牙，在太阳光里一闪一闪。

看见小兰父亲站在面前了，杨乡长声音和缓了些，说：那八千块总不会花光了吧？你看你左一个金牙右一个金牙的！赌钱也不会输得精光的，还给人家吧。人家看上你家的姑娘，也是前世作孽的！

小兰父亲坚强地站稳了，用力抬起头面对着围观的全体亲友说，叫那边放心，我李某人从不赖账，得他长的还他长的得他扁的还他扁的！但是有一点，这个钱从哪儿来？今天正好全体亲友都在，不是我狠心，不是我六亲不认！人家说老虎不吃儿的肉，可我今天要吃定了！我实话告诉大家，我这两个姑娘坚决不认了！她们再敢跨进我李家门试试看！这条腿进门打断这条腿，那条腿进门打断那条腿……

快说人家八千块钱吧！别再你那里腿腿腿的！大姨妈打断他的话。

她们不是跑了吗？她不是跑那竹子涧去了吗？只要有头就好办！古话说冤有头债有主！她姐跑得无影无踪，我没办法；现在我是一个萝卜一个坑，叫那小子轻狂好了！那小子原来也是你那什么电器厂的人嘛！这八千块叫他拿出来！

……

小兰父亲——那个老李头的一句话，仿佛是早已布好了天罗地网，我们虽然素不相识，可我已经是在所难逃了。

天晓得我和小兰还在大东沟里做着谋划未来的大头美梦呢！

小兰暂时需要避避风头。唯一可去的地方就是我家。

我必须赶快再次翻过西山，到西沟去找小舅舅。如果我三哥还在那儿，当然是再好不过。我要送小兰到我家，几千亩山林好比露天仓库，必须要人看守。他们必须要为我代代劳，帮我照看。

小舅舅已经回来了。大白天正关着门睡大觉呢。我惊讶屋子里如雷的鼾声，他昨晚什么时候回来的？怎么睡得那么香啊！我曾经听其他山洼里护林员说起过，说林场场部的副厂长黑大汉已经对小舅舅很不满，他几次都来西沟盯过。或许那黑大汉就是责怪小舅舅大白天经常睡觉的缘故吧。

乒乒乓乓！敲门。

小舅舅眯缝着眼睛开了门，大声对我吼了一声。他还以为是黑大汉来了，颇有点紧张。

可我突然哑口无言。我和小兰的事情，这该从何说起啊！我支支吾吾地编谎话，说家里有急事，我要回去一趟，我那竹子涧要请他顺带着关照关照。小舅舅定了定神，他问，你三哥怎么没说家里有事啊？

我痴呆地望着他。

你也没有电话，你咋知道家里有事儿啊？

小舅舅好像突然长大了，他从来没有跟我这么严肃过。经常是敷衍敷衍就能过关的。没办法，我只能把小兰要到我家去的事儿跟他说了。小舅舅像打量陌生人似的仔细看了看我，忽然笑起来，说，我说你们在厂里就在谈恋爱，那时候偏不承认，呵呵，他挥了挥手说，快去快去！我劝你不要再来了。把你那新娘子照看好吧。

我未置可否地拔头就跑了。真受不了他！

小兰到我家，举村轰动。第一个大吃一惊的是我的父母亲。

父亲正弯着腰在院子里装着铁犁。父亲除了脾气暴躁，其余的和我这个书呆子差不多少。他当干部几十年，母亲难得叫他在自己家里干私活。记得母亲说过，有一天，那茅坑里的粪水已经满了，叫父亲挑到菜地里去浇韭菜。韭菜刚割不久。父亲挑了满满一担粪水，谁知把韭菜浇完了，粪水只用了一半。他望了望多余的半担粪水，想了想母亲的话，他又把半担粪水挑回家。一头碰上母亲。母亲既好气又好笑，骂他：你这死鬼！那么多的粪水你又挑回来！父亲顶撞道：你不是说浇韭菜吗？母亲说，那你就只看见韭菜了？那么多别的菜不也好浇一浇吗？

母亲把这事儿说给我们几个兄弟听，我们也觉得好笑。不过，想想父亲当干部的，平生除了"贯彻"就是"传达"，惯性思维，也就见怪不怪了。

这会儿父亲正歪侧着身子比来比去，那铁犁总是装不好。我们一步跨进院门，小兰一眼就看出来了，她说大叔，你那犁铧尖儿装反了。父亲一惊。当他一眼看见我的出现，他吓得后退一步。

父亲吃惊他的小儿子怎么带回家一个姑娘。家里一点准备都没有啊！然而，真正害怕的事情，他还不知道。别说他，就是我和小兰也是半点不知。我和小兰带回来的八千大餐，正在一步步向我家逼近。

小兰家里对小兰的逃婚彻底妥协了。他那个当乡长的姨父在外扬言说再也不管他们李家七七八八的狗屁杂事。

小兰父亲，那个左右都装着大金牙的老李，一天骑着自行车问着路，找到了我家。

今天想起来，我是中国最最不孝的子孙。难怪人家说子女在

外面没有消息就是好消息。这几年我几乎销声匿迹了，家里一直
风平浪静。这突然出现在家里，却给家里带来一场巨大麻烦。更
可气的是，麻烦全部交给了父母，我自己则是形影无踪。

我把小兰送到家，转个身就回到了几十里外的山林破瓦房里。

大金牙站在我家门口，背着手叼支烟东张西望。他一眼就看
到晒在院子里竹竿上的小兰衣服。他紫涨着那张颤动的皱脸，克
制着没进门，转过身蹲在路口拼命吸烟。

小兰和我妈去菜园种菜去了。这几天她明显瘦了。她面临一
张从来没有填写过的人生考卷。别人无法解开、她自己看都不敢
看的解不开的婚姻方程摆在她面前。她坐卧不安。其实也够委屈
她的。我们家根本没给突然到来的儿媳妇准备什么新床，她就躺
在几年前我睡的单身床上。她觉得还是跟我母亲到菜园种菜心情
舒畅些。

我跑了，给父母亲留下了一份欢喜一份忧愁啊！他们蒙在鼓
里，不明白这"天上掉下的林妹妹"到底咋回事儿。他们长这么
大没见过这样迎娶儿媳妇的。我大哥结婚是在最艰苦的二十世纪
七十年代，但不管怎样也是明媒正娶办好结婚证才结的婚。我怕
父母亲担心，小兰家里的故事暂时保密。但是小兰孤独的身影和
时不时的长吁短叹让父母亲疑神疑鬼。那时候正好恢复放映电影
黄梅戏《天仙配》，戏里那个员外看到董永这穷小子带了七仙女，
他有一句台词：或许是他拐来的。当了几十年大队书记思想一贯
正统的父亲甚至也怀疑这小兰是我从什么地方拐来的。晚上父母
亲睡不着觉，窃窃私语探讨这个问题。母亲不相信她读了那么多
书的小儿子那么下作去拐女人。可是父亲提醒她，这个东西这么
多年和小舅舅在一起，摸螺丝没有找到好伙计，咋掉水里去的都
不知道。提起小舅舅，父母亲那是一阵焦虑不安，他们又想起了
三哥。上次舅舅来过之后，说我在那山里怎么怕怎么怕，父母亲

总是父母亲，他们委派三哥去竹子涧接我回家，不但没把我接回来，反而三哥也不回来了，说是小舅舅安排他到安徽小煤窑挖煤了。三哥最近一段日子送了几千块钱回家。开始送几百元钱回来的时候，父母亲见钱眼开，笑呵呵地夸他勤快，肯干活，夸他省吃俭用。同时也为他下小煤窑有生命危险担惊受怕。可是后来傻了眼了。据说这钱里还有小舅舅的影子，父母亲几乎没睡过安顿觉了，整夜整夜做噩梦。唏！真是儿大不由爷啊！咋弄呢你说！

　　小兰脸上流着汗挑着一担畚箕回来，一眼看见她父亲大金牙蹲在路口。她面如土色，颤抖着喊了声爸爸。大金牙站起身。目光复杂地看了看女儿。轻声问：你这是……种菜？小兰急切地僵硬地点点头，她胆怯地停住脚步回头等我父母亲。父母亲看见来了个陌生人，当时一愣。不用问，凭着小兰的窘态，凭着长相就猜测出这是小兰爸。小兰说这是"我爸"。父母亲立马拿出笑脸，表面喜笑颜开高兴之极，可内心里扑通扑通打鼓不停。终于找来了！大金牙嗯嗯了两声，就也换了笑脸大声喊道：亲家，亲家母！这声音忽然之间把我的父母和小兰搞得晕头转向，不知所措。

　　饭桌上，无论父母亲如何敬酒夹菜，大金牙就是不动声色。他板着脸不温不火地眼盯着小兰说，小兰，你爸对不起你们姐妹俩，可是你爸没有办法！……他叽叽咕咕一番话，从小兰一尺长的婴儿时代说到现在，把小兰的眼泪都说出来了。他自己也哭了。弄得我父母亲吃也不是，不吃也不是，傻愣着看他父女俩抹眼泪。

　　大金牙突然的举动再次改变了气氛。他把饭碗一推，宣布他不吃饭了。他说他同意小兰自己对婚姻的选择，但是有一个条件：一个星期内，送8000元钱回家！这个钱要拿去还给山北那个什么矿长，退那个彩礼钱！

　　大金牙一扬脖子站起身就走。他回头又补一句：什么时候8000元钱凑齐了，什么时候吃你秦家人的饭！

他走了。小兰和我父母亲几乎昏过去了。

第六章

　　父母亲生平第一次遇上了这么大的难题。当爸当妈的真是不容易！儿女小的时候，做爷娘的几乎是望眼欲穿，盼望着孩子们快快长大，将来或可给父母亲做个帮手。谁知这子女大了，不但不能帮帮父母多少，反而是一出一出的层出不穷。老大结了婚，分家过了。老二和老三早已是人长树大，快三十的人了，迫切要找儿媳妇了。按照当时社会上办彩礼的风气，"三千三"一个，老二老三两个就需要六千六。老四还小，暂时还可以缓缓。这几年，老二在南边儿吉安县石矿，不知道有没有挣到钱，反正没回家交过一分钱。老三刚刚去北山那边下小煤窑，刚刚送回家三千多块钱，这钱因为来得太快，藏着令人揪心担心。按理说老几挣的钱应该花在老几身上。当父母的不能偏心眼儿。可老二老三那该来的迟迟不来。听说老二在吉安县找了个姑娘叫有梅，但到今天没带回门见过面，还不能作数。父母亲焦虑啊！

　　一天，算命瞎子敲打着小锣坐在老槐树下。母亲放下扬米的簸箕，看看不信命的父亲不在家，急匆匆赶去求瞎子算命。

　　母亲给几个儿子一一算过来。瞎子不但没给母亲带来喜讯，反而吓了母亲一大跳。瞎子念经一般念叨：万重山里一点红，不是太阳是萤火虫。有缘无分喜鹊影，有钱无用乌鸦空。儿子在外不由外，风推船行水窟窿。命中难得一把伞，只怕撑伞遭狂风。

　　母亲听得似懂非懂，吓出一身冷汗。但在父亲面前半个字不敢提起。

　　没几天工夫，我就突然带回了小兰，母亲傻眼了。

　　不但母亲傻眼了，父亲也傻眼了。二位老人的傻眼各有不同的意思。母亲凭着第几感觉，仿佛感觉到了潜在的不祥。但无论如何，儿子带回来了一个姑娘，儿子有喜讯了！父亲则是认为有些乱套了。老二老三的婚姻还没有着落，怎么老四抢在前面了！再说了，这个老四不愿意砍草私自出逃，自从这个老四到电器厂上班出去以后，没向家里交过一分钱啊。家里这点钱应该是一个萝卜一个坑，倘若顾此失彼会伤害大家挣钱积极性的。两个老人意见分歧了。

　　小兰爸爸大金牙8000块钱的指令，就像一片巨大乌云，遮住了全家人的心境。

　　小兰沉默了。局促不安。

　　父母亲悄悄商议。母亲的意思是：事到头，不自由，不管怎么原则性强，手背手心都是肉，不管是老几的钱，既然入库了都是财政款，只能全家宏观调配使用了。父亲未置可否地沉默着。母亲把钱拿出来数一数，总共三千两百块。这距离八千，还差一大头啊。

　　母亲想了想，说，到镇街去找舅舅想想办法。父亲气哼哼地不说话。

　　母亲还没有跨出门，村口的几条狗叫个不停。一辆自行车直往秦家奔来。舅舅风急火燎地在院子下了车。一边停车一边大声喊：姐！姐夫！

　　舅舅已经看见了正在弓腰洗衣服小兰的身影。

　　他压低声音告诉父母亲：那个电器厂的杨书记——现在界牌乡的杨乡长专程找到他家去了，叫老四（指我）不要太傻了，人家花了那么多钱难道就这样轻易放弃！以前在电器厂的时候，那么好的机会，两个人几乎同住一间房里，不去和人家恋爱，现在人家已经是人家的人了，非去蹚这个浑水！那脑子咋搞的！叫

竹 子 涧

他赶快死了这份心！人家说了，不管这小兰和老四搞到什么程度，人家不嫌弃，人家只有一个想法，就是等她回去拜堂成亲！

母亲急了，问：那女娃爸——大金牙赶来的，不是说同意小兰的选择，跟我们要八千块钱吗？

父亲眼一瞪，说：八千块！你上哪儿搞八千块钱？

舅舅几乎傻了，吃惊道：什么？要八千块钱？你们答应啦？你们怎么想的啊？

母亲说，既然已经到了这一步，也不能太委屈了人家女孩子。舅舅问：你们有钱啊？母亲说，正准备上你家呢。给你外甥想点办法……

母亲话音未落，舅舅又开五指摇晃摇晃又摇晃，皱起鼻子说：姐你咋想的！别说我没有钱，我就是有钱也不借你！拿八千块钱去买这么个不清不白的？那清清白白的可以买两个的啊！姐夫，你说呢？

父亲大声咳嗽一声，狠狠地点了点头。

母亲看着外面正在勤奋洗衣服的小兰，两眼放出了泪花，说：这女娃也够可怜的！

舅舅说，姐，现在不是感情用事的时候。人家放话要八千，这是成心不同意这门婚事，给你们出难题呢！

父亲随声附和说：就是嘛！

母亲突然提醒父亲和舅舅：你们只管放屁，我们还不知道那老四什么想法呢！

父亲几乎是吼道：他想法！一分钱没交家里，还什么想法！

舅舅冷静了，摇摇头几乎是自言自语说：这娃子，不争气啊！

我能有什么想法？说实话，在那遥远的竹子涧里，我雄心勃勃：坚决和那杨某人斗到底！

小兰这段日子挺可怜的。她整天忧心忡忡，天黑了盼天明，天亮了望天黑，眼巴巴地期待着秦家赶快凑足八千块钱。这八千块钱可以为她赎身！可是一天一天过去，没见到我父母亲有什么关于钱的举动，更没有关于钱的谈话。特别是那天舅舅来了以后，父母亲看人的眼光夹带了几分淡漠，仿佛期待着她赶快离开。她一肚子话想对我说。然而望眼欲穿，我又在哪里呢？

那天傍晚，二哥从吉安县石矿回家。家里出现小兰这个姑娘，给我们家增添了几分不同寻常的气色和愉悦。他悄悄跟母亲打听了缘由，当他听明白小兰是老四的女朋友，他喜气洋洋地跑到三四里地外一个杀猪屠户家买了几斤猪肉，帮着母亲做饭，烹烧的满院油香。父亲和二哥对对碰，两人喝了一斤多白酒。

呵呵……呵呵……呵……

父母亲吓了一跳。刚刚还在谈笑，二哥怎么突然大声哭了起来。

原来二哥最近和那边石矿里恋爱的有梅姑娘，吹了。最近那姑娘爱上了一个拖拉机手，他失恋了。

父母亲看着老大不小哭声迭起的老二，只能是长吁短叹。

二哥忽然声音大了，他喊道：怪不得吉安那边人说老四带回来一个女朋友，当时我还以为……十里路无真信呢。他们那边的人鬼话连篇，说我们家兄弟几个，家里就那么点钱，谁抢先谁聪明！有梅说，你老四捷足先登了，你说你还有个啥！我跟着你，叫我天天跟你石矿拉大车！哇唔……唔唔……她跟那个拖拉机手跑了！

他突然立起身，仰天大声说，这可不是报应！老四把人家女人带跑了，人家把我女人带跑了！这老天！怎么偏偏报应到我头上啊！

他忽然站起身，一摇一晃冲出厨房。父母紧追不及，他赶到小兰睡觉的那间房，哗啦一把将小兰的床铺掀了底朝天。

竹　子　涧

正在猪栏喂猪的小兰木然呆住。哗地一下，眼泪大雨一般下来了。

早就听说二哥喝酒发酒疯在我们村上那是有名的。还是在大集体的时候，生产队里有一个姓胡的老酒鬼脾气暴躁，动不动就骂娘。他的饭量非常大，吃起南瓜番薯来就是一盆，外加两碗饭。那年秋季割稻，蔫黄了枯草的水沟里谁拉了一泡屎，那屎堆子足足比牛粪堆还大。队里的男女老少一边笑一边议论纷纷。二哥中午喝了酒，脸上泛红胆子也大，他张口就说那屎是老胡拉的；除了他，队里没人能拉那么大的一泡屎！老胡正解开腰杆上系的草绳准备弯腰割稻，听见了，他那酒鬼脾气，张口就骂开了：你这小鳖子子，凭什么说那屎是我拉的！他不但骂二哥，还公报私仇骂起了父亲：你老子在大队当书记，你狗仗人势是吧！你老子还不敢把我怎么样呢，你竟在老子面前糟践老子！二十年前的那个晚上你老子在那个妖娥子被窝里被妖娥子男人抓住了，要不是我喝酒口渴半夜起来到水塘里舀水喝，听见他们在吵架；要不是老子救了你老子，还有你这个王八羔子出世！

二哥原本就是喝酒发酒疯的人，听到老胡张口在这大庭广众之下揭开了父亲的隐私，脸上直喷火光。队里有那些看热闹不嫌事儿大的，还有曾经饱尝老胡酒疯之骂的，悄悄撺掇二哥说，他骂你爸，上去跟他搞一把！二哥那年刚刚二十挂边儿，初生的牛犊不怕虎，奔跑着扑向老胡，两人就那么厮打起来。队里人各怀鬼心，有的想借这个机会看老胡丢丑，有的曾经挨过父亲的批评积下怨气，看那老胡揍这书记儿子，有的趁着看热闹偷懒不干活，大家围了几圈儿看他们打，呵呵呵地起哄，没一个人上前拉架。只见老胡一会儿把二哥按倒在泥巴沟里，二哥眨眼之间变成了泥鳅；一会儿二哥反败为胜，骑在老胡脖子上，抄起大把泥浆糊了老胡一脸。那年雨水多，多是烂泥田，两人几乎是两条水牛，水

· 123 ·

稻田里碾了好大一片泥潭，稻把子被碾进泥潭，鼻子眼睛早已不见。突然听到父亲远远的一声咳嗽，队里人哄地一下作鸟兽散。父亲也认不出那两人谁是谁了，看到生产队里的稻谷被碾成那个样子，气得脸上发紫，抄起扁担给那两个泥猴的屁股甩几扁担。二哥和老胡两人眼睛都看不见被谁打，老胡骂道：好你小子，还拿扁担打我，我也去找扁担！二哥也骂道：你狗日算什么好汉！拿扁担啦！我也拿！引起队里人一阵哄笑。父亲听出是二哥的声音，愈发动了大气，他把扁担递给老胡，嚷道：这扁担给你，给我打这小子！老胡听出了父亲的声音，他哪里还敢打下去，解嘲地高声喊道：二小子，不打了不打了，扶我到水塘里去洗澡。哎哟，哎哟，这扁担可真伤屁股啊！二哥从泥浆里爬起来，扶起老胡，两人趔趄着向水塘走去，还没走到水塘边，两人回头看到父亲已经远去，两人又在那边揪打起来。

那个下午，全队六十多号人，一番番地看热闹，几乎没割稻。

据说，二哥在吉安那边时常和人家酒后斗架。也有人说他那女朋友被他经常发酒疯担惊受怕，所以才弃他而去。

半夜时分，二哥酒醒了，起床小便，看见母亲和小兰两人都闷在那里流泪，父亲气得坐在院子月光下不进屋。他突然想起自己曾经隐隐约约掀了小兰的床铺，他那份羞耻几乎是无地自容。他跑到厨房，拿着葫芦瓢在水缸里舀了一瓢凉水，咕咚咕咚一口气喝完，转过身，扑通跪倒在父亲面前。

知子莫如父。父亲知道这老二，良心从来不坏，他酒醒了，也就不怪罪他。父亲问道：老二，你那里现在能弄到钱吗？

今晚，父亲被二哥掀床的举动所震惊，看到小兰坐在一边流泪，感觉这小兰实在可怜，太委屈她了。父亲改变了主意。他告诉老二，家里现在只有三千多块钱，如果能凑齐那八千，就让你老四把小兰娶回家吧！

竹 子 涧

二哥满口答应。他这几年在吉安那边对女朋友花的钱，据说，他们会赔他钱的。也有三千多块。另外还差两千，二哥他说他有办法。什么办法，他没有说。反正下个星期天五千块钱可以全部到位。

二哥连夜回到他吉安石矿去了。

二哥说话算话，没几天，他翻山越岭，浑身汗污地踏着淡淡的暮色回了家。

他一路吹着口哨，快活得好像他自己要娶媳妇一样，走到村口，不论见了谁都"大叔""二婶"地主动跟人打招呼。看到他一身黄泥，三十多岁至今光棍，最近还听说他那个女朋友跟别人私奔了，人们都投以恻隐的目光。但也有人说我们秦家没亏，那边跑了一个，这里还不是跑来了一个？可是明白人把话分为两说，说我们秦家不该跑的跑了，不该来的来了。嗨！世事自由任人评说了。

一包钱——足足五千块放在父母亲面前的小桌上。我们家好久的郁闷被这突如其来的喜讯所解放，顿时灿然生辉，几乎各个角落尽皆敞亮无比。父亲端着酒杯骂开了舅舅，说不借钱就不借钱，干吗左一趟右一趟骑车跑来怪这个怪那个，人家小兰挺可怜的，非逼人家回去！二哥听了当时就涨紫了脸。二哥和舅舅好像从来不怎么待见。二哥小时候，五八年大跃进没饭吃，饿得够呛，曾偷偷跑到舅舅家，那天晌午，舅舅家马上就要揭锅吃饭了，却叫二哥快回去。这件事儿对于二哥永远是个阴影。在我们家对待舅舅的态度上，二哥和父亲永远是站在一条线上。他们俩已好多年不上舅舅家了。尤其是后来舅舅对我特别关照，把我弄到电器厂，他们俩心里一直不爽。对于全家唯一读了高中的我，二哥有二哥的打算，父亲有父亲的安排。二哥有一个朋友是老中医，上山拔几把草药就能卖钱，我刚出学校门，二哥就想让我去学医。

父亲则不然，他认为一个人要成器，首先必须磨炼，要吃些苦，什么苦都不吃就当这当那，肯定不当回事儿；他想让我砍砍草，磨炼磨炼，等长到十八岁，叫我在大队当赤脚医生。可是我偏偏不愿砍草，舅舅一个调度把他们俩的计划全打破了。

二哥很义愤地对父母亲说：自己家的事儿自己做主！就不要听他们的！

父母亲和二哥统一了思想，让老四娶小兰的大政方针坚决不动摇。可是，当问及二哥这五千元钱从哪儿来的时候，父母亲脸上戛然变色。

二哥自己只有三千块钱。还有两千块，是他从矿山借的。借钱本来很正常，问题是，二哥已经决定，他不再在矿上拉大车，他已经干起了"放炮"。就是在别人打好的炮眼里灌置炸药，然后吹哨子让人跑得远远的，他自己则要在那嶙峋狰狞的矿窝里奔跑着，一个炮位一个炮位、一根一根导火线点燃。这是一个具有生命危险的职业。他们矿里已经炸死两个、炸残废一个了。还活着的一个坚决不干了，回家了。矿里没人放炮，就出高工资招聘。二哥突然自告奋勇前去报名。他报名有个前提条件，要先借两千块钱。矿长正是燃眉之急的用人之际，答应了二哥。

父母亲皱着眉头，半天没说话。后来父母亲异口同声地反对，说这个活不能干，要二哥赶快回去辞退。

大金牙第三趟来我家那天，父母亲刚要出门。他们怀里揣着那两千块钱，要翻山越岭到南边去退给矿上。二哥干的那个放炮的事儿，他们不放心，决定今天亲自去看看，亲自跟矿长谈。

大金牙来了就发脾气，骂小兰。说她姨父跟那姓姜的去他们家好几趟了。人家忍耐是有限度的。他说他是风箱里的老鼠两头受气，是两头筑坝中间淹死人。人家那边催钱，你们这边没动静。小兰气得直哭。在和她父亲争论的时候，小兰责怪她爸赌钱，拿了人家的钱就去赌，拿了那么多钱全部输光，现在却反来这边逼人家！

大金牙火了，要拿棍棒揍小兰。此情此景，父母亲只能是长叹一声。他们俩交换了一下眼色，不打算去南边石矿了。父母亲对大金牙说，你别逼小兰了，钱，我们已经凑齐了。但今天不可能就这样给你。要选择个日子，双方的村干部必须到场，再写一份协议，你就把钱拿去。大金牙同意了这个说法。骑车扬长而去。

大金牙临走回头跟小兰扔下一句话，让小兰半天合不拢嘴：

你以为那个小秦是好东西！你还没结婚，来他家就干这干那，他在那山里，和荷花好上了！

后来小兰从我家出走，大金牙这句话是起了关键作用的。

小兰是第三天，在我家留下一张纸条走的。纸条有责怪我把她放在家里将近一个月不回家看她的意思。更多的意思是说，叫我们家不要把钱给她爸。她不愿意看到她爸有再一次的得逞。她说二哥拿回的钱千万不能用了，叫二哥千万别再放炮。她叫我们家人放心，她不会连累我们家，她出走后，要回自己家去一趟；只要她回过自己家，她李家就没有理由来跟秦家要人。她说她要去找一个女同学，听说那个女同学嫁给了一个砖瓦厂的老板，如果有机会，她就在那砖瓦厂做砖瓦。她要等到她家里和那煤矿姜矿长所有瓜葛都了结了，一切风平浪静后，她就会回来找我，嫁给我。

荷花是谁？就是那个曾经在涧溪沟边磨柴刀，告诉我小兰和小兰姐姐秘密的那个姑娘。

送小兰到我家，我回到竹子涧，必须坚守我的护林岗位。只是感觉山里的阳光少了，到处是乌云下的阴影。满腹心思，忧心忡忡，精神恍惚，魂不守舍。

荷花经常上山砍柴，带来山下的消息给我。那天，荷花砍了老大两捆木柴，从树林里拖出来，挑下山坐在大东沟那片草坪一块大石头上歇息。她满头大汗，一件老蓝布外套脱下系在腰间，一件红衬衫领口以下的三个扣子全部敞开着。山里姑娘干活一般不带胸罩，乳沟很显眼。

我精神恍惚地下了坡，被她看见，远远地叫我。

我站在木柴担旁，吃惊地看着那两捆木柴。她叫我帮她挑一程。我好奇地钻在那木扁担下，用肩膀龇牙咧嘴地挺了挺，柴担刚刚被我顶的离了地，咔嚓一声，那木扁担断了。

你看你！她急了，站起身来嚷嚷：你赔我！我挑好好的，你怎么一碰就断了！你赔我！

我急得直挠头。幸好她是吓唬我的，所谓赔，原来是陪她一起钻进茂林里去寻找可以做木扁担的小树。

我们在竹子涧茂林里钻来钻去，好不容易找到一棵小橡树。她弯下腰砍了，削去了树枝，把树干往我肩头一放说：背着！这也算是对我"犯错"的惩罚。

我们头上满是草屑钻出树林走向草坪的时候，下面来人了。

我吓了一跳。林场场部的黑大汉腰系皮带，脸色严峻，挎了一把明晃晃的看山刀，来了。

你行啊！黑大汉仿佛不认识我一般左右上下打量我一眼说：哎呀！真的看不出来啊！都说知识分子是人才，这才几天，就闹翻天了！一个一个的！撞上桃花运了吧！

山下村子里的人都认识黑大汉。荷花听出了黑大汉话中话的意思，反驳他：黑场长，你虽说是个副场长可也是个场长哈，说话要注意分寸！啥叫一个一个的？那个已经到他家了，这个只是叫他帮忙找小树做木扁担！

嘿嘿。黑大汉依然发笑。

荷花拿柴刀砍削着小橡树，两头削出了尖尖的白痕，碎片向黑大汉横着飞去。

黑大汉拉着我闪在一旁。他小声告诉我一件事。荷花看见他在对我嘀嘀咕咕，以为又是在编排她，她嘿的一声喊，猛地把橡木扁担扔过来，险些砸到我们的脚。黑大汉连忙辩白："没说你没说你！"就拉着我走出草坪向破瓦房走去。

第七章

我尾随黑大汉回到破瓦房，一下傻眼了。

一辆绿色的吉普车停在门口的草地上。两个警察焦灼地转来转去。

黑大汉一边吆喝"来了来了"，一边拽了我一把，直接就把我拽上车了。

那一刻，我真的是嗵嗵嗵心跳。我的思绪飞快地联系上了小兰。我心虚了，害怕。我隐隐约约感觉自己，身为一个护林员，竟和一个山外的姑娘发生那样的关系。并且我还偷偷摸摸把那姑娘藏起来，藏到了我家里。再说这个姑娘非同小可，是被一个当地乡长所关注、甚至被控制的人，我的所作所为几乎是一种搅局，破坏了人家乡长的所有计划。我激怒了人家当官的人！尽管我知道如今的社会和故事书里说的古代封建强权不一样，我们已经有了民主自由的法宝；何况我一肚子二十多岁的雄心壮志，为了理想我敢踏平所有世间不平！尽管我隐隐约约感觉新的乡镇领导机构填充了舅舅和舅舅的朋友，他们或许权当我的保护伞；但是，看见警察，我心里没底。这一去，他们会把我怎么样呢？外面传言动辄电棍伺候，我会不会被关在一间暗屋里吃电棍呢？据说谁要是挨了电棍，脑子里瞬间糊涂，会胡言乱语，不犯罪也会说出点什么……我几乎大汗淋漓了。

车停了，拉开吉普车门的一刻，外面的阳光霎地闪烁了一番。我诚惶诚恐奋力眨了眨眼。

我尾随他们走进一间办公室。感觉这办公室很面熟。想起来了，这是林场场部黑大汉的办公室。进山第一天，我就是在这里接受职训，接受进山护林任务的。黑大汉忙碌着给警察倒茶敬烟，好像根本没把我当回事儿。一个面目白皙的年轻警察摊开一本笔记本，把目光注视着我，他叫我坐下，向我质询一些问题。我如临大敌，正襟危坐，一一作答。

他问我是什么时候进山做护林员的。回答，清明节前。

他问我一起进山的是不是还有我的小舅舅某某某。回答，同一天进山的。

他问我是不是有一个叫什么什么的哥哥。回答，那是我三哥。

……

一连串的问题，在心跳中渐渐让我清晰了一件事儿，他们不是冲着我和小兰之间的那种事儿来的。好像……好像在证实我这么多天心目中隐隐约约的一种判断和担忧……他们在调查小舅舅和三哥！

黑大汉横眉冷目地告诉我，小舅舅和我三哥一起串联作案，在我和小舅舅之间的森林辖区，偷伐了大量木材，翻山越岭运往山北边的小煤窑变卖。目前已是重大嫌疑。他要我今天配合警察，给他们提供一些可供参考的证据，比如，他们什么时候在什么山上出现过，我在什么时候遇见他们拿着偷伐工具往什么地方走去，等等。

我努力想了想，没有，真的没有。

警察仔细地观察我的形色，判断我说的不会是假话。他们叫我在证词上签名，并染红了大拇指画了押。

竹 子 涧

警察的吉普车刚刚驶离我们的视线，一辆大卡车轰轰开到了场部门前。车上跳下了我好久不见的杨书记，即现在的界牌乡杨乡长。

杨乡长一脸肃穆。一言不发，走进黑大汉的办公室。

我再次被请到办公室坐一坐。

说实话，那一刻，见杨乡长的想法和见警察的想法那是绝对不一样。这么多日子，心里在为所谓的杨乡长一直纠结着，恨他。尤其那天晚上破瓦房的房门被砸破，房里的用具甚至衣被被扔抛到涧溪沟里浸泡，我敏感到这个所谓的乡长内心里的龌龊。我知道现在是和杨乡长面对面交锋的时候了。我解开了衣服的纽扣，敞开了胸怀，大有准备一搏的势头。我豁出去了，只要他杨乡长问我小兰的事情，我要按照婚姻法跟他一条一条的理论为什么一个干部目无法纪，为什么今天这个社会还会有人在包办婚姻！倘若他要敢跟我瞪眼拍桌子，我就敢搬凳子砸他的脑袋！

然而，他没有跟我来横的。他只是轻描淡写地扫了我一眼。眼神里夹杂着我曾经是他电器厂的部下之色，还有压抑的不易察觉的愠怒。他脸对黑大汉，用眼角的余光看我，神色凝重地说：

这偷伐林木一案，没什么好交涉的！两人都要判刑！判几年，那要看他们对于罚款的态度！你们林场要有立场，把罚款方案拿出来，务必在下周解决所有问题！

我独自一个人在山间暮色中踉踉跄跄地往破瓦房走去。我心里明白着呢，这是一个有车接没车送的处境。该怎么办啊？三哥和小舅舅俩已经被抓进了派出所，我也无法去问他们什么事儿，只能一个劲儿地思考着罚款该怎么办。这可是急需用钱的时候啊！

越往深谷里走，天色越来越暗。恍恍惚惚中，前面一个人影在走动。那人的背影好熟悉啊！暮色已经很浓，树木与树木之间升腾起一种淡淡的山岚。前面大约五十步，那是个男人的背影，初看特别像我二哥。是他？他怎么来了？他毫无知觉地走，无动于衷地走着。难道二哥已经知道了三哥的消息，特别来问情况？可当我突然张口要大声喊叫他的时候，那身影突然神秘消失。我立定了脚，揉了揉眼睛，仔细再看，仿佛是从树影背后又闪出他的身影来。为了急于证实他到底是谁，于是我紧步慢赶起来。谁知我走快点儿，他也走快点儿；我走慢点儿，他也走慢点儿，就是无法接近。山谷万般寂静，雾岚飘忽实非常态。这时恰是百鸟归巢的一刻，却听不得半点声音。忽然我平白无故周身一个寒噤，打了个寒战。我禁不住大声喊叫起来："二哥！二哥！"再定睛看时，前面那个身影早已踪影全无。

我站在原地——一片生长着杂乱的油茶树林的草径上，发呆。

我回到破瓦房的时候，山上已经浑黑一片，只看见山谷头顶上的星星在闪烁。

我站在距离破瓦房一百多米的地方一动不动。我睁大眼睛惊恐不安地看着小屋东墙的小窗口。窗口射出一道光来。屋子里有人！我竭力回忆着今天有没有关了电灯，还是不经意间随手开了灯？不可能的！因为我白天出门，后来就被黑大汉拽上警车走了，我没有进屋的机会。我再次打了个寒噤。刚才山门口油茶林旁似见不见二哥的身影不翼而飞的情景再次闪现，脑袋里不由嗡地一下。今天真的见到鬼了？

我敛声屏息立了好一会儿，最后决定悄悄向后转，离开这山坳，到山下去找地方住。我刚要转身，忽然那屋子的门开了，灯光伴着一盆水哗地倾泻出来。灯光中站立着一个女人的身影——荷花！

我急步快赶跑过去，兴奋地大声喊着：荷花！你怎么还没有下山？

嘿嘿。荷花笑着。她不是没下山。她是回家后吃了饭趁着晚

竹 子 涧

上要到乡电影院看电影的借口跑出来的。她看见我坐警车走的，她吓死了；她听到了村里的风言风语了，说来了一拨一拨的警察，把我的小舅舅和三哥都抓走了，这事儿难道还和我有关？她不放心，无论如何要赶来问问。

晚上的荷花和白天的荷花相比，实在是天壤之别。白天干活的衣服早已换去，穿了件白色衬衣。她不胖不瘦，匀称的身材和衣服很匹配。因为洗过头，披散的头发散发着洗发香皂的清香。

我不是贪色。因为自从和小兰有了那么个清晨的人体电击，身体内长眠了二十几年的一些细胞毕竟被激活。只要有适合条件，那些活体细胞难免蠢蠢欲动。但人是很复杂的机器，经常不按套路出牌。今天晚上虽然郎才女貌，却根本想不到这方面来。倘若不是天色已晚，我已经到界牌乡政府乘坐汽车回家去了。三哥的消息，小舅舅的消息，必须赶快告诉父母亲和舅舅他们。事不宜迟，夜长梦多。听那杨乡长的意思，早交罚款和晚交罚款就是态度问题了。另外，我的第七感觉里感知，通过舅舅的关系，交了罚款，一定可以把三哥和小舅舅放出来的。虽然他们做了犯法的事情，让人气愤填膺，但是我们毕竟是亲兄弟、亲戚，血管里的东西毕竟有私念。内心里的那份急切早已把所有杂念淹没殆尽，它简直没有喘气的机会。

荷花把饭菜都已经做好了。香喷喷的。那种山野丛林里采集的蕨菜嫩芽，山外人不知根底，但在这一地区山野人家却当作佳肴食用。开水处理之后，用菜油炒过，今晚在灯光下晶莹剔透，一段段伴着红辣酱，恰是着了红装的倩丽女性，一个个窈窕淑女般逗引我的食欲。

我一边吃饭一边跟她搭讪着村子里的谣传，只听得心里阵阵发毛。她说的不知道有没有根据，说杨乡长必定要对我三哥和小舅舅动大刑了。那个小兰的事情把杨乡长恨透了，他恨不得派人

133 · 133 ·

把我捆起来沉到水库里去。他和山北边煤矿的姜矿主兼政兼商兼企，这么多年纠缠扯不开的金钱利益关系，原本依靠保媒亲上加亲来巩固，几乎被我毁于一旦。幸亏他们的经济捆绑得太深，事情做的也太大，还不至于为了一个不情愿的婚姻去牺牲了多年来的友谊。然而他们不能白白吞了这口恶气，迟早要弄出动静来报复我一把。三哥和小舅舅东窗事发，岂不是一下撞到他们枪口上了哦！

　　我吃惊地看着她。怎么一个砍柴的女子能看透这么多深层次的东西，能说出这么多的词汇。在接下来的交谈中，吃惊之上更让人吃惊。荷花原来和我一样，也是一个高中毕业生。那时候刚刚恢复高考不久。一个在十年"文革"期间边给学校开垦荒地种植番薯边读书的毕业生，过不了高考这道关。回乡后曾在学校做代课。但是命运让她遇上了杨乡长。前几年，杨某还在他们界牌乡做小学副校长。他不怀好意，几乎天天把她留下，谈这谈那，不着边际。正当她时刻警惕这个副校长反常举动的时候，不提防杨某的老婆知道消息后醋意大发，又哭又闹打到学校来了，把她的办公桌都给掀了。这件事在界牌乡搅起轩然大波。结局是荷花离开学校回家拿起了砍柴刀，那个副校长只不过是他老婆毫无根据的猜测，他没罪，却又逢上了干部知识化的机会，给调离了学校到区里做领导，区里直接派他去电器厂当厂长了。

　　我傻愣愣了一会儿。又气又恨地为她惋惜。

　　我们的话题很快集中到了杨乡长身上。这个人做了企业领导，怎么领啊？我被他领导了几年，一直把厂子领垮为止。按理说败军之将应该受到一些处分，可人家为什么反而升官儿了呢？荷花说：人家是兼政兼商兼企，有了钱了！有钱就是大爷啊！

　　荷花越说越不能平静。在区办电器厂的时候，每个乡镇都有名额参加入厂。他们界牌乡的名额就是她荷花。但是因为杨某在

竹子涧

那电器厂当书记，他们偷梁换柱，拿小兰给她掉了包，让她又一次失去了丢掉砍柴刀的机会。

我在惊愕之余，分明感觉到了一种内心隐隐的抗议。尽管那小兰现在已经快是我家里的人了，但是我依然同情荷花遭遇了社会的不公。我们沉默了。竹子涧里的一盏孤灯，在这茫茫夜空里，除了照亮小屋里的狭小空间，照亮我和荷花两个半腹学问的人身上散发出的懦弱文气，难以突破到十米开外。那个时代就已经有了愤青。我和荷花便是。

门外有人走动的声音。

门前什么一闪，小兰突然出现在我们面前，让人大吃一惊。

小兰面容憔悴，满面愁容。在这距离山外六七里地的夜晚，看见荷花在此，她进也不是退也不是。我喊她，她不应。专注于看她的表情，那微微颤抖的脸颊忽然大雨滂沱。她猛地一转身，掉头跑了。

小兰！小兰！

我和荷花大声呼喊着追赶。长夜似海，而我们三个就像三片漂浮的树叶，一头栽进这深深的海里，只听得见嗵嗵嗵奔跑的脚步，外面哪里看得见人影。啥也不说了，所有恩恩怨怨，爱恨情仇，得意失意，亲密夫妻，村邻伙伴，在那一瞬间尽皆化作人性道义的追赶。三片树叶在夜空里随风飞扬一般奔跑，然而只能是脚下空虚，几乎找不到地面落下踏实的脚步。脑海里更是惊涛骇浪。我们最最担心的就是，前面悬崖下面就是那口深不可测的大水库。倘若小兰纵身一跃……

由于我做护林员练就的跑步机能，也许是小兰精神上的崩溃导致两腿的瘫软，我很快追上了她。我一把拉住她。我和随后赶到的荷花把她夹在了中间。

小兰！你想哪儿去了！荷花喘着气大声说，小兰，我们一起长大的，你还不了解我吗？我是什么样的人你还不知道吗？

小兰也在喘气。她的胸膛显然扩张得不能自控。她也嚷嚷了，也许人在夜空里互相看不见面孔，就像和陌生人一般毫无情义可言，实话可以实说。她嚷道：

你荷花是什么样的人我太了解了！你要不是什么样的人，你这样的高中生今天怎么会拿柴刀砍柴啊！你要不是什么样的人，我姨妈怎么会骂到学校去啊！

小兰！我上前去拉她手，意思叫她别揭人家短。但被她哗地甩得老远。

小兰！荷花大声吼了起来。夜空出现短暂的宁静。

呜呜……荷花突然哭了。她说，小兰，你不可以冤枉我。人家以讹传讹，把我说的分文不值，你是最明白其中内幕的人，你是了解整个事情前前后后的人，当初我谁都没有告诉，唯独自始至终没有隐瞒你。从你姨父开始纠缠我我就跟你说，我只跟你一个人说内幕。我们平时玩得亲如姐妹一样，是你告诉我你和小秦曾经在电器厂做过同事，是你叫我把你那个不情愿的未婚事告诉小秦，是你到小秦家去之前，叫我在家里多多留意小秦，关心他在这里的事情，你怎么可以这样说我呢？

小兰声音显然低落下来。她问，你就是这样的夜晚来关心他的？

荷花说，我白天砍柴亲眼看见他被警察带走，他刚刚回来，我不是夜晚来打听情况什么时候打听？他三哥和小舅舅出事了你还不知道？

……知道了。小兰转身嗫嚅着问我，到底咋回事儿啊？

我们三人席地而坐。从稀疏而又茂密的板栗枝叶间缝里望着遥远的星空，浸湿了一身露水，我们谈了大半夜。

第八章

舅舅的身影出现在界牌乡，对于我来说是阴阳两重天，两番心情，亦喜亦忧，喜则是小喜，忧却是大忧，大大的忧。

喜的是舅舅送来了一万五千元罚金，交给界牌乡政府。然后杨乡长一个电话到派出所，那边很快就会放人。

三哥和小舅舅在拘留所常常吃不饱，虽然经常有饭却被其他凶悍的抢了去，饿得快成了皮包骨头，出来时脸色惨白。亲友们买了炮仗给他们放炮，说可以冲散那拘留所里带回的晦气。三哥一脸哭相，他发誓再也不理睬小舅舅了。小舅舅则不然，嘻嘻哈哈地跟那些亲友笑谈山林偷伐树木的事儿和拘留所里的情景。有部分亲戚骑着自行车两头跑着放炮。先跑小舅舅家，再跑我们家。天气热了，一个个跑的汗流浃背。体力消耗是小事儿，关键是大家不知道该怎么说话好。说祝贺吧，又觉得不妥当；不祝贺，这毕竟是出来了。于是大家说得最多的话就是：有我们那个大主任（指舅舅）在，没有办不成的事儿！进去又怎么啦？还不是进的快出得快！大家簇拥着三哥和小舅舅好好换换新衣服。大家把他们拘留所里穿过的衣服扒下，统统扔到了河里。

忧的是，那种苦恼只有我一个人知道。根本没人再来管我了。小兰走了。舅舅喜笑颜开，拍拍我的肩膀先夸我，后说我糊涂。说要不是我和小兰的事儿夹在中间，三哥和小舅舅这件事儿不会罚那么多钱。两个人最多八千块钱就给办了。人家毕竟……那实在是人家气得够呛的事儿，将心比心，倘若是你自己，你能不生气动肝火？人家明天就要结婚了，你把人家女人拐跑了，你想，你好好想！人家没跟你动武，到今天你还完手完脚的没落下残疾，你就是烧高香了！

我听得稀里糊涂的，愤怒着想，是我把小兰拐跑了吗？

可问题是，小兰离开我家，并没有嫁给山北边那矿长，她还在坚持她的想法。她那天晚上从竹子涧里和荷花一起出去后，就直接外出了，据说去了远远的地方了。

父母亲劝我：好了，这件事儿买个教训！该是你的就是你的，不是你的想也没用。反正现在家里再是分文无有了，钱都给那小兰姨父作罚款了，小兰家里人也不会再来问"八千"的事儿了。母亲和父亲还不停打趣说，老头子，咱没有钱放家里，一切都自在，万事大吉了吧！停当了吧！哈哈！

可问题是，这件事别人看起来多么完美，大家告别了罪恶重新做人，一切顺理成章恢复了原点，但对于我来说好像是罪恶的起步，一种伤感的起点。小兰临走时说，只要她远离家乡，她那大金牙父亲不会向你们秦家索要那"八千"，等一切风平浪静，她就会回来跟我结婚的。她这一去，其实是抛给我一个遥远的不可言状的纠结和挂念。

为三哥减免晦气的炮声渐渐响起。父亲站在院子口焦灼地盼望着二哥的身影。只要二哥一到家，马上就开饭。

炮声稀稀拉拉慢慢停了。突然，院子里的人群纷纷向院子外奔涌而去。刚刚还在说笑的人们，在一瞬间鸦雀无声。整个场面只听见脚步的啪啪声。

院子外面站着一个刚从自行车上跳下来的小伙子，浑身黄泥，他一边喘着气，一边跟父亲说话。刚刚还是借笑解愁说话的父亲此时面色苍白，浑身哆嗦。众亲友簇拥出来，发出一阵阵凄厉而又惊恐的唏嘘声：

天啦！怎么会是这样！天塌了啊！

面色苍白的父亲努力站稳身子，指挥两个女人赶快去照顾好我母亲。千万不能再让她出个闪失。他面对站在一旁已经泪水横流的大哥，皱着眉头几乎不敢相信事实的舅舅，以及围聚着的亲友们说：现在我们赶紧赶到吉安县那边石矿去……

父亲已经站立不稳，大哥飞快地扶住父亲。院子里已经响起了母亲捶胸顿足的号啕大哭声：

儿啊！你不听妈的话！你不听你爸的话……叫你不能放炮你不听啊！呜呜……你这个不听话的东西啊！……你这是想要了你爸你妈的命啊……儿啊！

我听明白了，忍不住"啊"的一声大叫着哭喊。

二哥为了筹齐那八千块钱报名去放炮的事儿，我早就已经知道了。我从竹子涧赶回家，至今还没有和二哥见过面，只等着三哥回来这一天，全家团聚。

那个骑车来的小伙子说，秦师傅这段时间一直心情很好，天天唱唱嘻嘻的。自从听说老三出了事，脸色一直不好看。听说今天老三回家，他急着要赶回来。明天是他生日。只等今天上午九点钟，把矿上的炮放了，他就回家。他说儿的生日母亲苦，他买好了两只猪蹄要准备带回家的。

父亲环顾四周突然插话，跟列位说：这话千万不要给他母亲知道了！

那小伙子接着说，秦师傅已经把炮点燃了，跑到防空洞里，一边听一边数着那炮声，数着数着，等炮声停了，他说坏了，有一只哑炮。

他叫大家待在防空洞里别动，他一个人跑到矿里，一个个检查炮位。只见他站在一个半空中的石窝里，那石窝上头龇牙咧嘴的石头摇摇欲坠，风吹着泥块直掉。他拿起一根竹竿，准备去捅那个哑炮……

那小伙子把眼睛一蒙，接着说：……那炮忽然响了！……有小山包那么大一堆石头……

小伙子哭了说：……秦师傅被埋在石头堆里了……

大哥突然大声喊：爸！爸！爸！父亲昏过去了。人们七手八脚把父亲抬进屋。有人大喊：

掐人中掐人中！

院子内外一片混乱。

院子内外的大多数男人在舅舅指挥下都开始行动了，纷纷彼此招呼着向院子外面移动，准备出发到吉安县去。我夹在人群里哭喊着要去。舅舅几步跑过来，一把拉住我。舅舅红红的眼睛闪烁着泪光盯着我，叫我不要去。干吗不要我去！我瞪他。舅舅说，你大哥和三哥去，你留在家照顾你妈！我狂喊着：我要去！但是被舅舅死死拉住，他吼着问我：你妈没人照顾行吗？！我挣脱着说叫三哥照顾。舅舅吼道：你二哥这样了，你妈睁开眼睛看见你三哥，你三哥犯了那事儿刚回，你叫她老人家难过死啊！你给我在家待着！听话！不听你试试！你不管你妈了还得了！

我被逼迫的那种状态，几乎比死还难受。我大声喊着骂舅舅老东西老官僚老混蛋，一直骂到往吉安县去的人群看不见背影还不肯罢休。

埋葬了二哥，我们家彻底平静下来了。将近一个多月的日子里，我们全家不出门不说话不发出任何响动，不跟村上任何人打交道，几乎进行着冬眠状态。

我们家，我们周围，以及和我们家所有有关联的事儿，几乎全进入冬眠状态。

突然一天，门前的泡桐树叶霎地飞落一片。

转眼之间，已是九月重阳节。

一天上午，叮铃铃的自行车铃声响起，打破了我们家小院子的平静。

荷花！荷花来了！

荷花赶来，告诉我三件事：

一、那个杨乡长突然被逮捕了。原因一是和他合伙的那位姜矿长在什么地方豪赌，输得干净利落，从杨乡长手中牵进去很多公款；原因二是这么几个月来杨乡长和另一位女教师东窗事发，有孩子了。

二、她被招进学校了，在区小学做代课教师。她说区小学因为有几位教师下海经商去了，那位教导主任叫她转告我也去应聘。

三、……

她掏出一封信来。小兰写的信。寄给荷花，请她代转给我的。

我双手颤抖着接过信。扫了一眼信封上的寄信地址。上海……

突然，我一把将信原封不动塞给荷花，坚定地摇头说：我不看。我不会看的！

不看？……你为什么不看？荷花喊道。

家里人都出来了。站在走廊上看着我们。我不会看的！我说。你走吧！你走吧！你把信带走！荷花，我会到学校去应聘的！谢谢你！谢谢你给我这个消息！

你姓秦的什么东西！荷花大声地骂道。骂着骂着，骑车走了。

骂归骂，我不会看的。

坚决不看！

第九章

后来的结局不堪设想。小兰在遥远的城市认识了一个家乡更遥远的打工仔，两人结婚后，由于那家乡太偏僻，她险乎死于难产。

再后来，人世茫茫，我们谁也不知道谁的消息，直至今天。

《竹子涧》续集

庙 下 村

序言

　　岁月不单单是催人老。社会上的一切几乎都是被岁月所改变。年代不同，啥都变得不一样。但在农村还有好多东西是不以岁月为转移的，哪怕时代再跨越几个世纪依然不会改变。比如，养了儿子你必须给娶媳妇。婚姻永远是头等大事。

　　父母亲操心啊！头发全白了。

　　我跑到学校做代课教师了。因为好歹也是个教书老师了，不再是两腿污泥的农家汉，估计找女朋友不是大问题。父母亲操心的是三哥。

　　三哥本来条件就不好。小学读书年年留级。一册读了读二册，二册读了又读一册。如此反复搞了三年。父亲有时候问他：学校里不会没有三册吧？不就是那么几个字儿嘛！天天画，画几年了，咋画不了呢！人家写字有笔顺，从左到右，先上后下，他写字却是倒着来。有时候写个"天"字，他从下往上先画"人"字的两只脚，朝上画，再写两横。有时候把"人"画长了，出头了，变成了"夫"。父亲火了，嚷道：你这个书不能再读了！已经把"天"都捅破了，再读下去，还不知道要捅破啥呢！

三哥还有个缺点，那就是慢。无论吃饭、走路，总比别人慢。我比他小，走路比他还快，跟他一起走路总要想起龟兔赛跑的典故。我经常跑到前面路上找一块石头坐着等他。谁知他还挺有理，说：你跑这么快有啥用？还不是要等我吗？真气得你翻白眼。

庄稼人干活，吃饭特别要快。父亲吃三碗，他一碗还没吃完。为了改变他吃饭慢，父亲想点子，要母亲做饭时少下米。饭少了，必须抢着吃才能饱。三哥接连饿了两天，后来逼得他加快速度。

你说这样的人，再加上他偷伐树木被抓被罚，那污点在农村里算一件头号丑事，还有哪个姑娘愿意嫁给他？

偏偏世道之事，仿佛总有轮回，说不定突然就有转机。

二哥矿难一周年。我们全家团聚，烧纸钱。曾经白发人送黑发人的父母亲破碎的心里再一次撒了把盐，大哭了一场。我特别为二哥写了一份祭文，扔进纸火堆里焚烧。二哥没有后嗣，我发誓要这辈子为他正月十五送灯，清明扫祭。三哥没有声音，只是低着头默默烧纸。大哥大嫂忙碌着搬竹劈柴、淘米做饭。

你怎么来啦？

忽然大嫂拎着淘米篮，从小河边回到小院子时，吆喝着说话。

人未进院子门，一个女人呜呜的哭声响起，直奔院子烧纸钱那火堆，扑通跪地，吓了大家一跳。原来是有梅！

这女人的突然到来，完全改变了我们全家沉浸的那种氛围，气氛急转直下，勾引起了我们全家的愤怒。看她号啕着哭，我愤恨地用眼瞪她，她是猫哭耗子呢！二哥是带着失恋的遗憾走的。

二哥后来的性格改变多多少少和这女人有些瓜葛的。根据镇街的胖舅母说，她和老二已经那个了，曾经秘密请当着妇女主任的表嫂带到医院去堕过胎呢。当时表嫂反对说，老二这么大岁数了，还不结婚算了，还堕什么胎啊！但是人家不肯。谁知到医院去后，女医生们都认识她。她已经不是第一次来手术，在认识老二之前就是这里的常客。表嫂想跟老二透露此事，被胖舅母阻止了，说：算了，老二不小了，就让他们凑合着吧。然而就是这样的姑娘和老二谈了一年多恋爱，竟也说变就变了，居然跟一个拖拉机手私奔了。虽然把二哥花的钱都算清归还，但是，这无论如何让我们家人的心情难以接受啊。何况，她竟赶在二哥一周年的日子来我们家亮相，在我们悲伤的心情上增添了非同一般的复杂。我气呼呼用脚踹着火堆，让火灰滚到她跪地的膝盖边。眼看要烧了她的衣裤，她也不起身，只是用手把火灰拨拨抚抚。听她哭声里夹叙夹议的话，好像很后悔，不该离开二哥，她瞎了眼睛，竟跟了那么个无赖。结婚一年多，不是被打就是遭骂，手背上还有一条新长好的伤口子。她不停地哭念着二哥如何如何对她好，给她买围巾，给她买衣服。她骂那个家伙不但不跟她买衣服，还把她的衣服一件一件拿去烧火。她说她现在遭报应了。说那拖拉机手和她离婚了。

看她那个可怜样子，我们渐渐淡化了心里的愤恨，慢慢有些同情起她来。

吃饭的时候，大嫂忽然问有梅：你离婚了，以后打算怎么办啊？

有梅说，不打算了，一个人混到老算了。

母亲说，傻啊！你还年轻，长得又细正，漂亮，不再找一个咋行呢！单身女人过，很难的；还会出事的！

母亲不是故意吓唬她。前不久，邻近的一个乡里，一个单身女人在荒凉的山岗上开小店。别看那里荒无人烟，可小店生意十分红火。正当大家怀疑那女人做生意有什么门道的时候，一个夜晚突然被杀了。据说就是情夫太多争风吃醋引起嫉恨。女人哪能单身过呢！

有梅没说话。半天，她说，倘若要是再找，就找个老实人，越老实越好。她再也不找那种嘴巴能说会道哄你高兴，心里藏着一把刀子的人了。那个拖拉机手很毒，打起人来不要命！

大嫂从有梅说话的口气里听出一点玄机。她留有梅到她家里吃晚餐，杀鸡炒蛋忙了满满一桌。大嫂要传递给有梅的信息是：我们家老三是个老实人！

三哥终于时来运转了。

让我们全家大惑不解的是，当天晚上，这女人竟不回家，直接钻进三哥的蚊帐里去了。

踏破铁鞋无觅处，得来全不费工夫？父母亲的心忽然一下子悬起来了。我也感到纳闷。这女人长得还算漂亮。可仿佛之间，好像不是有检点的人。母亲跑到大嫂家，悄悄和大嫂商量。大嫂先吃惊，随后就笑笑，最后劝母亲：现在什么时代了！什么事情都在改革。她还责怪母亲：没有儿媳妇干着急，有了儿媳妇又嫌这嫌那！我们在这里干操心，他们那边正在过好日子呢！呵呵。

这就是即将演绎的故事开场白，权当作一则序言吧。

第一章

我们全家目前集中火力要完成的一个任务，就是要把三哥的婚礼办成了。对于一般家庭来讲，对于一般的青年男女来说，男婚女嫁其实是很自然的事情，无须格外地摆出什么造型，也无须特别地有什么忸怩作态的做作，择取良辰吉日，届时举行婚礼呗。然而三哥的婚礼存在几点乡村人观念中很不叫座的几个问题，所以，仿佛老牛拉破车，那种艰难是一般婚礼所难以预见的。

第一，三哥是个问题、大龄青年。进过派出所，罚过款。三十岁。

第二，三哥小时候读书成绩的后遗症，在他同龄人群中，几乎定性为弱智。所以小舅舅把他呼来唤去，他也不考虑也不会考虑事情后果。

第三，即将要迎娶的女人是二婚。

第四，还不仅仅是二婚，人家曾经是二哥的女友。

全村人议论纷纷。窃窃私语。

其实这些问题，不仅仅是社会所关注的问题，我们自己家人早就自我评价自我掂量过。尽管问题多多，然而我们家存在的问题早已是迫在眉睫。比如，十几年前，大哥和大嫂举行了婚礼，后来在娶媳妇这个问题上是固如冰山，迟迟不动春色。去年二哥尚未拉开婚姻的帷幕，却因中途变卦而半途而废。我，去年有点赶超，婚姻未成，谁知为了那"八千"二哥丧命。三哥年龄已经濒临红线。再说，三哥那一茬在农村里男多女少比例失调，按三哥的自身条件，什么时候轮着他"捡漏"，那几乎是天方夜谭。所以，孰轻孰重，父母亲还是能够做出决策的。现在好机会来了，有梅自寻上门，而且主意拿定了要与三哥结婚，我们全家岂不兴奋地慌作一团。

我们家住在一座丘陵山下。丘陵顶上曾经有座古庙。"文革"时代，父亲是大队书记，对那居住在头顶上的小庙，那可是上面压下来的一项重大政治任务。那小庙当然不能幸免，被毁。这几年忽然又造起来了。这段日子是暑假。母亲悄悄告诉我，明天就是农历六月十九，是观世音菩萨生日，要我陪她去求签问卦。我不诧异。母亲经常在手足无措的时候，不是找算命的就是去求签。

山道上人群络绎不绝。山下有的邻居早早就起了床，烧开水，煮茶，利用这个难得的圣辰之日，在山道上摆地摊卖钱。我们向路人频频招呼。曙光初照中，在几百颗人头攒动中，宗教的青烟向彤红炽热的晴空袅袅升起，人们脸上的肃穆庄重神情，衬托着内心祈求的凝重。我拎着一只布袋，装着四只炮仗。母亲拎的布袋里装的是火纸、香。小小的庙门拥挤不堪，母亲跨进门的一刻，回头示意我在外面把炮仗放了。

我不知道母亲在里面抽到了什么签。母亲自走出庙门，就没有展开过笑脸。

我站在人群后面，掏出火柴，嚓地点燃了一只炮仗，我伸出手臂远远地举着，扭过头紧闭着眼睛。我害怕那炮仗"嗵"地冲天巨响。这是第一只炮，仿佛它就是三哥婚事的预兆，看是不是放得响！那一刻特别神圣。嗤——一声皮响，炮仗里放出一溜烟。"啤——"的又一声响，那只神奇的炮仗只蹦跳了我膝盖的高度，就一头钻进青翠的草丛里去了。哑炮。

旁边的香客们对我看了看。

我脸都红了。憋足了气，再放第二只。嗤——稍微比第一只尾声拖得长一些，连蹦都没蹦，也钻进草丛中了。

不放了！我实在不好意思放了。因为更多的人在围观我。

母亲板着脸出来，看我还剩下两只炮仗站在那里发愣。快点啊！母亲催促。哦。我装作若无其事的样子开始点第三只。嗤——又进草窝了。母亲大惊失色，连忙问那两只先放的炮仗怎么样。我点点头，坚定地告诉母亲：很好啊！"嗵"地一下冲那么高！我用手指指那半空。我还装作吃惊的样子说，这只炮怎么啦？怕是扯了潮气了。我问母亲：这最后一只不放啦？反正前面两只很响的！母亲说，要放的。我点燃最后一只。由于我被前面三只哑炮麻痹了，不防这只真的"嗵"地响了，人吓一大跳不算，握炮仗的手掌被炮仗炸开一道裂缝，血汩汩往外流。母亲惊叫着赶忙回头进庙门在香炉里抓了一把香灰紧紧摁住我的伤口。

母亲不告诉我，她抽到一只下下签。

三哥告诉家里一件事，举家惊慌失措：有梅的爹要来看看我们家。

父母亲知道，这是婚礼前的一般程序。乡村里还有一个专称词汇："看家"。女方的嫡系亲属长辈基本都要参加。这个程序很重要，可以为将来男女两方的亲戚走动打下一个初识的基础。但是，男方要为这个程序花钱，要招待一餐饭，要给未来的新媳妇红包——买新衣服、自行车等用品钱，行情是三百块；凡是来参加的女方亲属不论十个二十个人，每人要给二十元钱的红包，以示同喜。三哥说，有梅不想浪费咱家，她娘家不会兴师动众，只来她爹和她阿姨两个人。父母亲不解何意，但从花钱角度想想，暗自窃喜。

我们全家为三哥这次看家奔忙着。我从学校荷花老师那里借来自行车，骑着车到十里地外的集镇买菜。有梅头一天就到了。帮忙洗菜。大哥大嫂也来了。帮忙砍竹劈柴、淘米做饭。小院子里忙碌地皆大欢喜。

大嫂从河边淘米回来，忽然大声喊着：客人来了！

一个个子高挑戴着一块手表的五十开外的男子大踏步进了院子。后面跟着一个稍胖挺有风韵的女人。一看，和有梅长得挺像。

有梅起身喊：阿姨！

父母亲急忙把客人迎进门，沏茶，敬烟。

这次初来乍到的招待午餐，父母亲和我们都很尴尬。那位有梅爹喝着酒，一个劲儿地和那位阿姨说话，旁若无人。奇怪的是还一阵一阵抛着媚眼，眉来眼去。我们几乎都怀疑那女人究竟是不是有梅阿姨。还有一个让人不解的问题，有梅的妈怎么今天不来看家？父亲多年痊愈的咳嗽声今天忽然一声接一声此起彼伏，好像只有这咳嗽声才能打破阵阵僵局。三哥今天挺伶俐，一会儿敬烟一会儿斟酒，可那两位长辈忙于交换眼色，到后来可能也没看清敬烟斟酒的是谁。

午饭后。有梅爹要睡午觉。三哥把他安排在他新床上。那是一张挂着蚊帐的西式床。天热，给他一把新蒲扇。有梅阿姨躺在我床上。

大嫂和有梅、三哥在洗碗。父母亲、大哥、我，坐在葡萄架下，面面相觑。母亲叹口气。父亲重重地哼了一声。

父亲忽然说，咱们到老大家去坐一会儿。

我们全家来到大哥家。不一会儿，大嫂手拿围裙也回来了。

父亲摇摇头说，这有梅爹，咋说好呢！

大嫂嚷道：人死了两只眼睛先烂！瞎子也看出来了，这两位不清不爽的！

大哥赶忙板着脸制止说：瞎说！

大嫂又嚷道：我瞎说打嘴！你今后看好了。难怪这有梅……不说了。

我不想参与讨论他们这种说不清道不明的议论，跑到邻居小店去看人家打麻将。看一会儿，甚感无聊，还是回家看书去。

洒满炽烈阳光的院子里除了喧嚣的蝉鸣就是静寂无声。小房门半开半掩。三哥和有梅不知去向。偶尔听到那边母亲房间有说话声。因为有梅阿姨躺在我床上，我不便进去。我想起三哥房间有书，就去推。推开门，我吓得掉头就跑。三哥床上怎么有两个人，一边摇着大蒲扇，一边抱在一起了……有梅阿姨……她爸……

父母亲特别召见了三哥。

他们告诫说：人穷不能倒志，结亲如结义。宁和乞丐共义举，不和强盗同富贵。那有梅……（父母亲想说她轻浮，但还是憋回去了。因为还提防弱智的三哥把话传给有梅）不说也罢，她那个父亲也忒那个了！这第一次来我们家……怎么能……（他们想说没规矩，但没说）

我看见从来不愿跟别人低三下四，从来是施展权威的父亲竟憋得说话疙里疙瘩，说不下去了，也很生气，干脆接过话茬说：

三哥，我看你八辈子打光棍，也不能结这个婚！她那个家庭环境养不出好媳妇的！

三哥嘟噜着脸，一声不吭。但是看得出来，他舍不得，他已经尝到了那块肉的美味，正饥不择食呢，你让他突然吐出来扔了，很难。

父母亲无奈地说了句：将来你可不要后悔！你考虑好！

三哥考虑什么？他才不会考虑呢。这婚要结定了。

我们全家最后的决议是：结婚，也行。但是，结婚的第二天就分家！你们另过你们的小日子去！

眼不见为净。

三哥结婚引起的家庭不快，到学校以后，我就和荷花说了。我们之间有些事情交谈的还算融洽，看法基本一致，原以为她肯定赞成我的观点，谁知道她惊讶地睁大眼睛看着我，不说话。

咋啦？不认识啦？

她点了点头。她点头的意思不是"不认识"，而是她忽然之间突然"认识"了我。她说，我终于算弄明白了！怪不得那天你不看小兰那封信！

啊？咋扯上她啦？我不解地望着她。

其实你们家这样做，这样对待人家是不对的！荷花说。

你说得轻巧！不是在你家。

在我家绝对不会这样!

你没见过那样的人!

你那三嫂我没见过,小兰我还没见过吗?

……

荷花说,不管她和她是什么样的人,人总是有变化的!有的变坏了,有的会变好了。有梅是有梅,她爹是她爹,不能混淆着看。在你们家过日子的是有梅,不是她爹。即使有梅有缺点,可能她会变过来,变成好人的。她可以从你们家其他成员身上吸取什么,对照着改变。像你们这样干,人家刚进门就给分家,她从你们家吸取什么?就凭你那三哥,能影响她,改变她?她收获的不是温暖而是一种冷漠,她或许不但不会改变,可能会变本加厉,走向极端。到那时候,你们或许会说,我们猜中了吧,果然如此吧!其实,恰恰是你们把她推到那个极端上去的!相信吗?

我语塞了。在我印象中,荷花的观点很多都是应验了的。倘若三哥的未来真的像她所预测的那样,结局恐不堪设想。

但愿老天给三哥好运!既然已经给了一回,救人要救活,就一直要给下去吧。

第二章

接下来两年的日子,是乡村里最宁静、最安详、最滋润的日子。农村承包责任制早已定型,旧方式已经摒弃,农民们已经习惯了自己决定耕作,早出晚归,日出而作,日落而息的生活。虽然政府一直在积极鼓动农民改变思路,学着八仙过海各显神通,并且树立"万元户"的标杆号召大家,少数闲不住或者真有雄心的农户试着攀爬标杆,但是大多数依然安分守己过着平静的田园生活。

他们觉得，这份田园趣味来得太晚。得好好补上。很多农户家的茅草房、土墙薄瓦房推掉重建，换了砖墙平房，小瓦换了大瓦。稻谷满仓，柴草成垛，菜园青青，新年新衣，几乎是相当一部分农户的荣耀。过年杀鸡杀鹅，杀猪宰羊，大家甚至在攀比着杀猪的大小，看谁家腊月里在太阳下的竹竿上腌制腊肉条晒得多。后来甚至比谁家杀猪早，富裕有余的人家才不会拖延到年关逼近刀刀见血。并且试图宰牛。拖拉机耕田慢慢取代那些天天要人放牧、割草很多麻烦的水牛，冬天更要着急草料，人们渴望冬天图个清闲。

尝到了牛肉的甜头，市场上牛肉摊贩崭露头角。

三嫂有梅有个嗜好，尤其喜欢吃牛肉。

于是，三哥就有了上早市买牛肉的忙碌。一个冬天飞霜的早上，已经买了新自行车的三哥骑车到十里外的南安镇街上去买牛肉。那时候，镇街刚刚在南安古城城隍庙遗址旁边新开设了集中买卖的菜市场，人流拥挤。三哥望了望，看见一块空地上停了一排自行车，就把车推过去。刚停好自行车，就来了一个系着围裙的老太太在自行车上挂了只竹牌。三哥不解何意，但也没问，就直接钻进了市场的人流队伍中。他前脚跟着别人，后脚踩死蚂蚁一般在人缝中举着脖子寻找经常改变方位的牛肉摊。

三毛！

三哥一愣。有人喊他。

他走前几步，环顾了四周，忽然看见小舅舅叼着烟，系着油污斑斑的围裙在向他招手。

牛肉！小舅舅在卖牛肉！

三哥忍不住问小舅舅什么时候干这一行了。他满脸泛出踏破铁鞋终于获得的喜悦，拿起那些鲜红的牛肉块翻了又翻。小舅舅一手挥舞着砍肉大刀，一手指着一条牛腿嚷道：这新鲜的牛肉上哪儿去找！砍多少？

三哥伸出两个手指头。小舅舅“咔！”地一刀下去，秤钩子一吊，秤砣一溜，喊道：两斤八两！

三哥犹豫了，说：她说买两斤的……这多了……

小舅舅嚷道：你傻啊！手又不是机器，哪来那么铁准！你给两斤半钱好了！

三哥心里一喜，觉得合算，赶快付了钱。

小舅舅问：结婚两年了咋还没孩子呢？

三哥抓耳挠腮了，说：她老掉！

小舅舅说，那是亏了！叫她多吃牛肉肯定有用的。我们那条弄当的六斤老婆就是吃牛肉吃好的！以后我天天在这儿，常来买哈！

三哥走出菜市场，回头看看忙碌着卖肉的小舅舅，疑惑着想：他这是做牛肉生意，牛从哪儿买的啊？

他赶到停放自行车的地方去推自行车。他一把将那只挂着的竹牌扔在地上，推了便走。

哎、哎。老太太喊着，紧步慢赶地小跑着过来，捡起竹牌，说：给一毛钱！

啊？三哥蒙了。这干吗要给一毛钱？他斜了一眼，也不理她，还是推着便走。老太太一把拉住车后座，嚷道：你这人怎么不讲理啊！不给钱便走？

三哥冲她喊：看谁不讲理啊！凭什么要一毛钱啊！

老太太手里挥舞着竹牌说：这帮你看车看了半天，不要工钱啊！

三哥干脆停稳了车，转身问她：谁叫你看车的啊！你自己把牌子往上一挂，这就要钱了啊！

老太太说这是市场的规定，见自行车就挂牌，又不是她的主张。

三哥瞪着眼坚定地说：不给！

老太太回身向市场那一端吆喝着：你快来呀！来看看这人不讲理！

一个男子叼着烟卷几步跨了过来，三哥一看，顿时脑子里嗡了一下。来人就是那个界牌乡的杨乡长。他面无表情，两眼瞪着，从上到下看了看三哥。这家伙刑满释放回来，怎么到这市场上当了头啦？他忽然改变了脸色换了笑容说：原来是你呀！朱镇长的三外甥。这收钱可是你舅舅吩咐的，一辆车收一毛钱，你要有就给了，没有就算了。看不出来你还会吵吵哈！

三哥更蒙了，支吾着说：不是没有一毛钱，这账都算好的，回去少一毛钱，还不拿扫帚打我屁股啊！

啊？杨某看了看那老太太，两人禁不住一起哈哈大笑起来。老太太说，这是朱镇长外甥啊！好好，你走吧走吧走吧，省得回去扫帚打屁股……

其实，舅舅只不过是个副镇长。撤乡并镇的时候，他在那镇府衙门捡了个漏。

三哥回到家，三嫂有梅倒竖双眉盘查了今天花钱数量，忍不住拿了把秤，把那块牛肉称了称。她放下秤杆，一把拧住了三哥的耳朵问：这才一斤九两！咋骗我说两斤半！你说，这是咋回事！你骗钱作啥用，说！

三哥一边叫饶，一边歪咧着嘴往镇街方向指着喊：小舅舅……哎哟哎哟……小舅舅……

三哥现在是叫天天不应叫地地不灵。我们家人早就有言在先的，要娶有梅，你自己可别后悔。当两年以来的事实证明，我和荷花再次争论这个问题的时候，谁知荷花依然说她有道理：

你们倘若不分家，经济大权就在你父亲或母亲手上；家庭成员在一个锅里吃饭，有老人，有兄弟，彼此走路说话都会考虑周围环境，仿佛一个国度里，层次分明，秩序井然，她有梅只不过是家庭一分子。可你们分家，他们自然就另外成立了一个小王国。在他们那个小国度里，已经没有了层次，她还用得着顾忌别的吗？他们家总共只有他们两个，你说，你三哥那个人，在有梅面前，家庭权力还不是拱手相让？有梅现在这个样子，就是你们造成的！

在荷花面前，我算是抬不起头了。唯有翻白眼的份儿。

我还是不管那一套。什么东西！她还真成了精了！三哥不敢管她，她动不动打三哥，我早就憋得要吐血了。有一天我回家，刚吃好晚饭，听到那边三哥妈妈娘娘的哭叫。她可能是拿烧饭用的火钳砸在了三哥的脚背上了。屋子里还传出有梅骂人的声音：你妈在哪儿打野养了你这么个猪！

我突然愤怒了，当即站在院子里吆喝了：你们在发什么神经！一天到晚神经兮兮的，打啊骂的！过日子还过不过？要不过滚你妈个蛋！没见过这样的女人！哪里有女人一天到晚打丈夫打得做鬼叫！你自己也是该死，让一个女人骑在脖子上拉屎撒尿，你活该！秦家脸让你丢尽了！

正好大嫂赶来拿筛米的筛子，一把拉开我走出院子，轻声喊道：你神经病！管他们干什么！哪有小叔子骂嫂子的！

我还是大声吆喝着。

大嫂厉声说，你还是个教书老师呢，却和她一般见识！

我被拉开了现场，走路还在喘气，余怒未息。

有梅对于小舅舅六亲不认短斤少两的事儿，除了对三哥大发其火之外，决定亲自到镇街菜市场去找他理论一番。她吩咐，过几天她亲自去买牛肉，三哥到山上砍柴去。

到山上砍柴，就是到南山国营林场去砍柴。但是那时候家家户户砍柴烧饭，经常把山上搞得满山狼藉。林场维护的是封山育林，岂能容忍山下农民如此胡闹，经常大路小路围追堵截，把你砍的柴给夺回去，甚至砍断你挑柴的扁担。但是居家过日子，一日不死要柴烧啊。我们家不但自己要烧柴，还经常给镇街的舅舅家送几担柴草去。那只有偷偷摸摸打游击，甚至半夜三更上山砍柴了。

那天晚上，半夜，三哥就起床了。

三哥心里早就有了他的目的地——大长洼子。一条足足有三里路长的小山川子。那是他陪老婆有梅回吉安县娘家的必经之地。他亲眼看见今年夏天干枯死了成片的松树。他盘算着，如果方便的话，那边距离有梅娘家近，砍几担柴挑到那边堆积，然后拉一辆双轮车拉回来。

冬天里的月光伴着雪白的凛冽寒霜。那大长洼子仿佛半透明的晶莹世界。

三哥想了想，不能在这大路附近偷柴。林场里请了几个临时工住在山棚里看山护林，听到动静会闻讯赶来的。必须深入到纵深地带去。

走上一道坡，再下一道坡，钻进一片森林。月光仿佛失去了光亮。这寂静的山林，真正的清空世界。

咔、咔咔！

什么声音？三哥侧耳专注听了听。没有声音了。他疑惑，要么是比他更来得早的砍柴人？别管人家。他摸到一片枯死的树林里，抄刀就砍。还没举起刀，咔、咔咔！那声音比原先更清晰，更刺耳。什么声音！三哥急了。他要赶去看看。他抓住了那声音的方向，便好奇地向那片树林纵深处探摸进去。

三哥吓了一大跳。一盏汽油灯照亮了树林里半间房那么大一块空地。一个人影在灯光里不停地晃动。他手里好像拿了一把刀具，在砍剁着什么。地上隐隐约约地躺着血肉模糊的东西。

杀人！三哥几乎从喉咙里蹦出这两个字来。他本能而迅速地蹲下身子，猫下腰，他的心跳加快，两腿乱颤。

呼！那灯光里的人影好像抛扔了什么东西，黑乎乎的。那被扔的黑东西分量颇重，压住了一片灌木丛，把原来挡住视线的障碍来了个按压，三哥突然看清了牛头一样的东西。不像杀人！杀人哪有开着灯照亮着慢慢杀的。他敛声屏息蹑手蹑脚地慢慢后退，后退……不管是干什么，还是杀什么，赶快离开这是非之地。人家拿着刀呢！你发现了他，他会要你的小命！今天真是起早碰见鬼了！

他后退到了一个土堆后面，但是还是好奇地不想离开。他回头看看左侧有条山道，倘若那家伙发现有人偷窥拿着刀赶过来，他可以从山道逃走。

他看了半天，灯光里的那人好像是……小舅舅？他也从那么大一堆血肉里，判断那不是杀人，好像是杀牛。

小舅舅卖牛肉……

曾经在北山晚上摸黑的那些经历，他几乎已经完全判断那人影的举动就是小舅舅。他壮了壮胆，再次摸回去。

小舅舅。三哥一声轻唤，那人周身打了个寒噤，飞快地一转身，果然，正是小舅舅。

你谁！小舅舅闪在一棵树后，扎了准备逃窜的架势，颤抖着大声问。

我是三毛。三哥已经走进灯光里了。小舅舅站在树影里犹豫着没动。场面安静了有五秒钟。小舅舅哈地咳嗽一声，走出阴影，干着嗓子问：你怎么来了？妈的，吓老子一跳！

三哥指着那堆牛肉问：你这是哪里……买的牛？

你怎么这么多话！……蠢货！……买的哪里不好杀，会赶到这鬼不下蛋的地方杀！说你老早笨，现在越来越笨！快帮忙！

三哥做梦都想不到，这回又逮住他，叫他帮忙。他猜测着八成是小舅舅从哪儿偷来的牛。原来他在菜市场上摆摊卖的牛肉是偷牛！妈妈早就说过，偷牛是犯大罪重罪，这小舅舅怎么这么胆大，连牛这么大的东西都敢偷！他颤抖着问：这帮帮……帮啥忙？我我……我不会！

叫你帮忙你就帮！听我的，见人有份儿，给你一条大牛腿！你妈你真是比我还强盗！我忙了一夜没睡，还要进贡你这姥爷！

他吆喝三哥把一条牛腿提起来，放在一块大石头上，另一端垫着一棵松树，咔！咔！咔！一阵猛砍时遇上骨头了。

三哥心跳着，不停地环顾四周，东张西望。灯光外面的世界黑乎乎一片，越是看不见仿佛越是隐藏着巨大恐怖。可灯光下面这点地方，满眼血肉模糊，血红的牛肉，手忙脚乱砍刮未净的牛腿露出白骨，狰狞嶙峋的肋骨架在枯败的草窝里张牙舞爪。最令人不寒而栗的那只身首异处的牛头，歪侧在一棵老松树下，两只犄角弯曲地疑惑着：这到底是怎么回事啊？半夜睡觉睡得好好的，做梦也想不到这儿成了它的葬身之地啊！它那两只悲伤的眼睛半睁半闭，眼角仿佛悬挂着潮湿的泪水。三哥曾经看见过村上人杀牛。几个粗壮劳动力拿大粗木杠插在牛腿下把牛扛翻，然后屠户拿刀去割它脖子。杀牛可是一群人才能干好的力气活。可这小舅舅一个人的力气咋把这牛给杀了！

三哥害怕了。他和小舅舅在那北山被派出所抓去的情景至今还清晰回忆着。这次杀牛一旦被发现，恐怕小舅舅又会连累他。他也不想要那只牛腿了。小舅舅说这只牛腿要送给他，可他拿刀已经快要把腿上肉刮干净了，没剩下什么肉丝儿了。再说那天买牛肉只有一斤九两却说成两斤八两，鬼迷熟人的事儿害得他回家去挨顿揍，有梅正要论理呢。他一边帮按压把持着牛腿一端让小舅舅砍剁，一边低着头想主意赶快逃离。

抓紧抓紧！你的手没长脉啊！小舅舅喊道。他那把刀砍在牛腿上，牛腿忽然滚落到了地下。

三哥干脆扔了牛腿，转身就走，说：你慢慢剁吧，我要去砍柴了。

哎！你不帮忙啦？这牛肉不要啦？

三哥匆忙逃出了灯光怪圈，边落荒而走，边说不要不要，你去卖钱。小舅舅看看天色不早，匆忙收拾了地方，挑了两袋肉向山下走去。那树林里停放着他刚买的破拖拉机。

菜市场上已经都是赶早市的人群。小舅舅牛肉摊照常营业。

有梅突然出现在小舅舅面前，让小舅舅摸不着头脑地咯噔心跳，出汗。怎么回事儿？今天是不是那个呆子回去告诉媳妇啦？媳妇为了"见人有份儿"，找到街上来了？

你别皮笑肉不笑，小舅舅！有梅板着脸说。

小舅舅下意识地在案板上翻动一块最厚实精道的牛肉，足足有五六斤，要往外甥媳妇的菜篮子里扔。既然人家是来讨"见人有份儿"的，就别等人家说出口了。

有梅哎哎地连声叫着，拿手挡住了小舅舅的牛肉，说，小舅舅，这是干什么啊！话还没说明白，这么大一块牛肉我哪儿消受得起啊，我们可是晚辈，应该孝敬你老人家才对哈！

小舅舅急了，向四周飞了一眼，连连摇手，轻声说，这不能说的事儿！不能说！拿了走好了！

有梅脸色遽变，伸手拿起小舅舅那杆秤，说，小舅舅也知道有些事儿不能说啊！可也没什么可怕的，要敢作敢当啊！今天还非说不可了，我傻子不说他聪明人不知道！你三外甥来买你这当舅舅的牛肉，只有一斤九两，你骗他说两斤八两，却收了两斤半的钱，你这长辈真做得出来哈！鬼迷熟人也竟迷到自己外甥头上了，今天我就是来看看到底是小舅舅你人不准呢还是你使用的秤杆子不准！

只听啪的一声响，有梅手中那杆秤一折两段。

小舅舅几乎傻蒙了。原来这外甥媳妇不是为"见人有份儿"来的！她是来为那天早上那块牛肉讨说法的。他这短斤少两的事儿只是做生意的一个习惯，哪里还把它放在心里，早忘了。今天天亮之前的松林解牛一事，显然这婆娘还不知道，说不定那呆子还在山上砍柴没回家呢。看看外甥媳妇铁青的脸，看看那杆折断的秤，再看看已经有人在围观，他火了。这也太拿他这当舅舅的不当舅舅了吧！小舅舅也霎地拿下脸来，说：

你有话说话，干吗折了我的秤？你大清早遇见鬼了是吧？

对！就是遇见你这个鬼了！有梅手指着嚷。

做生意，算账算错不是家常便饭吗？有账不是好算嘛！你这人怎么一点不讲道理拿了人家的秤就折？至少我还是你小舅舅吧！

对！就是你是当舅舅的，我才来折你的秤！你这长辈不像个做长辈的！大家看啊，这位是我们家舅舅，我老公那天早上……

有梅！小舅舅喊了，他打断了有梅的话，自己声音显然低了下来，再次举起那块牛肉说：外甥媳妇，小舅舅对不起你哈，这块牛肉先拿着，以后咱再跟你慢慢算。

不要！有梅坚决地说，这不明不白拿着，这么大一块，我们吃不起，不要！

啥叫不明不白啊！舅舅我送给你的。

你不是说以后慢慢算吗？

还算你的头啊！拿着。

拿着就拿着！但今天的话还得说个明白，今后凡是和你三外甥做事儿，你这当长辈应该帮着提醒他那脑子才对啊，你知道他是个呆子，总不能下手去坑他！

不会不会。

不管会不会，再让我听说了这种事儿，那就不是一把秤的事儿了。

有梅拎了那块牛肉昂首挺胸地扬长而去。人群渐渐散去。小舅舅擦了擦额头的汗珠，嘘了一口气。

这是你外甥媳妇？

案板一侧有人问话。

小舅舅一惊。回头一看，更惊。市场的头头，杨某。这家伙正眯缝着眼睛，那目光出神地在人群里追着看有梅那窈窕身材，圆圆的屁股。本来这杨某和小舅舅一直就是冤家，身份之别，彼此谁都不待见。可这后来的命运把他们俩非要挤兑到了菜市场这块小天地，两人近来经常坐在一起，饭馆里小酒咪咪。十之八九都是杨某付的钱。

杨某从监狱出来没有去处，凭着和当上副镇长舅舅的交情，才坐上菜市场头头这把交椅，小舅舅和舅舅毕竟是亲兄弟，他吃饭付钱自然有报答的意思，也有化解几年前矛盾之意。再说菜市场可不是一般地方，庙小妖风大，那些摊贩大多是南安街面筛子面上的人物头，那些欺行霸市短斤少两的事儿经常发生，被人识破了，吵架，免不得要闹到他这头头办公室去讲理。处理这些事儿，棘手。他杨某虽然风风光光耀武扬威地当过乡长，但是此一时彼一时，毕竟吃过官司落魄了，无论出手和出口都没从前利索。那些人物头不好招惹。他还要顾忌周围的一些人。他的落魄史一般人是不知道的。像小舅舅这样的，对于他杨某知根知底的，没几个。不搞好这几个人的关系，弄不好宣扬他的一些丑闻，不但影响他工作，而且还让他没脸面，不好混。

小舅舅吃惊刚才这一幕怎么被杨头头看见了。他边答应着杨某的问话，边急忙掏出香烟来。

怎么你外甥是个呆子？杨某抽着香烟问。

你不是见过嘛。在界牌乡林场的时候。小舅舅回他一句。

杨某若有所思地点点头。不仅想起了从前林场的事儿，他还想起了那天早上一个说为了一角钱老婆要打屁股的男人——就是他！

市场外面好像有人吵架。杨某赶忙摆摆手，匆匆告辞，向外面奔去。

停放自行车那块场地上挤满了人，挂牌的老太太系着围裙，满脸愠怒，正站在一辆新自行车前挡着道。一个丰满圆润似曾相识的背影让杨某眼睛一亮，他大踏步跨了过去。

有梅两手抓着自行车扶手，正瞪着眼生着气。

咋回事儿？杨头头问。

她不给钱！老太太答。

怎么又是你？杨某说，你这人难得镇街上走一走，怎么这么多事！这停车费一角钱干吗不付？

到你们这个菜市场来也是倒了霉了！有梅嚷道，那边短斤少两，这边敲竹杠——停车子要钱！放了狗屁了！

过来过来！杨某说，你有话好好说。谁敲竹杠啦？大家散了吧。你跟我来办公室一趟。这一角钱的事儿先放着。我是这儿的主任，你把什么短斤少两的事儿说我听听，看我怎么去处理他！

不去！干吗要告诉你啊？有梅白了杨某一眼。

你不说清楚就是你的不对了。你冤枉好人了吧？怕了嘛！你要不是冤枉人家，就去说说清楚！

去就去！

有梅赌气地停放好自行车，跟随杨某走进他的办公室。

第三章

人从世俗中来，免不了世俗。即使从那北山来当上了教师纯洁的荷花，也未免此劫。

她已经像个标准知识分子，戴上眼镜了。因为工作积极，人缘不错，谈吐举止超俗，老师学生口碑也好，走路说话干练，被学校推荐到师范读函授大学了，据说，只要拿到文凭以后就有转正希望。在那么多同事中间，我和她是唯一能够交心的朋友。我一直把她放在超俗的圣洁位置，遇事儿总想听听她的看法。虽然有时候不合我意，但稍稍沉淀几天，也能接受。然而这次谈话我发了通火。

说起来也好玩，原是聊着玩，聊着聊着就发火了。

其实也是小事儿。提起我三哥的时候，她开了这么个玩笑：听说你三哥是个呆子？

我睁大陌生的眼睛注视她半晌没说话。

干吗这样看我？荷花抗议地对我肩头拍了一巴掌。

说实话，那一刻，我在回忆我和她的一些细节。特殊的一次是清明时节带学生出去春游，到了广德太极洞，她几乎就是我的影子。不知道是我怕她搞丢了还是她怕我丢了，她一刻不离开我。在学校里，我们相处简约，保持距离，没有人看出我们除了同事之外可能另有什么默契和心有灵犀的地方，但那天春游却让大家耳目一新。她跟着我跑，在洞内爬大坡，跑得浑身出汗，脱了棉衣，脱了羊毛衫，一件一件堆在我肩膀上。同事们看得发笑，窃窃私语。在一道下坡她不慎被高跟鞋崴了脚，她伏在我肩膀上背着她上汽车。从此在学校里大家把我俩当一对情侣来看。我和她仿佛就势顺杆爬在人们目光浪潮推动下渐渐蛰居到了爱情的港湾。从此以后我们的谈话深入了一个层面，基本我的意见就是铁板钉钉，她不再跟我拗了。我渐渐被她宠起来了。今天她怎么突然说起我三哥怎么怎么啦？特别是我的触动不是她怎么了，而是我想起一件深层次的问题，逼着我要咄咄逼人地说话了。

我站起身来，摆出要大谈道理的架势。她要我坐下，说我这架势让她害怕。

不坐！我说，我三哥是个呆子？现在这个世界到底怎么啦？我实话告诉你吧，我三哥就是小时候读书成绩差，动作反应比别人慢一点，他的智商哪一点不如别人？他不善言谈，不善交际，孤独，这就是呆子吗？现在的人太自以为是了！

你干吗？荷花急得要哭了，阻止我停下来：我就是听到人家开个玩笑，你别兴师动众好不好？

不！我要说！我三哥最大的错误就是在北山误入歧途，但那几乎所有亲戚和邻居都心里明镜似的，他是上了我小舅舅的当！近朱者赤，近墨者黑！摸螺丝没找到好伙计！他另一个错误就是后来不听劝阻，竟和那有梅结了婚！有梅什么女人？不说也罢！你想想，他们俩在一起过日子，那女人一把将三哥能捏捏出水来！在这么巨大的陪衬之下，他家里什么事儿还用得上三哥操心？哪还有他说话的份儿？他退居二线了，哦，怎么他却成了呆子了！

你们不让他跟有梅结婚，那他这辈子还能结婚吗？有梅问。

结不了婚也不结！免得被说成呆子！

不呆不呆好吧？！他们不就是那么一说嘛。荷花说。

不行！我说，我要回去跟三哥上上课了，要扭转人家的胡言乱语！

荷花看着我不说话。

我质疑地问她：干吗这样看我？

她摇摇头说：本来还想跟你说点事儿……你这性子，猫狗精……不说了。

看得出来，荷花真有话要告诉我。但我做梦都没想到她要说也没敢说的是这种事儿……

那天吃了晚饭，因为高等教育自学考试成绩下来了，我报考的两门课双双八十分，心情颇佳，想到电影院去看场电影庆贺一下。听说正在放映美国电影《霹雳舞》，我要荷花一起去，她为了追赶我的成绩，忙着做函授题目，要我先来探探电影票。

四月的和风凉爽惬意，我一路吹着口哨，一路东张西望着。

路过一家饭馆门口。我斜了一眼一扇玻璃窗里灯光下的两个人，突然，我停住了脚步。

三嫂子有梅和菜市场的杨某正在把盏饮酒！

这个镜头对于我来说，不亚于晴天霹雳。这一个是我三嫂，一个是我们秦家半辈子不怎么待见的杨某，他们怎么搞到一块儿啦？我再次专注地望了几眼，看看是不是附近还有三哥。没有。桌上只有两个人。

望着门前停着的三哥那辆自行车，我犹豫不决。天色已晚，是不是要进去问问他们在谈什么事儿？三嫂子是不是在求人办事，可怎么求也求不到这位杨某人头上啊？

想不到杨某一个动作，让我傻眼了。

杨某斜过身子，一只臂膀勾在三嫂的肩膀上，脸对着脸，说着什么话。三嫂让他的臂膀停留了一会儿，好像不愿意再让停下去，抬手将它掀落了。杨某拿起酒瓶，站起身给三嫂斟酒。三嫂却又大大咧咧地拿着杯子接酒。这斟酒短暂的工夫，杨某又抬手搭在她肩膀上……

我悻悻地往后退了几步。

我的眼睛扫到了街道一侧不知是谁放着的一担臭烘烘粪桶上横着的一条扁担上。我飞快地去抓扁担。刚要抓住扁担，突然被人用力地拉了一把。

荷花神色俱厉地两眼盯着我，压抑地厉声斥责我：你想干什么？！吃多了是吧？！不管人家是什么事也轮不上你抄家伙！你快跟我回学校去！

荷花从来未有过如此严厉的神情。我被她拽着手臂，被有力地拉着离开。尽管我还喘着粗气，竭力地挣扎着想挣脱，但还是不由自主地被拉回了学校。

你坐下！荷花命令我。仿佛我犯了不可饶恕的错误。

你没看见他们那个样儿！我依然愤愤不平地说。

这件事已经不是一天两天了，我早就想跟你说就怕你猫狗精脾气胡来没敢告诉你！你三哥自己不管，你起什么劲！你今天要拿扁担打了人家，掏钱为人家治伤，说不定学校说你打人还要对你采取什么措施！今天幸亏我早点去，要等我把那几页作业做完了再去，那你就完了！

我听得稀里糊涂的发蒙，禁不住问：你听谁说的，不是一天两天啦？

荷花说，没人敢告诉你还没人敢告诉我吗？上次说你三哥是呆子的时候……算了，你三哥自己睁只眼闭只眼，你就别惹事了。

我三哥自己知道？我问。

荷花摇摇头。但又点点头。结果还是摇摇头。

我瞪着眼吼道：荷花，告诉你，如果我三哥自己真知道这件事放任不管，你看我回去就打我三哥！我要打他鼻青脸肿，你信不信！

荷花声音也大了：你傻啊！这种事儿你三哥会知道吗？就是瞒不住了，他也是世界上最后一个知道的人！

校园宿舍区的暮色浓重。池塘水面泛着淡淡的蓝光。远处山岚的暮色更浓，正悄悄向这边靠拢，仿佛要忧郁地笼罩了所有。见我渐渐冷静下来，荷花劝我说，你就别和你三哥过不去了，他

庙 下 村

也是个可怜人……

　　好一阵子心里堵得慌。这件事儿，也好像什么丢脸的事儿给爆了料，让我在荷花面前抬不起头来，我好久不愿意去见她。尽管很多时候在食堂遇上，她拿愤慨和质疑的目光审视我，我还是倔强地一扭头，扬长而去。暮色中操场上荷花单身只影溜达树下，我视而不见，让她落寞而又伤感地徘徊不定。终于有一天再次在楼梯口撞了个满怀，我被她堵住了。她望着我回避的目光，吼了一声：小心眼！你至于吗？

　　我脸通红，回道，这是原则问题。

　　她脸色苍白了，问，那不是你老婆，什么原则？

　　我望着楼梯顶说，家丑不可外扬——我不愿家事被人知道。

　　她喊了，我不是有意要知道你们家事的！你杀了我灭口好了！

　　我抽开身，尽管听见了荷花的隐隐哭声，还是赶紧逃了。

　　往哪里去啊？憋闷啊！唯一能够释怀说话倾诉的地方也被我抛弃了。我在校园里恨恨地走。终于想了想，我还是回家一趟，我要责问三哥，这究竟是为什么？

　　我看了看荷花宿舍的窗户亮光迟疑。那里停了她的一辆自行车。我摇摇头，不用。九里路，我可以跑回家。

　　我大踏步走过大街。路过那家饭馆，特别再次对那窗户望了几眼。倘若真的再次碰到什么事儿，我不知道该怎么做。不管是福是祸，反正气恼。嗵嗵嗵地跨上大桥，已经望见南边小山顶上宽阔的天空很多星星。河面蓝幽幽的，在没有路灯的两岸街道夹缝中，显得深沉难耐。

　　外甥！

　　谁叫了我一声。扭头一看，舅舅。我阴沉着脸，低下头，不想多说话。只动动嘴唇，舅舅肯定没听见。

咋啦？你？舅舅问我。

没咋。

这往哪里去啊？

我想回去。

这么晚回去，家里有事啊？

我摇摇头。但是被舅舅很焦急地拉扯到了一道巷子口。夜色在这狭小的巷道口黑暗到了极致，我根本看不清舅舅的脸，只隐约看见模糊的一个人形和似脸非脸的东西。

我正想去找你，和你商量一件事。舅舅压得很低的声音把我弄得紧张起来。只有做贼才可能这么轻的说话。

舅舅说，镇政府正在考察学校几个领导干部，他本人有意把那个蒋司务长给拿下来。但是空口白牙，人家干得好好的，也没有犯错，莫须有也不合时宜，正犯愁呢。舅舅要我悄悄串联几个教师，都反映蒋司务长的问题。什么问题呢？舅舅努力想了想，坚定地说，就说他作风不好，搞腐化吧。

什么？

我蒙了。这没有的事儿，而且还有污人家之嫌，舅舅咋叫我去干这没有的事儿呢？我叽哩咕噜说，不行不行。不防舅舅把我拉得更近，嘀咕说，那蒋司务长早就是你舅舅的眼中钉了，你不帮舅舅帮谁啊！

这这这……

这这什么！很多教师都对他有意见，你以为你一个人在做这件事啊！

舅舅，我真干不了！我央求舅舅说。

舅舅厉声说，我告诉你，干不了也得干！舅舅一直在想给你创造机会呢，你别把舅舅的好心当驴肝肺！

舅舅！我再次央求着喊他。

庙下村

再舅舅舅舅！打你！怎么点不通你呢！你爸爸就是这样死脑筋，一辈子只能当那个破书记！你再不改变自己，舅舅不管你了！以后什么事不要再来问舅舅！你好好想，坏事没用的事，舅舅会叫你做吗？我至少也是个副镇长，你以为我是你那个小舅舅啊！

这是命运给我安排的一个舅舅！人怎么可能和命运闹别扭呢？

不管我后来如何地在舅舅交代的事情上阳奉阴违，消极怠工，可是事态的发展真的就往舅舅所推行的方向直线前进了。暑假前，学校人事发生了变动。那个蒋司务长稀里糊涂地被免职。

一天下午，我要到总务处去领取文教用品，忽然看到窗户里一张熟悉的脸在晃动。我定睛细看，总务处来了个新人，原来是那个菜市场的头头，那个和我三嫂勾肩搭背的杨某！

我扭头逃离般地走了。我发誓，从此再也不去见那个独断专制的舅舅。伪君子！

可能是舅舅为了慰藉我的情绪，一天，学校突然通知我和荷花双双赶到校长室。我好久没有和荷花这么并肩走路。我最近憋得一肚子不愉快，全部写在脸上。荷花不明白我的憋屈，以为我还在继续冷落她，故意给她看脸色，心情不畅。新校长笑容满面说了一番让我们瞠目结舌的话：根据学校的多方考评，要提拔我和荷花进入学校领导层；他还宣布说，荷花已经被任命为副教导主任了。

我和荷花迅速地对视一眼。荷花愣住了。但她的表情很快转为坦然。我已是由衷地产生了一种厌恶。当时的瞬间闪念是：她也是这次学校改革的参与者！今天的任命就是论功行赏嘛！可她从来没有告诉过我。太可怕了！

我对于这个突然提拔坚辞不受。新校长急了，几次搬出我舅舅朱镇长的大名来提醒我，我才不管这一套呢！我和荷花只是代课教师的资质，大专文凭尚未到手，这明摆的就是一种暂时的糊弄。

夕阳西下，在校园的池塘柳树下，我和荷花面对面而坐，但我们很难将目光对视在一起。我看出来了，荷花对新校长的任命没有拒绝。我没有必要去纠正人家什么。我们几个月的冷战终于有了显著结果；她当她的官，我做我的教师。从此我们不再多说一句话。

世界上很多事情是说不清的。你随波逐流也罢，你自命清高也罢，你愤世嫉俗也罢，你急流勇退也罢，往往是你想退就能退得了吗？你想退就明哲保身啦？你无论如何愤，大不了是你自己心情激荡，地球还不是照样转？事态还是依然照旧。你去哭吧，你懦弱！你逃避吧，你无能！你谁也不待见，别人也不待见你！

力辞不明不白给我的职务，我唯一的收获，是暂时获得了一个短暂的真空世界。我曾经无数次独自一人在无人的原野无语地闲逛，看田野、看池塘、看云、看天，借以打发我内心里的空落。

荷花已经不是以前的荷花，她已变了发型，头发披散，走路脚不点地，一步小跑，带着一阵细风，腋下夹着的文件和稿子哗啦哗啦响作一团。偶尔和我撞见，扯着嘴角笑了笑，扭头就去干她的副主任了。

事情竟然还没有完。一天上午，我在校园一头遇见三嫂。看到她梳理得亮晶晶的模样，直打心里恶心。她推着自行车在校园跑道上慢慢走着，像寻找着什么。她看见了我，大声吆喝：小四小四！我不想理她。可她快步赶到我身边。她说她找舅舅帮忙安排个事儿做，正巧遇上杨某人；杨某人请她到学校食堂做炊事员；今天就是来报到的。

这活不能干！我大声说。

啊！咋啦？她发呆地看着我。

我说不能干就不能干！我几乎是喊了一声，就不再睬她，愤愤而去。这明摆着就是黄鼠狼给鸡拜年的事儿！

　　谁知她没有听从我，自作主张做她的炊事员了。我无法阻止她，但我从此不愿进食堂吃饭。

　　面对如此这般的种种现实，我压抑得不行。既然当初和三哥分家过日子，我们没有任何权利去阻止人家过日子。一切只能听之任之了。

　　荷花怎么突然变得好高骛远，爱惜权力啦？是不是因为我故意疏远她，她也在变着法子故意气我呢？难道她真的为了那个不靠谱的副主任，要和我冷战到底吗？

　　我的脑子里，几乎全是这些纠结。

　　从前我经常向荷花借自行车。为了不想和荷花后遗纠缠的机会，我自己去买了一辆自行车。车子骑回来那天，阳光闪烁在崭新车轮的新钢丝上，由于旋转，那道道白光飞向校园各个角落。荷花腋下夹着文件稿子，站在一棵香樟树下，痴痴迷迷地发呆。她显然读懂了我的举动。泪光点点。我索性绕了一圈儿，故意骑到她面前放慢速度。等我心里奏着凯歌凯旋而去，估计她的牙齿要把下巴咬出血了。

　　哼！让你升官发财去吧！

　　我相信我陶醉在阿Q精神胜利法的乐趣之中。但那阵子，我除了这样折磨自己，也是发泄自己，别的还能怎么消除内心里积蓄的憋闷呢？人总得宣泄，不然会弄出病的。

　　小舅舅的突然再次被抓，再次打破了我家和舅舅两家的心理平静。他在外县偷宰耕牛的案子东窗事发，人人震惊，只有三哥倒吸一口凉气之余，为自己庆幸不已。

　　我一直在冷眼观察着舅舅。看他在小舅舅这件事上，该怎么出手。前几年界牌乡林场那次伐木事件，舅舅还不是官员，但他八面玲珑，把事情处理得大事化小小事化了了。现在舅舅有地位了，比以前说话更有分量了。按照他绞尽脑汁安插杨某人的手腕，估计应该帮帮小舅舅的。

天知道，舅舅表现了大公无私，大义灭亲。报纸上大肆渲染了他的法制观念。拿他自己的话说叫革命气节。有人纠正他早已不再时兴革命一词了，可他依然那么津津乐道。

我对舅舅的厌恶，其实也算是我的忘本。我从来就是舅舅心目中的一棵好苗子。他千方百计要寻找机会把我从那小山村里提携出来，让我做电器厂会计，做代课教师，指望我当领导，一句话，望我成龙。在南安镇两万多人口里，没几个人能有机会做得上这几个职业的。没有舅舅，我只能是学会了砍草，然后学会插秧、割稻、打柴。正是这个舅舅，在一分一寸地改变我的命运。

可是，我变了。我从一只玩具般的宠物变成了咬人的凶犬。我厌恶他。我和舅舅之间，不仅仅是渐渐拉开了距离，而且是背道而驰。

那天，舅舅把我叫到镇政府他的办公室。看见他板着的脸，立刻感到不妙和不安。在他指令我坐上一张冷板凳，半天不理睬我之际，我预感着该来的今天终于来了。我推辞了新校长的安排，他哪能就这么让我轻松逍遥不闻不问。

拿去，给我写一份检查！舅舅抛给我一沓信笺，上面印有南安镇政府抬头，分明昭示着不容抗辩的权威。

什么？什么检查？

舅舅瞪眼说，这不是跟组织检查，是你给我写检查，给我个人！我想知道，你为什么跟我这么闹别扭！

我轻舒了一口气。舅舅只是代表他个人。

其实，对于舅舅，我真的应该给他好好写一份检查，我辜负了他。

我说，舅舅，我不写，咱们谈谈好吗？

好！你说！

我豁出去了。我才不管舅舅的生杀大权，责问他那么费尽心机原来只是为了安插私友杨某人。舅舅恼火万分，但拼命克制着。他没有和我争辩关于杨某人的问题。可是我提到荷花。说荷花也曾经受到他的暗示和指派时，他火了，猛地一拍桌子打断我：

啊？你……你是怎么想的你这脑瓜子！她根本不知道任何事情！你看她当上副主任，你就以为……妈的你真是狗咬吕洞宾！我是在帮助你们俩！你还是我外甥吗？你？还是我外甥吗！

我的脸色煞地苍白。瞬间几乎窒息。我惭愧万分。我……我冤枉荷花了！

我飞一般的逃出了舅舅的办公室。

我想找荷花袒露我的心迹。可是看到她忙碌的身影，我终于没有勇气。我知道，我和荷花真的拉开了距离。

这一年的江南夏季，时雨时风，空气潮湿，到处夹杂着古怪的霉味儿。人们怨声载道，埋怨天气，家具都长毛了，衣服和冬天用的棉被都发霉。人们渴望着什么时候能出一个好太阳，晒晒衣被。

终于在六月的某一天，云彩缝里仿佛猫眼睛一般出了个太阳，那光芒显然不正常，直扎人的眼睛。

我匆忙赶回家，搬出那些书籍拿到太阳底下晒晒。

院子里早已是花红柳绿地晒满了一片。父母亲不在家。三哥说去第四监狱看望小舅舅去了。三哥搬出渔网，要我和他到那小庙的后山脚下一个破水塘里去捉鱼。好啊！我当即兴奋地答应了。这么多年没去那水塘捉鱼了。小时候，那是经常在夏季穿着蓑衣去，动不动就捉满鱼篓的。

我回头看看院子，问三哥：三嫂子会烧鱼吧？

会烧，烧的味道很好的。三哥回答得很快。

那片山塘早已经荒芜，两方堤岸长满杂草，还有两方却是怪石嶙峋的山壁。别看三哥性子慢，可他在那岩峰里摸那种圆滚滚的野鱼，可是本地一绝。这方圆几里没人能捉得过他。他只要一下水，从那岩峰边摸过去，鱼篓很快就会装满。其他人看着眼馋，下水试试，都是一无所获。这会儿，他顺着岩峰摸，我则拿着渔网在长满杂草的堤埂上乱捅，忙乎半天，我只捞到一条野鲫鱼。

太阳忽然隐去了，钻进了厚厚的云层。可能又要下雨了。我吆喝三哥早点回家。

院子里衣被依然满满的摊了一片。在没有阳光下大地上沉默地等待主人把它们收进屋。我赶快搬那些书籍。

三哥的房门虚掩着。进门的三哥忽然发出异样的声音。

这声音太不正常，我有些心跳。放下书本，走进他的房间。

一个熟悉的身影从内室里走出来。杨某人？他极不自然的表情告诉了我们一切。那女人还在床上躺着，一动不动。

嗯！我使劲咳嗽着。胸腔里气憋得很难受。

杨某人皮笑肉不笑地冲我龇了龇牙，准备跨步往外走。我终于没法压抑和控制自己，一把拉住了他，喊道，王八蛋，就这样走了！你还走得出去吗？我推推搡搡起来，那眼神几乎要把他活活吃了，一直把他逼到了墙角。他一不小心，倒退的身子碰在了风斗上，啪地自己摔倒了。

内室里有了声音。有梅起床了。她蓬头垢面，衣衫不整，快步走出来，指手画脚地大声嚷嚷着：你们想干什么！打人是吧？今天实话跟你们兄弟俩说了吧，这偷情养汉的事儿也不是我有梅发明的，也不可能到我这儿为止，今后这世界上还会不断有人做！今天就做在这儿了，你们也看见了，是我们保持现状继续过日子，还是我离婚走人，你们自己看着办！你们是放他走，还是要咋地，也看着办！

我气得两眼喷火，但也只能拿眼睛看着三哥，看他咋办。三哥那鱼篓的鱼泼了一地。他深深地叹了一口气。两眼看着地，对杨某人摆摆手说，走吧你！

杨某人赶紧从我身边溜之大吉。我对着他的背影吼道，小心打断你的腿！

屋子里安静下来。有梅马上换了表情弯腰捡那些小鱼，欢欣地说，我烧鱼你们吃哈……

我愤怒地扭头就走，大声喊着说，真好意思！

暑假的日子来临，烈日骄阳如火。

离开学校那天早上，在好久没有去过的荷花房间里，我接受了荷花近乎爆发的爱意。她先是一阵雨点般的拳打，敲击我的胸膛，她好像是要解气，要把这么长时间积蓄的憋闷全发出来，眼睛也是两个渠道，泪水浪潮般滚滚而出。我犯罪一般呆若木鸡，幸而她扑上来的热吻终于把我唤醒，我紧紧地拥抱她，吻她。她的气息越来越急促，她的腰腿忽然瘫软。我的血液开始膨胀，全身汹涌澎湃，所有生理细胞在体内狂乱地撞击。正当我们无法控制，我抱起她走向床铺的时候，外面响起了喊声：

荷花！荷花！

三嫂在门外叫她。

我皱起了老大的眉疙瘩。全身掉进了冰窖一般。

荷花平静下来，开了门。

三嫂没进门。她站在门外，招手荷花出去，她们很轻的说话声忽然让我预感到强烈的不祥：

我刚听说下学期开学前等通知报到。

"等通知"，三个字说得特别重音。

她走了，我们俩面面相觑。我们在心照不宣地分辨着话外之意：要是不给通知呢？

我坚定地摇了摇头，自我否认着各种猜测。起码我还有个舅舅在负责教育这一摊呢，不怕！

我决定今天带荷花到我家去，让我爹娘老子为我的婚事高兴高兴。我们俩在同一个单位上班，彼此都有照应，这是父母亲所料不及的。（因为我从来没有向二老报告过此事）那天父亲竟然亲自动手抓鸡，房前屋后撵得鸡飞狗跳。

当我们吃得很香很有滋味的时候，荷花沉默、凝重的表情严重影响了我的食欲。她还在思索"等通知"三个字。因为从前在界牌乡小学代课的时候，她已经领教过了等通知三个字的分量。历史是否将要再一次重演？

在送荷花回去的路上，乡间田野小道，我们推着自行车，看沿途两侧的早稻田金黄的稻谷，还有正在弯腰收割的农民。有的已经收割完毕，早已灌水，黑乎乎的水牛在挨着竹鞭耕田。我劝慰荷花：你现在已经是副教导主任了，不会有事儿的。她说，可毕竟还是代课嘛，函授文凭还没拿到呢，随时会任人宰割的。我大声说：

怕啥！不是还有舅舅的吗！

我做梦都没有想到，跑到舅舅家才知道，不知什么原因，舅舅突然被停职了，现在正在接受审查呢。

胖舅母一把鼻涕一把泪地念叨：小四子，你和荷花要多帮帮杨某人，听说他也被调查了。你们在调查组面前要多说他好话，杨某人不倒霉，你舅舅也不会倒霉的。

我和荷花不懂胖舅母的意思。但这一连串新的变故，让我和荷花下定决心，双双辞职。

我们离开学校，第一件事，先结婚，再谋划未来。

（完）

郊外邂逅

序言

要不是今年清明节的一次郊外会议，若不重逢她们俩，至今还不知道什么叫真美，真漂亮。清明节那天天气真好，万里晴空，丝丝凉风，花香花色像朝霞一般漫山遍野地开放。会场外面来一群美女。不知是花衬人还是人衬花，但在我的惊奇感觉里，这明媚的春光一定是因为她们的到来才浓妆盛开。

早就有人说，这是一个人心浮躁的时代。真美好和假美好都出来亮它一亮。

一

签名桌旁欢笑排队的人群里，两个女人忽隐忽现在我的视线中。我的目光努力捕捉着。当时奇怪的缘由是，这两个女人我那么面熟。

轮到长头发走到签名桌旁。我感觉向我逼近的不是熟悉，而是一种异样的陌生。她衣着艳丽，和周围人群的庄重而美丽的色调不协调，很扎眼。可歪打正着，她分明透着一种艳压群芳的气质。她身后的那位短头发，戴着粉色太阳镜，眼镜片后的眼睛笑得可爱。她大方地先对我笑一下，鞠了一躬，老练地接过笔写下自己的名字——李兰。我偷看一眼，另一位写着：林媚。

人群从"新生活健康知识教育"的巨大横幅下，喜气洋洋地走进会场。

会场很热闹。五六十个花枝招展的女人群芳争艳一般，各展风姿，伴随着音乐舞蹈。春天在哪里？这一刻，会场就是整个世界的春天，全体笑脸、全体摆动、全体快乐。

可我心情很乱。脑子里像一群水鸭潜下去又浮上来，努力思索着那种似曾相识。思索的列车奔驰着，像青藏高原一般的记忆原野奔驰，然而青藏高原的路程太漫长，好像永远没有尽头。奔过去是长长的列车，可退回时成了一匹瘦弱的马。审美深处还摆放着一架小天平，一会左边的李兰沉下去，一会儿右边的林媚又浮上来。好像是在比较着气质。曾经有一句名言：世界上没有丑女人。但女人的气质千差万别。林媚的浓妆像一片朝霞遮盖了那轮朝阳。她艳得让人怀疑，过于完美的背后好像有太多的铺垫。她很不自信？她需要那么多的支撑？脸上的胭脂花粉和那过于完美姣好的眉，像轻轻地对世人说谎：看我多漂亮！

轻装上阵的李兰淡雅朴素，看人就笑，太阳镜片的背后储藏的是无穷无尽的快乐。一举手一投足都那么不加思索。她真的像一具机器人，一碰按钮就指手画脚，她的目光所及，都会让她内在的按钮，心花怒放。

我的思绪都是悄悄进行。我不敢相信我的感情世界里有了什么起伏。

二

吃饭了。我打冲锋一般要赶去和她们俩同桌。事情从来就是不尽如人意。李和林的前后左右呼啦啦前呼后拥，我被花枝招展的人浪推到了另一桌。

吃到一半的时候，事情出现了转机。李兰身旁的一位胖大姐突然变成了空位，那胖大姐已经站在院子的大树下剔牙。我再也不能斯文下去，赶快端着酒杯走过去。可我刚刚走到座位旁边，一个比肥姐还肥的胖女人翻山越岭一样翻过一桌又一桌走过来，一屁股抢占了先机。我的心和酒杯几乎同时坠了地。一瞬间，我忽然看见林在对面偷笑我。瞧她讥讽我的得意样儿！她能讥讽我，说明她看出我什么。干脆，我不顾一切了，直奔向林。

我从她的座位旁伸过筷子去夹菜。可能过于鲁莽，林立起身就走了。走就走了，算了，我一屁股坐下去。起码我可以和对面的李兰说几句。

那个肥姐，世界上最不知趣的女人！她滔滔不绝地和李说话，不给任何人插嘴的机会。她好像谁都不认识，就认识李兰一个人一样。

为了引起李兰的注意，每次她伸筷子夹菜，我都去转桌子，让她的筷子总是扑空。

可能我局促不安和迫不及待的神态让李兰感觉到了。她趁肥姐猛一停嘴的当口，对我笑笑。

我像捞到救命稻草一样眼睛直瞪着她，说，我怎么看你这么面熟？

李兰侧了侧脖子说，是吗，在哪儿见过？

上一期的健康教育你参加过？我问。

李兰笑眯眯地摇摇头。

为了表明我不是空穴来风，我做出了一副沉思的样子。

肥姐和她又接上了话茬。我看她不理不睬的样子，有些自作多情，便烦闷地站起身走了。

刚到院子，一个女人突然问我：你是青山医院的洪医生吧？

我一愣，立马回头，这一看，让我眼睛一亮。问我的是林媚！

就这一瞬间的功夫，我想起来了，林媚是我的卫校同学，十年不见，她的模样大变，哪里还有当年的影子。

三

会场左侧的大山涧春光遍地，春色融融，山里的春水冲撞在岩石上，冲刷着盘根错节的古树，卷起一股股晶亮的旋涡；声势浩大，哗哗奔流，昼夜不息，好像永远没有尽头。山里的鸟喜欢热闹，也凑到这块水浪滔天的地方放声嘶鸣，整个景象一派喧哗。我跑到山崖的一块巨石上，看脚下涧水奔腾，细浪汹涌。让我吃惊的是，林媚踩着沉重的脚步，长长地叹了一口气。怎么啦？当年在卫校里的一朵校花，那时的天真烂漫，漂亮多姿，今天却发出这种不谐之音。

她现在和我一样，也是单身。可她曾经历的一场婚姻有些骇人听闻。

她曾经在医院当护士，满脑子向往一沓沓钞票的时候，一个商人走进了她的幼稚世界。商人的妻子身患绝症，在医院里挣扎着她奄奄一息的最后时刻。她很可怜她。可她又从心底关注她究竟还能活几天。都是钱闹的。那商人的皮包里永远装着鼓鼓囊囊的人民币。商人把她搂进怀抱的时候，她的心直跳，害怕家人坚决不同意的张张面孔。可是当一沓沓人民币和戒指递在她的手中，她晕头转向了，她把自己隐藏起来，家人找不到她。那女人战胜不了病魔，最终一命呜呼。她很快辞去医院的工作，清理和扔掉了那女人的所有遗物，买来了新家具，成了前任女人孩子的小母亲。

天知道，从她进门那天起，老公的生意急转直下，皮包里的人民币一天不如一天，在经过工商局的几次打击之后，皮包里终于拿不出一张钞票，接踵而来的就是一帮一帮人来讨债。她真的看不懂这个世界了。老公有钱的时候，没有人来讨钱，反而都是送钱来，银行也是这样；现在身无分文了，大家都来讨钱了。讨钱的人还有老公的亲属，指着她的鼻子骂，骂她是丧门星，这个家自从有了她就开始败落。她气得大哭。她把一肚子委屈向口口声声爱她的老公倾诉，不料飞来一个巴掌，打得她睁大了眼睛——口口声声爱她的日子就这样过去了，从此噩梦像电视连续剧一集接着一集，怎么播也播不完。

她没地方可去，她的家人早就不认她了。她只能含着泪过下去。

三年的日子把她一个如花似玉的姑娘折磨成了一个苦不堪言的女人。接着还有更加苦不堪言的事情发生了。老公忽然好久不回家，外面纷纷传言，老公认识了一个六十岁的富婆。老公过惯了富足的日子，没法穷下去——她从此带着伤痕累累的心离了婚。

半天没听到她说话。我好像听到山崖下的水流增大的声响。猛地回头一看，她原来在哭，涕泗滂沱，激起了水浪。

我局促不安了，她那张脸上的薄粉一道道纵横交错，不堪入目。

我摸出口袋里的餐巾纸递给她……

四

山庄经过一天的大喜大悲大彻大悟，仿佛遭到一阵雨一阵风的洗礼，夜色很特别。

我歪躺在山庄宾馆的床上，看着窗外那束灯光发呆。

有些事情弄不明白。林媚那种非凡的人生经历，可怎么一点看不出她的低迷和消沉？

我忍不住，起身"砰"地关掉房门，直往林媚的房间奔去。林媚已经洗了澡。洗过的神情和粉红色的睡衣显得特别妩媚。其实她洗过的脸比浓妆艳抹的脸更漂亮，更动人。我怯生生地不知所措。我想留下，可又觉得不合适，可我又不想走开。好在她还算通情达理，指着沙发要我坐下。

我没话找话地问：你和谁一间？

李兰。

我不知道是赶快离开还是继续留下，正在犹豫，卫生间的门开了，一股香喷喷的热气裹着一个半裸的女人走出来。那一瞬间的情景让气氛静默而惊呆，当看见有男人，她急转身进了卫生间。林媚看着我笑。尴尬的气氛里，我更加不知所措。

等李兰穿戴整齐从卫生间里走出来，还是那副白天的纯真笑容。李兰刚拿起手机，就来了电话。她爽朗地大笑着，对我微笑一下，出去了。我觉得这是世界上最快乐的女人，一定和林媚有天壤之别。

她很苦的。林媚说。

我好像没听懂，转过头望了她一眼。

林媚接下来告诉我的故事，说得我心惊肉跳。

公元2000年，李兰父母要她放弃她的男友，为她招赘一个女婿。

她在家里是一个百依百顺的女孩子，父母亲的话句句听。她唯一所能反抗的只有痛哭。

她对如此终身大事没有半点主见，随遇而安，男友不由动了怒火。头一扭，走人。拜拜了。

据说，她父母为她招赘的这个女婿是个生意人，大大的有票子。他们婚后的生活非常狼狈不堪。

没多久，夫妻就基本处于半分居状态。那男的大多数日子跑在外面，难得回家。招赘女婿却总对女方不信任，只要看见家里来了某个男青年和她多说话，他就起疑心。起先他摆脸色，想拿脸色来提醒她。可李兰是个快人快语的女人，她根本不管男人的脸色，越说越起劲。后来他使用冷暴力，不说话，一闭口就是半个月。小两口日子过得很别扭。那男的后来干脆就不回家。在她生下儿子半年的日子里，他根本没回来看过儿子。李兰的父母亲常常问起，你们是怎么啦？李兰摇头不语。她真的不知道为什么。正在家人对这场婚姻失去信心的时候，外面传来噩耗，女婿出了车祸死于非命。

女婿的娘家人拿走了所有车祸赔偿，没给李兰家一分钱。

真的是祸不单行！不到半年，李兰的那个儿子因生脑瘤而夭折。

……

就这样。

我听着几乎成了白痴。手中的茶杯几次差点滑丢在地上。这是怎样的一种经历！年轻丧偶，年老丧子，是世界上莫大的悲痛。她小小年纪，已经经历了多少白发老人都没有经历过的心理历程。岁月对于她不是生活，真的是风刀霜剑！而且剑剑见血！我长长叹了一口气。为什么会是这样？

五

第二天一早，看到"新生活健康教育"巨幅横幅下花枝招展的人群和李兰林媚灿烂的笑容，我觉得这好像是在做梦。谁能看得出来，那一张张鲜艳的牡丹花，其实原来是一棵棵黄连树。可她们生活得竟那么开心、愉快，不可思议啊！

就像昨晚林媚说的，人啦，不管是顺境还是逆境，不管有钱没钱，活着，就是美好。人生要的是舒展，老皱着眉头生活，就是还有那一摞摞钞票，那依然是苦恼的发祥地。真正的健康，就要从心灵开始。

说得多好！

水仙与荷花

一大清早，小鹿哗哗啦地洗漱，一边静静地刮着胡子，一边从玻璃镜研究妻子米青忽闪而过的身影。这种飘忽不定的匆忙身影，根据多年来夫妻间的敏感，多半不是真忙，往往是有了什么疑惑的偷窥。刮胡刀一如既往地一路畅通，从脸颊到下巴到脖子，可那种坚定的秋风扫落叶的力量却大打折扣。刀锋过后，就像水漫了原野，那杂草依然挺身而立，秋毫无犯。

不刮了。折腾了半天，没看出能透出多少青春活力来，反而给人此地无银三百两的嫌疑。越折腾得久，他自己越心虚。

其实他弄反了。他误解了米青的意思。

事情往往都会阴差阳错。米青不是怀疑他什么，而是也迫不及待要洗漱。因为女人的细致和细腻，她洗漱需要的时间会更长。女人光在头发上的工夫，没耐心你就称不上男人。若在以往，老公占据洗漱太长，她早就要瞪眼加白眼加风凉话了，什么今天要去见谁啊，什么男人装头弄脸顾影自怜啦。小鹿也不答辩，随她嘀咕——她也就是嘀咕而已。

今天，米青很有耐心。空气氛围里透着别去捅破那层纸的寂静。小鹿退出时，很客气地对妻子舒了几分笑容。米青煞有介事地告诉早已衣冠楚楚的丈夫，那件最能体现绅士风度的外套已经从干洗店里拿回，挂在衣柜里。

穿好绅士外套的小鹿愈发彬彬有礼。他告诉米青今晚不回家吃晚饭。一个同事过生日要聚餐。米青再次叮嘱，要他留步慢走。她拿来梳子，把他额头上稍稍凌乱的几根头发向某个方向撩了撩，又端详再三，才像质检员确认某个产品质量过关一样，把他放行。小鹿有了一丝激动。临行，吻了米青一下。拜拜！

一路上，小鹿驾着新车，看到新街道、新小区，心情一派清新。一日之计在于晨。有了早上那个铺垫，今天心情不会有任何煎熬。要说有煎熬，那就是等待时间——盼望晚餐时间快快到来！

晚餐很快真的到了。他急忙驾车向前几天预约的金合欢大酒店奔去。

踏上写着"欢迎光临"被千人踏万人踩的大红门毡。他捧着一束鲜花走进大红地毯。两旁侍立的漂亮小姐和服务生。水仙阁。

轻轻推开"水仙阁"门，一阵馨香就像浴室里透明的薄雾，伴着一个充满活力和妩媚的女人甜甜的笑容，迎面而来。

这个女友前几天就约定，今天是她的生日，就他们俩，水仙阁里，一次烛光晚餐。

从早忙碌到现在，就为了这一刻的到来！小鹿照例先展开双臂，女人偎依了过来。两人拥抱了一会儿……菜很快就上来了。

金合欢大酒店的生意真是热闹。客人川流不息。服务员端菜进来的一瞬间，小鹿从门缝里突然看见一个熟悉的身影，正坐在对面一间名叫"荷花厅"的包厢里。门很快就关上。小鹿开始坐立不安。

水仙与荷花

那个熟悉者是个中学教师。人挺有意思，也很矛盾。他总是在人多的场合抨击那些婚外情是鸡鸣狗盗，可在人少的地方，他又总是羡慕人家婚外女友如何如何漂亮。小鹿看他这般活着，很累，总想找个机会开导开导他，让他懂得人生一世无非草木一秋，不要老是干憋着，该享受人生就得享受人生。今天，他那边"荷花厅"里人少，从感觉看，最多两个人，这是个机会。他想带着女友走过去，一方面显摆自己的女友秀色可餐，引起他的饥渴感；另一方面，敲敲他矛盾的教条脑袋。

经过一番说服女友之后，他挽着女友的臂膀走过去。

他和女友突然亮相在"荷花厅"，把里面的两个人吓得一阵紧张。可他们自己也突然之间变得不知所措。

坐在"荷花厅"里有一个女人，那是从头到脚收拾得水晶晶的米青，他的妻子！

四个人都凝固着僵硬在那里，可纷纷在出汗……

一场战争在所难免。

可是开战的双方拿什么压倒一切的理由来指责对方呢？双方绞尽了脑汁，想不出办法。可毕竟一肚子闷气！米青首先发难，小鹿在妻子面前就像绵羊落入虎口，气得说话都结巴了，可他弄不过她。好在现在法律明文规定，不允许家庭暴力，大家都有所克制。但也不能没有一点动静。双方都想给对方留点记性，就不约而同地拿酒瓶摔打在玻璃镜上，哗啷一响，一声破碎，不但彼此略有震慑，也出了口那家丑不可外扬的浊气。紧接着，两人化武力为冷暴力，不说话。

有人说，家庭是讲情，而不是讲理的地方。可这情都出了问题，彼此都曝了光，就像光天化日之下扒光了衣服，丑态百出，已经不着边际了。啥也不好说，还有啥好说的。小鹿每天按时上班，非常时期，敏感性强，准时回家。米青脸色铁青，单位里请了假，闭门不出，人日见消瘦，姣好的面容日益憔悴。

没有人想到要换镜子。暂时姑且迁罪于镜子。都是镜子惹的祸！

单位里有人惊讶：小鹿那一身笔挺、光溜溜的打扮怎么突然不修边幅，变成灰溜溜啦？可牵涉到个人隐私，没人细问。倒是他在半道遇见了朋友小马，小马惊问何故。小鹿一阵紧张，急忙敷衍说身体欠佳。小马信以为真，连忙掏出手机要约几个朋友买点补品上小鹿家去看望他，吓得小鹿剑拔弩张地夺了小马手机，不让约。正在此时，那惹祸的女友来了电话。

小鹿魂不守舍地支吾几句，就挂了。小马瞪大了眼睛说，哎呀！怪不得外面风言风语，看样子是真的！赶快悬崖勒马吧，可别伤害了米青毁了这个家啊！

小鹿反瞪他一眼，坚决否认让他大惊小怪的事。

很多人好久没见到米青，觉得蹊跷，就打电话询问。可米青已经处于永远关机状态。她躺在家里成天睡觉，不想把凄凉的心情感染了别人，或者说不让别人见笑。

冷战的结果，那面镜子没有重新安装。他们走进了法庭，离了婚。

这是一场特殊的离婚。两人什么也没分割。

那天早上的太阳好像特别亮，窗帘忘了拉上。单身汉小鹿睡不安身，起个大早，准备到洗手间去洗漱。可是客厅的暗影里，沙发上坐了一个人——前妻米青。

她怎么又来啦？米青离婚后依然带有这个家的房门钥匙，尽管独自来过几趟，也是这样坐在沙发上，可今天小鹿还是有些吃惊。

你……

我来找东西！

米青起身向卧室走去。她好像一直在等小鹿走出卧室，已经迫不及待的样子。

水仙与荷花

洗漱间里的玻璃已经装上了新的。小鹿先端详了自己打单以来的容颜，同时是侧耳细听那边的动静。她好像还有些眷恋这个家。其实他们俩之间也没什么完全过不去的事儿，**就那次**吃饭曝光事件，与其说是各自发现了对方，还不如说各自暴露了自己才引起轩然大波。他打开自来水龙头。逝者如斯，时间如流水。水可以冲淡一切。忽然听到那边传来柜子重重的响声。他关上水龙头。他刚挪脚想走回卧室，可又犹豫地收住脚，再次坚定不移地打开水龙头，哗哗开到极致。

米青卷了个大包裹，放在沙发上。等小鹿出来。

给我点钱！米青把手一伸。

小鹿皱了下眉头。迟疑不决。她已经来要了几次钱。总是说来找东西，可临走总是要钱。这哪里是离了婚！这简直是像养了个小三！

快点儿！我没空等你磨叽！米青大声喊了。小鹿把钱递给她时，小声说，你早这么客气我不早拿给你了。

米青摔门而出的时候，小鹿屈指盘算了一下：正好一周。这段日子几乎都是每周一伸手。

那天晚上小鹿刚从外面夜饭回来，脱了衣服钻进洗手间，刚泡了一身雾蒙蒙的热气，客厅里忽然发出一声尖叫。那种歇斯底里，不算惊天动地，却把小鹿吓得从洗手间浴池里光溜溜地跳了出来。他那一丝不挂的怪样，在那盏灯下腾腾冒气。他挥舞着赶走了热气，看见一个女人站在客厅里，双手叉腰，破口大骂：

"真不要脸！你以为你是谁呀！别看我离了婚又回来，给一点阳光你就灿烂，我可是来找东西的！这副风骚样子给谁看！"

小鹿这才看清是米青。

小鹿掉头躲了进去。脚下一滑，险乎摔倒。天啦！又到一周啦？这日子过得这么快！她还改变策略了，不再早上来，竟晚间突袭了！

洗手间的门被推开，吓得小鹿急忙摸裤子。米青进来了，手撑着墙壁，俯身朝马桶里吐。一股强烈的酒精味道在热气腾腾中格外浓重。哇！小鹿捂住嘴——一阵恶心直犯胸口。

小鹿穿了裤子走出洗手间，坐在沙发上，等米青出来。

哗——，洗手间里响起了水声。

怎么回事儿？

水声响个不停。她也在洗澡？她在这里洗澡？

这是个新问题，新路数。她想干什么？

水声停了，洗手间门开了，雾气中米青大声喊，把我抱到床上去！

她喝多了。吐过了还神志不清。离婚前她洗澡时也是这么喊的。

小鹿没有多少犹豫，走进洗手间，雾蒙蒙中抱起米青。很滑——她身上全是湿漉。

……

第二天一早，小鹿被一阵抽泣声惊醒。

别哭。钱我已经准备好了。小鹿说。

……

别哭。

我干吗不哭？我再也不会来向你讨钱了。

小鹿觉得有些遇上强盗的味道。这是什么逻辑？！以后不跟我讨钱了，就伤心地哭？

……

小鹿侧目看她。终于憋不住，问，你就是为了告诉我这个消息？

不。我还要拿东西。

剩下的都是我的衣服了。还要拿什么？

拿房子。

什么？小鹿惊呼着坐了起来，两眼瞪得像牛蛋。

房子。米青重复一遍。

不行！房子是我的！不行！小鹿吼道。

米青无语。

小鹿继续大声嚷嚷：你可以嫁人，你不可以拿这个房子！

米青沉默着，上身起伏着。

小鹿继续重复说，你可以嫁人！这房子不给你的！

米青脸色很难看。她强制镇静一会儿，两眼泪光莹莹，语音低沉地说：

小鹿同志！今天你这番模样真的让我伤透了心！自离婚以来，我有些不知所措，整天神思恍惚。可我不懂怎样做才能不再依恋。对不起，这些日子我一直打扰你，可我认为这是一种不离不弃……古人说得好，金无足赤，人无完人。世界上没有十全十美的人和事。人吃五谷杂粮，相处人间烟火，谁不有点小诱惑。我原谅了你。我也希望你原谅我。我渴望我们破镜重圆……可是，我在你眼里，是那么无所谓……我要钱，你舍得；我嫁人，你舍得。唯独房子你舍不得！跟你说实话，我不是来要房子的。我是来试探你，看我们还有没有重续前缘的可能。在你心目中，我虽然是有血有肉的女人……可我不如那没血没肉的房子！我才算看清了：你们男人，比女人还女人！女人算什么？女人不是财富是不是？可我一个女人告诉你：这房子我不要！可我再也不会来了！

说完，米青一骨碌起床，快步走出房门。临走，她把这段日子拿小鹿所有的钱，如数放在沙发上。

角落的向日葵

一

我是一匹来自北方的狼……

杨暗只感觉歌厅在震颤，心在震颤，整个身子在震颤中涔涔虚汗。老公的歌声太刺耳，几乎是嗥叫。他喝了半瓶白酒，加上平日里三分剽悍，在歌厅趋庸风雅也透着三分狰狞：一副圆眼镜在灯彩光影里特像森林中一对阴阴绿光的眼睛，随着嗥叫的节奏比画着右手那黑晃晃的剪影，活像突然出现在树林边路口的狼……

尤其让杨暗对号入座的是，这位老公正是来自遥远的北方，来自古代诗赋中常提到的多出慷慨悲壮之士的燕赵古国——河北省。

"赵盛！"

杨暗猛地一声喊。但这个被称着赵盛的人没有听见，又在重复着那句：我是一匹来自北方的狼！空旷的歌厅只有他们夫妇俩。她是唯一的听众。

在姐姐家吃罢夜饭，帮姐姐整理碗碟的时候，姐姐杨唱悄悄地瞪她一眼。她心里像打翻五味瓶，但她仍装作若无其事帮厨房收拾碗筷。那边的茶几前，姐夫和赵盛断断续续地聊天，赵盛的两只眼镜片不时向这边斜窥过来，姐夫的两方大黑框眼镜也经常向这边望一眼，又望一眼。她不知道他们两个男人谈论什么。可她有预感，他们的话题是不会让她知道的。

今天赵盛提出到姐夫家吃夜饭，要她打电话预约，她有些不解，她不想今天去做这个不速之客。当姐夫接电话时并没有爽快答应，嗯嗯呐呐，她更不愿意去了。可是赵盛还是执意要去。她气呼呼进了洗手间，当从洗手间出来，赵盛在外面刚和姐夫打完电话，一边挂上手机，一边扬臂过来勾搭她的肩膀柔声说："去吧，跟姐夫说好了。"她已厌烦他神经兮兮的样子。她知道北方人的豪爽更知道北方人的自尊，不便扫他的兴，只能嫁鸡随鸡地跟着感觉走到姐夫家里。饭局中，姐夫先淡淡地应酬着，说着不咸不淡的话。姐姐却把所有的劲儿全部用在眼睛上，大多专注地盯着赵盛看，间或也瞟她一两眼。她疑惑姐姐是不是有事要问。但介于赵盛和姐姐之间，她还是坚持闭嘴把饭吃完。

八号台风的前锋已经抵达浙江省境内，街上呼呼呼的风响一片。整个世界树欲静而风不止。

走出姐姐家门，漫无目的嫁狗随狗地跟着赵盛的身影走。赵盛再一次扬臂过来勾搭她的肩头柔声说："到歌厅唱歌去！"她愣了一下，没吭声。当不知不觉进入歌厅，空旷的歌厅只有他们俩，她静静地等待赵盛是留是退。赵盛冲服务员喊，把话筒给我！她什么反应也没有，缓缓移步到一侧茶座缓缓坐下。手中的拎包一会儿放膝上一会放地下，一会抱在胸前。歌声响起。她不清楚赵盛在唱什么……

二

　　三年前，杨喑毕业于河北省某卫生学校。当她前往火车站买返程票的路上，她心里像藏着一只小兔冲撞不停。她无法克制自己，终于忍不住走向公用电话。她怯生生地向姐姐说一件事情。不想姐姐在那遥远的江南劈头吼着问她："什么？你说什么？"

　　她当真姐姐没听清她的话，认真地同样怯生生地又说了一遍。

　　"不行！怎么会这样？"姐姐厉声说，"你知道带他到家来，他的户籍在河北，怎么安排工作？他和你是大专同学，仅仅一个大专文凭，这天遥地远的，你要给我们家带来多么大一个包袱？爸爸心脏不好，妈妈也体弱多病，你姐夫虽然是个副院长但是新官上任，你要为我们家考虑考虑！"

　　……

　　你说话呀！

　　……

　　"杨喑，不是姐姐反对你们自由恋爱，"姐姐的声音软多了，"问题是你一个女孩子从那么远的省份带回个男朋友，多少事不好办！他在我们家算什么身份？是同学？还是招赘来的女婿？还是什么什么的？你知道现在办点事儿有多难，知道吗？"

　　"可是……可是，他坚持要到南方去，坚持……"

　　"非坚持跟你走？他要挟你？"

　　"不！不。……他坚持要到南方去发展。他是一个进取心很强的男生，学习成绩很优秀的！"

　　"一个大专生什么发展不发展！杨喑，你还年轻，要多为家庭考虑啊！等回到水州，打电话姐姐到火车站去接你，啊！就这样了。"

姐姐挂了电话，手半天还握着话筒。她估摸着，远在河北的妹妹杨暗肯定也半天没有放下话筒，痴痴地立定在想象中的沙尘暴中燕赵古国里。

姐姐一直在家等着杨暗。一天、两天、三天，她极不放心地焦灼期待。这个不懂事的丫头！会不会出什么乱子？老公从芦湖医院下班回家，看她神不守舍，问她，她急切中竹筒倒豆子和盘托出杨暗的事儿。老公扶了扶黑框眼镜，肃穆地坐定，肃穆地告诉她一件事，说镇上工商所张所长的女儿张梅，也是学医的，和柳桥医院徐院长的儿子徐斌恋爱，张所长看不惯徐斌无精打采不像个男子汉，坚决不同意这桩婚事。岂知张梅竟和徐斌私奔了。

姐姐讷讷半晌没说出话来。墙壁上挂着的时钟嘀嗒嘀嗒报道着房室中的寂静。姐夫点着一支烟，连话带烟喷着："徐院长找到我，说我和张所长交情好，要我做和事佬。这生米煮成熟饭的事儿，反对已是无益，不如做个顺水人情。"

"老张同意啦？"杨唱问。

黑框眼镜两手一摊。沉默。

"徐院长那儿子徐斌眼中没水，张梅十足一个狐狸皮子！哎，他们俩怎么般配，怎么会有共同语言，今后你看他们日子怎么过！"

黑眼镜注视地面说着，半截烟蒂弹指一挥间，说：

"前世缘分吧！"

叮铃铃……，电话响了。

杨唱接了电话，朝老公望一眼说："妈打来的，"又冲话筒说话，"妈，有事吗？"

"杨唱，你妹妹回来了。"

"回来啦！这死丫头，快把我和钱江给急死了！"

"可不是嘛！还带回来一个男同学。你明天和钱江过来一趟吧。"

杨唱目瞪口呆举着话筒像被定在那里。

三

三年前的事儿历历在目。杨喑知道姐姐和姐夫钱江后来用一声长叹向既成事实投降。当时所有的家人都用一种神神叨叨的目光打量她，对她的男同学赵盛更是充满敌意，尤其看不惯他那副形状怪异的像一元钱硬币一般的小圆眼镜。姐姐曾背后问过她，是吃错药了，还是急火攻心？还是北方大汉是百万富翁？他家里家境怎么样？她告诉说他家只有三间低矮的裸砖瓦房，一口井，仅此而已；他到浙江的车票还是她付的钱。什么？！杨唱跳起来，恨不得扇这个太不懂事的妹妹一巴掌。

入夜，姐姐和妈妈关闭着房门，在里面密谋。外面只看到紧闭的门，不知消息。快半夜的时候，姐姐和妈妈达成一致的意见，明晨由钱江告知杨喑：我们家决定将那男友遣返原籍。

第二天是一个朝露清新的早晨，杨喑披散着的头发晃荡在苍白的脸上。刚要去洗，突然看见黑框眼镜的姐夫钱江向她招手。昨晚家庭里闭门决策该揭秘了。她知道姐夫是代表姐姐和爸爸妈妈的。那扇门距她只有七步之遥。她陡然想起昨晚的梦，十分沮丧。她想这败就败在七步这个数字上。三国时候曹氏兄弟七步诗相煎太急，今天这七步姐妹相遇，应了昨晚的那个梦。昨晚梦见一片汪洋大海，大海中生长了一棵粗壮的大树。波涛汹涌，大树摇摇欲坠，但仍然坚持挺立在水面上。她自我解梦，大树虽挺，但屹

· 196 ·

立水面，在水里大树何以生根何以生存——必然将毁灭。这可否预示着她的婚姻？在她走近钱江的一瞬间，胸口直跳。突然杨暗立定脚步，她只感到一阵剧烈的恶心，不得不掉转头奔洗手间，哇呜、哇呜呕吐起来。

黑眼镜的姐夫把那扇门推得大开，门后闪出姐姐和妈妈，三人远远地注视着洗手间，听其声，观其状，惊愕得半天合不拢嘴。

生米煮成了熟饭！

杨暗的耳畔响起两年前姐姐训斥她的声音。姐姐连哭带抹泪的，训人都不凶。倒是姐夫那黑框眼镜无声地注视有三分严肃。全家人声声长叹充满无望和无奈。在一次家庭会议上，刚刚从外面参加离休干部会议回来的父亲有些萎靡不振，但他非常严肃地沉闷地咳嗽一声，宣布接受这个既成事实，定于十月一日国庆节全家为河北来的赵盛和杨暗操办婚事。家人对赵盛没什么要求，只要他在十月一日前回河北，把户籍关系迁至浙江水州。父亲特别交代，杨暗已分配到了县妇保院，待赵盛户籍迁来后，由钱江出面帮忙，他是芦湖医院的副院长，认识一大圈儿医院院长，特别是和柳桥医院徐院长关系不错，可否将赵盛安置在柳桥医院上班。钱江扶了扶黑眼镜框犹豫一会儿。杨暗急忙说："他可是全优生。"姐姐立即挖了她一眼阻止她多嘴。钱江在父亲母亲和杨唱姐妹众目睽睽之下终于点了头，答应办理。

四

歌厅里的赵盛不光手舞而且足蹈起来，忙得汗淋淋，脱下外套送到杨暗的手上。

杨暗突然看到歌厅那大屏幕上一个人打手机的镜头。她想起今天晚饭后想问的一件事。她想和姐夫打个电话，问问赵盛究竟和他谈了些什么。她从挎包里摸出自己小巧的红色手机，可手机显示"请充电"随即泯灭。她伸手在赵盛外套口袋里摸起来，一只黑色手机一下子自己滑到地上。她抢着捡起手机，手机是关的。她犹豫一下，望了自唱自赏的赵盛一眼，打开手机。

杨暗拨通了姐夫钱江的手机号，起身往外走。

姐夫钱江问，今天不都说好的吗？又有什么变故？

不，姐夫，我是杨暗。我想……问问今天赵盛和你说了什么？

呵呵，别问了。没什么事。明天告诉你吧。

她愣怔了一下，便收起手机。她慢慢向洗手间走去。突然口袋里一阵颤动，接着一阵轻歌曼舞的音乐声响起"亲爱的，你慢慢飞，小心前面带刺的玫瑰……"她掏出手机接听，刚说了声"喂"，对方忽然将手机挂上了。

杨暗立定脚不再走，她翻出刚才那个已接电话拨通对方，对方手机彩铃同样是两只蝴蝶，刚唱两句，被撤掉，回答是：对方正忙，请稍候再拨。杨暗再拨一次，结果一样。杨暗暗暗记住这个神秘的手机号码。

回到歌厅，赵盛正在唱《两只蝴蝶》。

她已对歌声感到烦躁。出于无奈，她坚持坐着。

五

结婚的那年冬天，大雪纷飞的周末，父亲打电话把钱江叫到家里，问赵盛的工作安排情况。

钱江一脸的焦躁。果然，钱江说，柳桥医院的徐院长刚刚安置了一个医生，就是他自己的儿媳妇张梅。要到明年一个老医生退休才有名额，到时看能否让赵盛补进去。

　　杨暗松了一口气。父亲指着壁橱上两条中华烟和两瓶茅台酒，要钱江送给徐院长。钱江望着杨暗说，赵盛亲自送去比较合适。

　　夜色渐浓，赵盛用黑塑料袋把烟酒套好，望着巷子里纷飞的白蛾大雪，回头唤杨暗一道去徐院长家。杨暗摸了摸挺得老高的孕腹，犹豫着。赵盛说没事儿，他搀着走，孕腹走走更好一些。何况只有这么一点点路。杨家和柳桥医院在街道上只不过是一只哑铃的两端，中间只需走过那段杠杆般的马路。雪花飘飘，可杨暗心里暖洋洋的。赵盛的就业问题就在他手里拎着的了。她们杨家目前最大的包袱终于打开了。她暗暗感激姐夫钱江。其实，远在北国和赵盛亲密接触的一刹那间，这个就业问题已经在她头脑中占位，而且钱江这张牌已经揣在那里，随时都准备打出去。她和赵盛结婚还不能完全肯定赵盛在杨家的合法地位，就业问题解决了，赵盛才算真正跨进了杨家门槛。想到此，杨暗无不亲昵地向赵盛身上靠了靠。

　　杨暗听到赵盛叹了一口气。她有些吃惊地望着他。她问他怎么啦？他抬头望着前面的天空，用沉重的语气说，"你姐夫官不大，架子还挺不小。"

　　杨暗不由骤然住了脚。疾问他说什么。他哼了声：摆什么官架子！我无非初到此地人生地疏！

　　杨暗立定不动。她眼瞪着看他。赵盛说，走啊，你也要摆架子啦！

　　杨暗艰难地压抑住直往外喘的怒气。已经走到街上的路灯下。她慢慢踩着自己的影子随着另一团影子往前挪着。

　　姐姐大概在半小时后才发现杨暗和赵盛一道上徐院长家去的。她惊呼妈妈，妈妈问她怎么一惊一乍的。她指着门外纷飞的大雪天，说，"这也太自作主张了吧！什么事都不和家里人商量！

这么大的雪，挺着个大肚子，连告都不告一声！”她一边嚷着一边急忙在壁橱里翻寻雨伞。一家人都被她这如此紧张的气氛感染了，都帮着寻找雨伞。这个时候，电话响了。

钱江接的电话。他脱口而出一句尖叫："什么！"几乎是发了一句口令，全家人骤然住手，立定，向他这里惊讶地注目！

钱江放下电话，说，杨暗摔了一跤，现在柳桥医院提前生产了！

六

为了赵盛的工作，全家费了九牛二虎之力。柳桥医院那老医生退休的日期遥遥无期。全家，特别是姐姐杨唱，没少骂杨暗。半年后，赵盛自己不再等待，他和一家药厂合作，做了药厂的营销员。

这次选择给他们小两口带来了不小的转机。

赵盛的工作问题不再是杨家的心病。不仅如此，他们家那个权威人物钱江，和赵盛开始了越来越多的联系。钱江还带着赵盛四方周游，认识一圈儿院长。柳桥医院的徐院长基本把医院的权力都交给了儿媳妇张梅。张梅也成了和赵盛联系药品生意的重要角色。人们对赵盛刮目相看，就连从来都是斜着眼睛看赵盛的姐姐杨唱，一改前嫌，也变得和颜悦色了。

生活被称为生活，其实是一种历练，是一种磨合。满眼曾经的凌乱和现有的绚丽其实就是一些生活碎片。在家人和赵盛之间，杨暗两头不停地敏感着一些波澜，她就在这些波澜里懊恼和欣慰相交替。

她敏感到了，赵盛在家的地位明显提高了。但她同时也敏感到了，事情不是那么简单。赵盛说话的语气开始生硬和锋芒凌厉。他们杨家的生活开始弥漫着一层神奇的面纱。

歌舞厅里的赵盛唱起了电视歌曲《篱笆墙的影子》：星星不是那个星星哟，月亮不是那个月亮……

杨暗在县妇保院上班，很长时间精神萎靡不振。赵盛仿佛医药生意很忙碌，很少时间关注她。而且偶尔发生不愉快的争执。她发现"爱情"这玩意儿是个相当脆弱的概念性的东西。尤其是家人总是在左右着她的所谓爱情。当初为了朦胧的爱情理想，为了走出学校将来施展本领的愿望，也为了青春年华的那点固执和任性，把赵盛带回家。但后来的现实一寸一寸消磨她的意志，蚕食那花好月圆的梦境，无奈肚子里的孩子让她不能自拔。未来？未来的日子还很长。现在她整个家庭尤其是她姐姐姐夫俩异常的积极乐观。她忽然消极、疲惫。赵盛现在身上的闪闪金光和初来乍到时候的灰头土脸已经不可同日而语。但是她更爱赵盛那时的灰头土脸，疑惑他现在的闪闪金光。她敏感到，现在这金光悄悄转移了某些珍贵的东西，悄悄地丢失了他原来北方汉子的纯朴和简单，正在悄悄遮蔽和侵蚀他们之间的情分。真的是男人有钱就变坏？但家人尤其是姐姐姐夫越来越把他视作掌上明珠。她很惘然。

她和所有单纯的女孩子一样，一旦痴迷便陷入深深。满世界全是灿烂的阳光，全是美满和幸福。一阵轻风而过，带来一片云的阴影，别的女孩子或许会为此黯然落泪，她们会惋惜缺损一角的美满渐离渐远，然而她不会。小时候，吃饭时跌破一只饭碗她会痴痴地凝思，这只碗可不可以重新弥缝？她深信既然风能带来云的阴影，同样会有风来把那朵云影吹散。

但是现在，她有点恨自己的那种单纯。

她曾经潜心地研究事物的两面性。当有时候怕来事儿就来事儿，事物的两面性真的悄然而至。她寄希望于哲人说的超现实的话，在他们逼人糊涂的辩证法则之中寻找自己情感的位置。她寄希望于时间。人说时间和空间是伟大的情感调和剂，可以把丑陋变得美好。同样，时间一样会把美好变得丑陋。她在这哲学的旋涡里寻找失去的快乐和幸福。

一晃儿子杨赵十个多月了。虎头虎脑的小男孩儿，两只眼睛炯炯有神。孩子断奶了，就要筹划寻找托儿所了。

一天中午，赵盛打来电话，中午他要赶到妇保院来吃饭。杨暗一阵兴奋，放下电话，直奔院外超市买了一瓶白酒，到江南风味馆炒了三盒菜，两手虔诚地拎到房间里。赵盛风风火火赶到，一脸的阴云，一下子冲散了她营造了半天的温馨。他屁股没坐下凳子就拧开了酒瓶盖，咕嘟咕嘟对瓶吹了小半瓶。

"说吧，孩子还要不要母爱？这样依靠奶粉，真想得出来！"

放下酒瓶，赵盛就这样嚷起来。杨暗吃惊得望着他说，不是大家商量好的吗？孩子断奶都断一星期了，今天怎么提起这事儿？！

我改变主意了！我是孩子爸爸，是你丈夫，有权决定这件事！

你？你不是拿儿子开玩笑吗！

不给奶吃才拿儿子开玩笑呢！你今天就要回去。

赵盛！他可断了一星期的奶！

我不管！

你是不是学医的！

我不管！我问你，是谁教你们这些女人这么自私，为了自己保养身材，连一个女人的母性都不要了，太不像话了！

你说的那是别的女人，他们医院的张梅孩子一生下就给他断奶。我可奶了儿子十个月。再说，断奶之前和你商量好的，为了方便妇保院上班！你一个男子汉怎么出尔反尔！

中饭吃得不欢而散。赵盛发了一通脾气，可并没有强拉杨喑回去给儿子续奶。

这样的不欢而散已经不是第一次。

到了休息天，杨喑打电话到家里，说自己加班。她不加班，就那么在房间里躺着。赵盛知道杨喑脾气，也没来打搅她。

日子在沉闷的脚步中渐去渐远，渐远……

一天食堂吃饭，杨喑端着菜饭路过一张饭桌。饭桌围着三五个女医生护士，大家边吃饭，边不停地念叨张梅的名字。她愣了一下，就问，是柳桥医院张梅吗？大家面面相觑了一下，看见是杨喑，便埋头吃饭，都不往下说了。几个人吃完了，缄默地散开了。杨喑感到蹊跷。她又问张梅怎么啦？一个大眼睛的小护士被她盯得发慌，小护士左右斜一眼，压低声音说，她老公打她呢，说是扒光了衣服用香烟烫。她急问为啥。小护士不说话了。

杨喑有事无事爱找大眼睛小护士闲聊。那段日子天气恶劣，老是刮台风。五号台风刚刚过去，暴风雨冲击的满地狼藉还没有清理，六号台风警报又到了。电视里气象预报员忠告观众，六号台风风力超过五号，最大风力有十级。杨喑见小护士两眼老是注视窗外，山雨欲来风满楼那种台风前夜的氛围。小护士一肚子的张梅故事，她几乎可以称之为"张梅专家"。一天中午，护士长悄悄把那小护士训了一通，小护士不再谈张梅，"张梅"突然在她口中消失。杨喑不便细问。那张梅似乎越来越远，越来越秘不可测。

七

歌厅里赵盛突然哈哈大笑。直笑得杨喑从回忆中回到现实，吃惊地站起身来，一步步走到赵盛身边。

回家！

赵盛从杨暗手上接过外套，向歌厅外面走去。刚出门，兜头一股街风袭来，不由激灵打个寒噤。杨暗望了望街灯上空，感觉中黑云浩浩荡荡，知道新的台风此时就要来了。

亲爱的，你慢慢飞，小心前面带刺的玫瑰……

赵盛的手机突然唱起来。这下似乎猝不及防，赵盛几乎撞到电线杆上。他窸窸窣窣从口袋里摸着手机，感情那是一只会滑的泥鳅，他摸了半天，直到唱歌彩铃声熄灭，他才艰难地从口袋里掏出来。杨暗凑上去看了一眼未接电话，正是刚才她暗暗心记的手机号。

"你打回去。"杨暗建议。

"哦。"赵盛应着，但见他在手机上揿一下，说，"妈的，又没电了。"

杨暗一愣。刚才还电满满的，现在就没电？不会！

杨暗一夜无眠。外面台风的前锋已经在呼啸。身旁赵盛辗转反侧，终无安宁。她不想用"觉察"这个词来总结这一天来所敏感到的异常。但她可以断定她杨暗遇上了前所未有的麻烦。她不想用打破夜的安静惊扰邻居。赵盛是她从千里迢迢的北国伉俪回乡，曾有些素爱管闲事的人早就关注这南北姻缘的合辙情况，她都避而不答。她不能让人家笑话。

人的地位是在不停地变化着。赵盛做了医药代表，姐夫钱江突然买了小轿车，姐姐杨唱那张脸越来越灿烂。有时候杨暗和赵盛一起到姐姐家去，姐姐杨唱给赵盛倒茶递烟，忙得不亦乐乎，一直把杨暗干晾着，没人问她要不要喝茶。

对于家庭地位的改变，杨暗从不会去计较，相反，偶尔她会因此而感到幸福。她的老公终于得到家人的承认。

但是，紧接着来的就是赵盛变得神秘莫测。一个个来历不明又神秘的电话，让她疑神疑鬼。为了打开心中纠结的那个谜团，那天上午她休息，急匆匆地向移动公司奔去。

那天，赵盛在公司正在为各个医院的头头和医生们打款——把应该给他们的回扣打到他们的账号上。突然手机呼叫了。

"亲爱的，你慢慢飞，小心前面带刺的……"

杨暗打来的。"喂！"他挺柔声地应着对方。

"你上午回家来一趟！"杨暗的声音很低，而且还夹杂着颤抖。

"有事吗？"

"没事。"

"我下午下了班再回，现在还挺忙。"

"无论如何忙，也要放一放，现在马上回来！"杨暗猛地提高声音喊道。

"你在干什么？"赵盛已预感到不祥，"到底有没有事嘛？"

"你回来就知道了！"

"你先说一下，我回来。"

"我问你，139……这个手机号码是谁的？"

赵盛头上嗡得一下，几乎晕过去。但他还坚持着说，"我不知道。"

赵盛！别装了，你的手机清单我都拉出来了！你快回来看吧，平均每天二十多个电话和信息你会不知道？我等着你回来！杨暗几乎是吼叫。

赵盛头上再次嗡了一下。

他火速上了车，向柳桥医院奔去。东窗事发，他必须第一时间从张梅那儿领取寄存那儿的一只公文包。一本日记里记录了很多院长拿他回扣的款项。这是他战胜钱江和杨家人的尚方宝剑，他凭这个可以及时建立一个统一战线，抵御那娇小的杨暗来势凶猛的问责。

赵盛焦头烂额地在柳桥医院跑着，迎面碰上徐院长的儿子——张梅的老公徐斌大踏步走来，冲着他板着脸，挑衅的口吻说：

"公安局里有人叫我转告你，快去把你的身份证取出来！"

赵盛突然停住脚步，两眼直直地盯着徐斌看。这小子！那天晚上，他和张梅开宾馆房间，被查房，身份证被扣了。这事儿被徐斌知道了？看着看着，赵盛突然吼道：我的身份证关你屁事！要你他妈的多管闲事！

徐斌一个箭步冲过来，一巴掌扇过去，扇在挡过来的拳头上。徐斌又一个长拳出击，赵盛避开锋芒，揪住了徐斌的右肩，猛地一推，徐斌跌倒在木板检查床上。徐斌翻身跃进，直扑过去，抓掉了赵盛的小圆眼镜，赵盛一下子两手忙乱没有了方向，不防，脸上重重地挨了数拳，被打得鼻青脸肿。

徐斌和那个姓赵的药老鼠打架了！院子里有人喊。

走廊上有人奔跑。有人把徐斌拉到一旁，有人把赵盛扶着。

刚刚下车的徐院长听到外面的大呼小叫，"嘭"的一声关上办公室门，怒气冲冲地倒在沙发上。但挡不住传来徐斌的咆哮声和赵盛的怒吼声。还夹杂着一些人的劝慰声。望着赵盛医药公司赞助买的轿车，徐院长重重地耷拉下了脑袋。

八

杨暗边走边哭着给姐姐打电话，她现在一肚子委屈无处述说，她希望姐姐理解她，帮助她。她现在明白了，那个来自河北的男同学不是好东西。他一直在和柳桥医院的张梅在鬼混。

姐姐听了她的哭述，好半天没说话。

姐，你倒是说话啊！我真的受不了了！

姐姐柔声劝慰说，杨喑，你要冷静。赵盛现在是挣大钱的人。不要计较这些鸡毛蒜皮。

杨喑有些哽咽，泣不成声了。

杨唱声音大了，说：杨喑，你千万别不懂事儿！这个时候，不光你姐夫，还有他的一大圈朋友的命把子，都掌握在那个赵盛手里的。他要把药厂回扣的事曝了光，你姐夫要坐牢的！这点小事，你就忍一忍吧。在大是大非面前，什么儿女情长，你都要给我忍下去！

姐姐……我心痛……

住口！说你不懂事，你真的不懂事！你怎么永远像个长不大的孩子！当初，叫你不要带他回来你偏要带他回来！现在，落了这番汤饭，你还为那些鸡毛蒜皮的事哭鼻子！那天晚上你们俩来我家吃饭，赵盛和你姐夫谈，药品和器械的回扣又在成倍地增加。听着，为了你姐夫，为了那一帮院长和医生，为了我们这个家，你一定要给我忍住！

杨喑走到一处墙角，在一块石头上瘫软地蹲下去。突然看见西墙角落一小块土壤上樟树的缝隙里生长了几棵向日葵。纤弱，细瘦，枯萎，孤苦伶仃。台风中花叶凋零，摇摇欲坠。

她看看自己。她不就是那向日葵吗？

……

芦花正白

今天怎么这么白？湖水苍凉得发白，芦花连片的白，心里，好像特空白……

我摸了摸额头，凉的。肯定不再发烧。昨夜月光下的窗户里，一角钱的安乃近片发了我两身汗。那暗角里惨淡的余晖中，汗透一身轻，感觉特爽。脱去泥泞的衣裤，草草洗了洗，睡前还看了看鱼篓里的乌龟。

湖堤芦花正白。湖面的风提醒我，虚着呢，一阵一阵内紧。脱去衣裤，兜头袭来一阵凛冽的寒风。我赶快穿上厚厚的皮裤。人活着，冷归冷，该干的还是得干。看一眼发白的湖面，那些摇曳的芦花提示我，得少干一会儿。见好就收。中秋节嘛。背上电鱼机的一瞬间，芦花林里忽地惊飞一只水鸟，唧！——一声怪叫，我周身打了个寒战。尽管时常在各个湖塘会遇见这种惊动，可今天水鸟的声音好不凄厉！

没事。我静静神。感冒嘛，虚呢。

芦花正白

我踩断了一丛芦花，把它们跨在皮裤的裆下，下了水。湖水很快沉没膝盖。我沿着水面看不见记忆中的一条泥埂走。皮裤连着的靴子有点滑。记忆里泥埂有一米宽，前几年人家承包鱼塘筑的埂，两边下面是深潭。挖土机深挖的。我眼睛盯着湖中一座大土堆上一棵褪色的柳树，秋意正浓，风中有气无力地摆动。对准它，方向错不了。

像我这样挎着电鱼机在深水里探索着走，还是第一次。捕鱼固然重要，可我不想死。今天一早，七十岁的父母双双走到医院里，等着下午我去交医药费结账。儿子癫痫病，前天一个跟头栽破了头，他只会嚎叫，我背他到卫生站，血染红了他，又染红了我。他一声接一声要我放下他。我求着他别嚷嚷。明年就二十岁了，还不会数二十个数，只会扳他十个手指头。他吃药，治疗癫痫的药，半瓶半瓶吃，你不抢快点，那三百元钱一瓶的药，他两餐就整没了。我这一米八的人个子背不动一日三餐九碗饭的他，可是三天两头要背他。他头上从来就没有真正解开过白色的绷带，旧伤刚好，新伤再来。妻子已经习惯了不哭。但是她提出一个新要求，要我和她再重新生一个孩子。我同意了。另一个孩子刚会叫爸。今天是中秋节。妻子抱着小的去娘家了。中午三两酒，抵抗着感冒的虚弱和秋凉。村邻叫我打麻将，我摇头笑笑，不是没钱。是既没有钱，又是大儿子头顶着绷带摇晃在秋风里，不知什么时候又会突然嘭地倒下。今天他不知从哪儿弄来几枝芦花插在绷带上，走一步颤一步，还有父母在医院等我去结账，药费三百元。他们说结完账就回家，晚上全家过中秋。昨夜在十里外的一条小溪电鱼，捉了那个乌龟，今天一大早去市场卖了两百元钱，还差一百元。晚上全家过中秋，估计买菜买月饼还要五六十。我对村邻笑笑，意思是不打麻将，我要背上电鱼机去电鱼。

地方早就想好了——草湖滩。

草湖滩原来是人家承包养鱼的。当时挖土机、推土机搞得轰轰烈烈。湖底经过整修改造，足有1000亩大小方圆。承包人是一个什么官员，刚开始灌水放养的时候，声势浩大，电视台还拍了节目。但人算拗不过天算。每逢雨季，这草湖滩就要被两边山区的洪涝水漫金滩。人家年年亏，不想干了。听说那官员为了钱的事"进去"了。这草湖滩就成了没人要的荒湖。几年下来，湖堤坍塌了，湖面四处丛生着连片的芦苇，一直是电鱼机的天堂。我从来没去过。一是挖土机挖得湖底地形复杂，会有危险；一是听人说过，原来这草湖滩没有经过那官员的机械化平整，天然里还有几条鱼，后来不怎么见到鱼。何况我有我的地盘。我喜欢在小溪和涧沟里搞真正的野货。

但这两天修路，那些小溪被拦腰筑坝，断了流；涧沟也被开发区碾成了厂区。我决定到草湖滩来试试。

圆锅一般的芦苇荡里看得见水底倒映的芦花。水很清澈。不行不行。皮裤咔咔作响，像水牛一般踩着芦苇。水至清则无鱼。我从皮裤里掏出一支烟，点燃，吐着烟雾。抬头看见左边有一座小岛一般的大土堆，绕过土堆，那边有个小湖。据说那是草湖滩的绿洲，有鱼。

电鱼机沉默着。它好像在想着很不吉祥的心思。今天下午能不能派上用场，难说。

水里探索着走，突然手机响起。看到父母的号码，心里一惊。赶快接了。

军子，早点来！

我叫军子。愣了一下，拨开一丛芦苇，说，我出来了。

你过节就别出去了。早点来，早点回。河坡下那棵杨树死了，长满了蘑菇子，我们早点回，把它摘了。要多泡一会儿才能吃。早点来。

嗯嗯。我答应着。还好，没有其他意外情况。等到了那边小湖后，只要捞到一百多元钱的鱼，马上早点回去。那蘑菇子我吃过，不好好泡泡，里面含着泥沙的。

刚到小湖，我再次吓了一跳。芦花丛中，再次遭遇了那只怪叫的水鸟，唧——一声凄厉叫得肉紧，飞了。它在天际飞了一条细细的黑线，好像还回头望了一眼。

我止住脚步。看着那水鸟翻越一排柳树林，不见了。

小湖芦苇荡的水有些浑浊。但浑得不正常。黄中带白，仿佛淡淡的淘米水，不像有鱼。我折了一根芦苇，塞进嘴里嚼着，想心思。回头看看放衣裤的地方，在那灰白色的天际下，已经很远。隔了好几座土堆和几道湖滩。小时候常来这儿的，半夜还来叉过鱼，那时鱼真的很多，整个村子里的乡亲都吃过这里的鱼。从来没见过这样的淘米水。好像肥沃的塘底被谁刮干净一般。

我翘首望望刚刚水鸟飞过的那排密密的柳树林，好像有淡淡的水泽。那是最后一个机会。

我忽然停住脚。前天晚上一个梦吓住了我。我梦见那官员因为腐败东窗事发，被捕的前夜逃到这里，就在那排柳树林里，扔了个什么匣子。

我犹豫了。过不过去？当初挖土机在那边挖了很多复杂的水沟。水面上静静地漂浮着芦苇秆、叶、芦花。我已经咬断五根芦苇。

这么多年我都没想过到这儿来电鱼。那个梦，昨天想了一天。

皮裤踏着齐膝盖的水，哗哗，走着。

整个原野很安静。这是唯一的声音。

中秋节的草湖滩，分外寒白……

……

我可能没有走到那片水泽。后来发生的事我是不可能知道的。人们的手机和我无法联系，又在草湖滩岸上看见我的衣裤，才知道大事不妙！

冥冥中有谁悄悄告诉我，从那一刻，我消失在湖面。妻子带人来打捞我，一直捞到天黑，才把我捞回去。

父母在堂前相互搀扶着哭。大儿子头顶白色绷带，惊奇地看着爷爷奶奶。更好奇地看着我，叫我，我没理他。我怎么两只手那么僵硬地向前半举着！以前都是反剪过去背着他的。他看着看着，忽然跪在地上，哭了。他不会数十个数，但是这时他知道，他爸没了。

他拔下绷带上的芦花，插在我头上。

大堤和草湖滩，芦花正白……

算　账

　　天上飘着小雪，大气层里虽有些乱纷纷，但处处闪烁着亮晶晶。这天气，从小区走出去，找一家小火锅店，烫一壶黄酒，好好咪咪。一天到晚坐在沙发上看电视，看日美联合军演，看某某社区一些没有工作的大学生志愿者为一些孤寡老人送温暖、送钱、送衣物，觉得这个世界就这样，有好事，也有坏事儿。坏也不会坏到底，他们都有脑子，不敢走进死胡同；好却是经常好出花样。现在有人提出诸如裸捐、裸聘之举，但难免飞短流长，愈谈愈新鲜了。

　　在街上一头遇见一个小美眉。她刚路过一家浴室门口，也要到火锅店去买饭吃。

　　是她？

　　我兴高采烈，赶快请她吃饭。几年不见的高中女同学，当初在学校虽不是校花，可给我的印象那是极深。她成绩很优秀，按时间推算，她现在应该大学毕业走上工作岗位了。看她时髦的装束，窈窕的身段，粉红的脸蛋儿，那都不是我这个出租车车夫所同日而语的。她很大方，满口应承，和我一起走进火锅店，就坐在我对面，也喝酒。我兴奋。今天看谁敢跟我比风光！谁有这么一个漂亮且高素质的女酒伴！而且我们是小包厢，温馨得颇有烛光晚餐的味道！

为了显摆，我几次站起身来把包厢门开得大大的。可是，我忽然意识到，刚刚有意开大的门，都是她在我不经意的时候，把门给带上了。哦，她还是十分纯洁的女孩子，怕单位的同事看见跟一个男的单独吃饭，被人误会。应该的应该的，我也会善解人意。于是我再也不去打开那扇门。

我们推杯换盏，畅谈。她原来没有上大学，有工作了。我不停地表扬她。人家都是工作难找，可像她这样的不论身材和长相，走哪还不是香喷喷的。看样子她还有些腼腆，提起工作总是低垂下头，很低调地笑笑。她也问我一些事儿。嗨！我可怎么说我自己好呢？一向虚荣的我总不能实话实说，说我是车夫，让这么漂亮且有身份的女同学看轻吧？于是，我心花怒放并趾高气扬一边豪饮，一边说我是出租车公司经理，空闲的时候也自己开车。至今未婚。说未婚时，我特留意看她表情。可她很麻木，不理这一套。我想询问她的婚姻情况。可是想到人家身份和我不般配，问也白问，就三缄其口。于是我滔滔不绝地大吹大擂，用我的妙语把自己镀成了一个金人。反正今天酒后就要告别，这一别还不知道啥时候重逢。在美女面前，不能掉价，能风光几分钟是几分钟。

她真的混得非同一般，手机一直响个不停。她一个个温情脉脉地回应。她真的太女性，娇滴滴的，每回一个电话，总是抿嘴媚笑，好像对方就坐在对面。其实别人谁也看不到，这些媚笑全部奉献给了我，我简直有些把持不住了。"哎！好，好！……就来，就来！……别急啊，今天见了一个朋友……"

算　账

　　她酒有些多了。她说着说着哭了。

　　其中有一个电话让她不能接受。可能那边话重了，责备了她。她挂了手机，跟我说，这个单位她不能再待下去。我也来火了，想代她骂那个人几句。每个人都有作息时间。现在是晚上，休息时间。一个人连她的人身自由都没有了吗？可是她不同意，不让骂。我弄糊涂了。我想，她晚上真要是加班的话，我们就此打住，不能再喝了。不能影响她工作。既然那边领导对她出来喝酒有怨言了，就到此为止吧。

　　不行！她发脾气了，说：今天我们就喝，还喝！说啥我也不想干了！

　　我看她真醉了，敷衍了几句，就要送她去单位上班。

　　她囔地站起身来：今晚就去和老板算账，拿钱走人！

　　老板？听到这个称呼，我恍惚了一下。

　　她醉得不行，拉住我，要我去和老板一起对账。嗯。我答应她。酒壮怂人胆，我觉得我是应该去。不管那边是什么单位，可也不能欺负我女同学啊！什么破老板！这个时候我不挺身而出谁给她出头！

　　路过刚才遇见她那家浴室门口，她拉住我直直地上楼。

　　哎，哎，我有些着急了。天哪！男女有别，我怎么能和她一起进浴室呢？这未免太有点……引人注目了。

　　上了楼，她直冲到了吧台前，冲那个胖老板娘囔道：把账算给我好了！我不再做下去了！

　　胖老板娘斜着白眼看她。又斜了我一眼，叹了一口气。慢慢拿出计算机，嘀嘀嘀地加账。

　　我被弄糊涂了，傻立着。

　　一个五十多岁的男人刚从里面出来，一边走一边穿衣服。陪他出来还有一个浓妆艳抹的女人。那女人走向吧台，对胖老板娘嘀咕，大概是说要那男的付多少钱。

那男人一眼看见她，责怪说：你呀，生意都不做了，找你你不在，让这么个女人陪我，玩得真扫兴！

她从老板娘手里拿了一刀钱，啥也不说，拉着我就走。

我慌了，我用力地抛开了她的手。

这是怎么回事啊？我回头对那胖女人看一眼。

那胖女人鼻子"哼"了一声，眼睛看着天花板，说：你说这人啦，你说什么叫良心！现在有钱了就抖了，风光了，过河拆桥了！要想想你父亲治病没钱，来求我，想想跟我借钱，想想要到我这儿来挣钱的时候！

我的酒也吓醒了，慢慢向楼梯溜去。天哪！

我溜下楼梯，一个劲儿地跑……身后的雪地里，她好像喊了一嗓子。可我，唯有落荒而逃……

生命无题

村里的杨老汉，年轻的时候是个"生产"大户。老婆八年时间里一口气生了五个女儿。

生儿育女原本是喜庆事。可这第五个女儿呱呱坠地，问题来了。

昏暗的煤油灯下，看着脚盆里一团血糊糊的会哭会动的肉疙瘩，老杨双手捧着头，欲哭无泪，欲语还休，蹲在那里的影子像一头迷失方向懊恼得不知所措的黑熊。

他女人在浓重血腥气味的床上蠕动着，叹气。她心里明镜似的，她费了九牛二虎之力，十月怀胎，给老杨又生了个难以启口的东西。前面四个女儿下地时老杨的神情反应，使她明白自己作为一个生孩子的女人，这一次又错了——又一次让丈夫失望。

煤油灯闪烁着，快没油了。他女人吸足了一口气，嗫嚅说：你把她扔到马桶里，盖上盖子……我们还可以接着生的……

老杨慢慢抬起头来。他看着女人苍白的脸，有气无力说，别急，离天亮还早呢。

屋子里所有的黑影用力地晃动一阵。煤油灯彻底干涸了，屋子里一团漆黑。

老杨站起身来。

他摸到了门的位置，开了门，走进满天星斗下的院子里。

满天星斗在这黑暗的夜空里格外明亮。他披了件夹袄，不停地踱步。他每一步都在计算着他的祖宗八辈和他的子孙后代。……他爷爷单传了他爸爸，他爸爸单传了他。他从青春婚姻的时候就雄心勃勃地立志，一定要打个翻身仗，彻底打破世代单传的梦魇，恢复几百年前老杨家七郎八虎闯幽州的雄风。他女人的肚子第一次挺起来的时候，他那年轻的好奇和兴奋让他整整九个月在床上鲤鱼打挺，焦虑期盼，只差不能伸手进去掏出来。女孩子呱呱坠地，他只是微微一愣。那时真的无所谓。他还可以继续鲤鱼打挺的。第二个女儿下地，他还是淡然一笑。可他也分明地觉察到某些亲友的淡然一笑。第三个女儿下地，女人一边田里割稻一边说肚子疼，等他割着稻追上女人，女人已经坐在一把稻草上，手里抱着个血糊东西。她没有抬头，嘀咕说"一样的"。这时候，他开始有些慌乱。首先是汗流浃背。接着是唉声叹气。在女人的肚子第四次隆起来之前，他走亲访友，抽签问卦，终于他选择了一个黄道吉时，摆正了自己鲤鱼打挺的姿势，又给老婆弄了些带雄性的食物，那是上下结合两路夹攻，要毕其功于一役。当漫长的九个月过去，他有生以来那种非凡的期待展现出来，他几乎不敢相信自己的眼睛。他心里猛跳了一下：完了！两个字在他脑海轰隆一响，期待的大厦崩溃了。接下来，他开始麻木。生吧，生啥都是生。反正要生，反正必须要生。于是，今晚这第五个女儿就顺其自然呱呱坠地了。

女人肚子隐隐作痛的时候，她把马桶拎回家，放在角落里，打开了盖子。夫妻俩不约而同，早就一颗红心两手准备了。

黑夜和产妇的呻吟焦急地等待着老杨进屋去处理情况。天上一颗流星霎地划过，一瞬间消失在茫茫宇宙之中。

老杨站定了三分钟。他急急地奔进黑暗的屋子，从一只柜子里掏出一件打满补丁的衣服，把脚盆里快要哭不出声的孩子包起来。在窸窸窣窣的声响里，他女人一声不吭地在听。孩子塞进了被窝。老杨叹了一口气，说，她也是一条命。正是因为她没地可去，才投胎到我家。我们再不要她，她只有死——还是养着吧。

这第五个女孩子奇迹般的在老杨家哭到第二天。

第二天的黑夜再次袭来。老杨家房屋的灯光添了油，再次闪烁。

沉闷了一天的老杨，和女人没有多说话。他再次站在夜色中的院子里。只是怀里多了个孩子。

他抱着孩子在院子里来回踱步。

星斗再次满天。老杨顺手带上篱笆门，抱着女孩儿向十里外的镇街走去。

田间小道弯弯曲曲，两边草丛中蟋蟀发出凄凉的嘶鸣。

街上的路灯闪啊闪，也像煤油灯油汁耗尽一般。

老杨鬼鬼祟祟地溜进了医院的大院子。

老杨蹲在一棵梧桐树下。他那像贼一般的眼睛一直盯着值班室。

值班室里一个穿白衣的护士一直低着头，聚精会神地打毛衣。

黑夜在慢慢流逝。护士却是不停地打毛衣。老杨想：奇怪！她就不会上厕所？可是那护士就是不上厕所。

这一刻，老杨自认这是他平生以来最运气的一刻——孩子睡着了，没哭。

坚强的护士依然没有上厕所。老杨憋不住了。他站起身来，自己去寻找厕所。他想：这么大的医院，一定会有病人或者医生护士上厕所……

第二天一早，医院的病房里、走廊上、值班室，到处传递着那个满是补丁包裹的小女孩。小女孩哭闹着，大人们却是惊奇地笑闹着。一个近五十岁的中年妇女笑呵呵地买来喜糖散发着，笑呵呵地抱着小女孩和医生护士病友告别，笑呵呵地和男人回家……

三十年后，这个小女孩早已长大成人。她辗转到了这家医院。她已经在一家医学院毕业，成为一个妇产科医生。新闻多次报道她，《生命无题》，接生两千例新生命无意外……

木槿花之墙

南石村勤快，二五户人家那么个小村，把十几把铁镐磨成了绣花针，硬是把方圆三里多地的小山丘当作一只大南瓜剥了层皮，在石头缝和石头堆之间插桑种树，把那个石头山变成了绿洲。勤劳致富，于是，石头堆旁高耸起一座座楼房；于是，男大当婚女大当嫁，绿树林里的石头堆上，就演绎着诸多花前月下的故事。

桑小虎要结婚了，可明天结婚今天那女人肚子出事儿了，生了个女儿。前来喝喜酒的亲友第二天一道送月子礼。亲友们纷纷说这是好事儿，这叫双喜临门！

柳风清可就没那么运气，明天要结婚了，今天那女人出了车祸死了。

有运气的人放屁能打着火。桑小虎喜运、财运、手运，一路亨通。那年春节还没到，冬天刚下了头场雪，他已经赌赢了二十多万，一打一打的真票子！房子有了，老婆有了，这钱干啥好呢？买了辆小车。

他喜欢喝酒，不敢开车。他请了个风华正茂可也喜欢钻赌场的女青年给开车。

可说起来也怪，自从有了这辆车，风水轮流转，他家就开始背运，噩梦更半夜不期而至。不是桑小虎做噩梦，就是他女人。

他老婆叫木槿。她从此看不见桑小虎身影，可总是鸡叫头遍的时候，某某某打来电话，说她家一个名叫桑小虎的在宾馆被查房，说桑小虎因赌博被拘留……

木槿啥也说不出来，她以泪洗面，拿钱赎人。家丑不可外扬，为了她和女儿吃饱穿暖，为女儿读书，她日出而作，日落而息，天天背着锄头去那片绿洲刨地。

要倒霉的人喝凉水也硌牙。村里的柳风清还没到洞房花烛夜就葬送了婚姻，人家都说他命硬，克女人，从此没人敢嫁给他。从此他就开始消沉，整天灰溜溜的，见了人也不多言不多语。唯一和他朝夕相伴的是那把锄头。他天天背着锄头去那片绿洲刨地。

柳风清的地和木槿的地紧挨着。地界只是一条六寸宽的小沟。

两个倒霉的一男一女，整天刨着地。春风掀起他们的衣角；夏雨追逐着他们快跑；秋收忙碌得他们晕头转向；冬雪覆盖了他们的土地，等待明年开春的锄头。

可他们都在默默地耕地，一年四季，很少说一句话。

那年初夏，天很蓝，可地里的麦黄了。木槿拿绳子捆麦捆，眼前一黑，一头栽倒在地。柳风清飞快地跳过那道沟，先扶起木槿，没喊没叫，看她眼睛还在眨，就轻轻地放地上。又不声不响，把她的麦子捆好，给挑到她家。放下担子就又回到地里。

那年夏天，木槿背着喷雾器除草，腿一软，人倒了。柳风清跑过来把木槿抱到树荫下，背起喷雾器帮她喷。

不防地头走来了一个人影——蓬头垢面的桑小虎站在了面前。

桑小虎的车没了，衣衫也陈旧凌乱。脸上还有几道伤痕。他直目愣愣地看看好久不见的木槿，又直勾勾地看看一直没娶老婆现在又跑过地界的柳风清。他好一阵疑惑，咬了咬牙，跑到树荫下劈头给女人一个耳光。他抄起一根扁担，打柳风清。柳风清想说话，可那飞舞的扁担不允许说话。他只有逃，逃着逃着，逃到木槿家门口。木槿家的两条狗被惊动。它们东张西望，一时弄不清它们该如何出击，该帮谁。

那年春天，柳风清从野外剪来一捆木槿。木槿也从野外剪来一捆木槿。两人不期而遇。但两人不约而同，一个在那头，一个在这头，蹲下身子就在那条小沟里插木槿。

于是，那条小沟消失，两块地中间起了一道木槿墙。

木槿墙只能隔开两块地。可是不能让木槿这个女人的腿不软，眼不黑，她那天挑豆捆还是倒下了。

柳风清还是跨过墙，帮她把豆捆挑到她家。

今天木槿开口说话了，死活留柳风清在家吃饭。柳风清从来没有吃过和他同龄女人做的饭，吃得真香，把什么都忘了。

外面的狗狂叫起来，肯定是来人了。木槿出门一看，两条狗拼命地又咬又跳。它们死活拦住刚回家的桑小虎，坚决不让他进这个家门。

回 乡 行

　　小汽车下了高速，开始了舒缓而弯绕的乡村公路。窗外的小河小桥，茂林里的村庄，弥漫开浓郁的亲昵气息。世界跳过了历史的断片，把记忆深处的生活画面推到我的眼前。我回到久别的家乡了。

　　我抑制住内心里小兔般撞动的激情，用年轮的素描在脸上刻画出一派肃穆。静寂的车厢由空调维持着，竭力把我的心跳调整到平静的频率。

　　小汽车徐徐打弯，往左，那片细竹林里有我呱呱坠地、岁岁成长的故居，白鬓苍苍老父亲依然健在。往右，百亩塘杨柳大堤尽头三间小楼是我的恩师——严老师的家。妻子把着方向盘望着我请我示下。往右！我说。这次回乡是因为听说严老师病重的消息而赶回。

　　小汽车拐上杨柳大堤。

　　嘎——啦啦啦啦……汽车被鸭群挡住了去路。

回 乡 行

百亩塘里飘满的白鸭正如绿茵茵草原上如云般的羊群，此时正成群结队地翻越大堤前往青龙漾那片拖拉机正在耕耘的农田里。小汽车在杨柳的树荫里停了下来。鸭群高扬着三齐五短的脖子嘎嘎叫着，扑展着久敛铩羽的翅膀撒欢，从百亩塘到大堤再到青龙漾连成一片，甚为壮观。妻子焦躁地鸣着喇叭，但被喧嚣的鸭叫声所淹没。

妻望着我说，要不先调头去看看爸爸？

她惊异地望着我。我一声不吭。我的眼镜片透过窗玻璃注视着鸭群。蓝天、白云、杨柳树、白鸭，所有这一切眼前晃着、晃着，一时我陷入沉思。

蓝天、白云、杨柳树、白鸭……

脑幕飞快地倒片，历史回溯到三十年前。

十三岁那年，我丢下书包弃学，爸爸递给我一根竹竿。他一肚子怨怒地吼叫着：不读书，不读书就尝尝苦头！放鸭子！春上先放二十只，下秋就放五十只。给我看好了，跑丢了，打瘸了，饿瘦了，我他妈的像你伺候鸭子一样伺候你！

我精神抖擞地竖起竹竿，像高举一面冲锋陷阵的旗帜。放鸭就放鸭，就是不读那晕死人的书！小小的黄绒毛的二十只鸭，这要比学校里老师发下来的课本本轻松多啦！

我在竹竿头上吊一把破蒲扇摇来晃去的赶着鸭。我的两脚太委屈，和鸭子一块儿走根本拉不开步。我动不动踢着小鸭屁股。小鸭打滚的技术真令人叫座，白肚一仰黄掌直拨直拨，翻身滚起来撒开丫子便跑。这比读书实在快乐欢畅，有趣！

眼看着我的二十只鸭脱掉了黄褂穿上了白衣赤膊褂，鸭大心野了，不听使唤。常常招惹我发脾气。小竹竿换了长竹篙，小蒲扇换了大蒲扇。我有时像踢足球一样踢着开小差的鸭，可它爬起来还是邪着跑不归队。遇上夏季高温如火的日子，大路晒得滚烫，那鸭群简直像电影里前方溃下阵来的逃兵一般一只只落荒而窜，钻草窝，钻灌木丛，呼的一声飞下河去，七零八散，鸭哥在河里叫，鸭弟在丛林里嘎，你就光杆司令执着竹竿蹲在滚烫的路上哭吧。

陈小牛看着我哭老是笑。我越哭得响，他越笑得欢。

我噙着眼泪瞅着他的鸭群浩浩荡荡前后齐整地在河里漂着走，眼馋死了。他是我邻居，大我两岁。从小不读书，侍弄鸭五六年了。爷爷在我家房前种了两棵桃树，六月桃有馒头大，陈小牛逢夜常来偷吃，爷爷已经拎了他几次耳朵。我眨巴眨巴眼皮想出一条妙计。

我用一只小布包裹包了几只六月桃。当鸭子下了水田追逐在老水牛身后扑啦啦抢食的时候，我慢慢凑到手挂着竹竿脚在田洞里捅黄鳝的陈小牛面前，呱唧呱唧啃我的桃子。他停住脚，黄鳝不再有吸引力，两眼盯着我的小布袋。我故意不对他看。他终于忍不住走过来咽着口水跟我说话。

"你赶鸭子别在中午太阳下赶，那路面烫脚。"他说。口水吞了又吞。

我嗯着，还是不睬他。他又说，明天放鸭跟我一块儿到十亩塘去，那塘里蝌蚪多。

放鸭一般是不结伴的。因为鸭群混杂难分，有时候会闹得吵架。

我扔给他一只桃子。他猴样儿去接，没接着，跌入水田沟里。他飞快地一爪抓起，哗哗在水田里荡荡泥浆，屁股上连擦两下，抱着就啃。啃得欢时，走到我面前说，放鸭子跟我一道走，哪片田都敢放。告诉你，百亩塘那边青龙漾水田你可别去，对门湾儿的元义霸田，去了他要打你的鸭子。

我惊愕地睁大眼睛。没想到我这桃子反倒换来这般惊吓。对

回 乡 行

门湾儿——是个小村子，严老师家住宅那个村，和我们村隔着大堤对门相望。那个叫元义的后生就在严老师隔壁，也是从没读过书，和陈小牛同年岁。他是这前后几个村子里放鸭儿童的霸王，陈小牛怕他。

我们这块田畈主要有青龙漾、白虎漾、百亩塘三大块。百亩塘居中把青龙漾、白虎漾分开。青龙漾和白虎漾很大，五六百亩；百亩塘就小多了，只有一百多亩水田。对门湾儿的元义放鸭七八年，一群鸭两三百只，从黄绒毛到大白褂一直在青龙漾吃喝拉撒，从不出境。他也不允许其他儿童的鸭群赶到青龙漾，一是怕抢地盘；二是怕混杂搞错丢鸭。

陈小牛在白虎漾这边几个鸭娃子面前是个人物头，吆三喝四，耀武扬威，动不动打别人的鸭子。他原先不知道青龙漾元义的厉害，听人说青龙漾那边被元义独霸了，不服气。那日一早，他硬着脖子把鸭群赶上杨柳大堤直下青龙漾。

远远就听到水田里捅黄鳝的元义挥舞竹竿吆喝：嗨！赶走！赶走！再不走打你的鸭子！陈小牛远远地看元义只不过那么小小一团人影儿，有何惧哉，置之不理，只管弯腰寻黄鳝洞。那元义撒腿奔来。陈小牛见元义那团影子越来越大，心里发慌，赶快抄起竹竿备战。那元义直奔下田，一根竹竿上下翻飞，啪啪啪地打得水田和鸭毛飞扬老高。陈小牛急了，满脸发红地直扑过去打元义。呼呼两根竹竿扇着风响对接干上仗了。只听啪啪几响，陈小牛的细竹竿对断两截。说时迟那时快，元义的长竹竿横着向他的两腿扫荡过来，陈小牛一声惨叫，左小腿肿起了番薯大的包块。元义站在大堤上望着陈小牛狼狈逃窜的背影高声喊道：毛主席说人不犯我，我不犯人，人若犯我，我必犯人！有种你再来犯我！

陈小牛的确无种，再也不敢犯青龙漾之境。

但他这一口鸟气实在难忘。他昼思夜想，明的不敢暗地来，

227

寻机报复元义那厮。他盘算着白虎漾放鸭的几个鸭童个个都被元义打怕，唯独我初出茅庐，不曾领教元义的厉害。当我向他献桃时，无形中入了他的军门麾下后，他便指派我一项"光荣而又艰巨"的任务。

他打听得元义有一天跟大人上街卖鸭的消息。青龙漾满是元义散兵游勇般的鸭子。我的任务是乘青龙漾无人打死打伤它几只，以惩其狂。我对元义早已是闻风胆寒，心里发怯，犹豫不决。他说，怕啥！他在街上，又看不见你。再说你天天带桃子给我吃的，他要真的知道了来打你，我还会不帮忙打他吗！我望望他腿上消褪不久的肿色，还是犹豫。他又说，我们两个还怕他一个。我寻思有道理，便壮了胆子手拿竹竿翻过百亩塘而去。我想今天治了元义这样霸道的东西也算是为民除害，大快人心。我便悄悄赶往青龙漾。那里随处都有元义的鸭子。啪啪几竹竿，元义鸭子的翅膀打伤了两对。我速战速决，见功就收，不敢恋战，飞奔白虎漾报功复命。

陈小牛嘴里啃着我的桃子，哈哈大笑。

岂知这次偷营劫寨竟招来横祸。我初来乍到不懂鸭童们的鸭规，不知青龙白虎入边犯境之大忌，更不知和陈小牛这种人结党营私实在是自我毁灭。

傍晚，远远听到元义站在映着火红的晚霞耀照的杨柳大堤上拍屁股打巴掌地骂。他一口咬定他的鸭伤绝对是陈小牛报复所为。他扬言陈小牛只要一露面就既打鸭子又打人。陈小牛从此像虫冬眠一般蛰伏到白虎漾最远边境的杨柳林里再也不敢露头。不料元义乃不报此仇绝不善罢甘休之辈，他手执竹竿百亩塘白虎漾东南西北角角落落地找，终于陈小牛这名钦定的钦犯罪责难逃，被元义生擒活捉。然而我也就此大祸临头了。

那是我家六月桃吃得一干二净的第二天。我在白虎漾的芦苇荡里边放鸭边为桃子吃完而发愁。假设爷爷在家门前另种有两棵七月桃，我和陈小牛的战略伙伴关系将会固若金汤。正在寻思，忽听那边杨柳林深处传来元义捉住陈小牛的声音。陈小牛声声求饶，还胡说八道说：鸭子是小方子打的……那个读书娃，刚学放鸭子的，就是小方子……

元义大怒。大声追问小方子在哪！我一听陈小牛出卖了我，立感大事不妙，拔腿便跑。身后传来元义的吆喝声：小方子在哪？小方子在哪？声声吆喝令人战栗。从此因为陈小牛的出卖嫁祸于人，我终于也成了一名钦定的钦犯。

我一日一日魂不守舍地躲。赶着一群鸭子，东躲西藏躲避元义的追踪缉捕实乃颠沛流离。尤其是白虎漾百亩塘就那么个小小的国度，横竖几个芦苇荡几片杨柳林，时时藏头露尾，顾此失彼……

我终于对放鸭的轻松快乐彻底失望了。在元义追踪寻捕小方子的吆喝声中我彻底崩溃。我渴望能有另一条出路帮我度过此劫。

正此危难当头，严老师鬼使神差到了我家。他责怪我爸爸，孩子不读书教他放鸭子，真是不懂事。爸爸白严老师一眼说，你问他读不读？他要放鸭子。

我赶忙抓住这根救命的稻草，含着泪回答严老师：我要读书，我不放鸭子！

自此，我再次跨入学校的大门。这一去，不但解脱了钦犯的罪责而遁入庇护之门，从此我也告别了白虎漾、百亩塘、青龙漾这片土地，从村里到镇上到县城到省城……是严老师拯救了我，改变了我的人生轨迹，他实实存在是我的恩师啊！

……

蓝天、白云、杨柳树……

白鸭的队伍过完了。浩浩荡荡的白鸭大军追逐在青龙漾几百亩水田的拖拉机后面撒欢地抢食。青龙漾？元义的天地。这白鸭……如果老黄历没有改写的话，肯定是元义的。曾经在报道上看到过家乡元义成为养鸭专业户的新闻。看此情景，元义的天地从青龙漾扩张到百亩塘了。

小汽车再次启动。

当汽车停在严老师家门前的大桑树下，我们下了车，严老师的子女们带着黑袖章簇拥前来告诉我们：严老师昨天已火化出殡了。

我的目光呆滞了，蓝天、白云，杨柳林，百亩塘，青龙漾，白鸭，读书，县城，省城……真是：

皓首报亲亲不在，垂泪思恩恩已远。

奇怪的时尚

王男士对生活的感慨是活该他倒霉，因为他赶了一个不可理喻的时尚。

王男士原先日子挺优哉而平静，可有一天突发奇想：离婚现在很时尚，怎么摊不上他呢？如果能亲身经历一回，那该是何样的滋味体验。于是他想试涉深浅。他左右端详妻子温文尔雅的脸庞，想着怪招拉横脸逗她生气，动不动骂她几句。尽管女人弄得莫名其妙，然而距离婚的境界实在太遥远。于是，他便向高人请教。

高人指点迷津：此事不难。你听说有个秦女士吗？你现在反正无事，你有事无事一天到晚多去跑几趟。王男士惊讶道：要我去玩女人，不……

高人摆手道，不是这个意思，你就跑几趟，哪怕喝一杯茶就走人。

王男士将信将疑。他按高人指点如此这般穿梭往秦女士家跑，喝茶干聊。头几趟风平浪静，日子不显山不露水。王男士心潮澎湃，埋怨高人法术不灵，又心情焦躁地再跑几趟，便直往高人处要责他个馊主意百无一用。岂知刚见面，高人便呵呵恭喜道：先生只管回府，恭喜你的愿望很快就要实现了。

王男士疑虑而返。果然奇迹出现了。只见妻子蓬头垢面从外面哭哭啼啼返回，扑上来闹着和他离婚。王男士反而丈二和尚摸不着头脑了。

妻子嘴角流着血渍，她刚才在外面和那个秦女士干了一仗。

王男士急得瞪白眼道：你怎么好端端打人家呢！我和她……哎呀，这怎么说得清呢。

真到了说不清道不明的时候。王男士在莫名其妙中和妻子莫名其妙地闹着，一直闹到莫名其妙离婚的那一天，还是没有说明白。

离婚了，王男士感觉到好玩中还夹带着苦涩。这凭空里却又多出一桩事来——离了婚就面临着再娶的问题呀。真是众里寻他千百度，到后来踏破铁鞋无觅处，得来全不费功夫。那个秦女士本来就单身嘛！两人名声鹊噪背负压力，同病相怜，一拍即合。可也别说，现在才真正开始培养感情学做男女夫妻之事，好在这事儿大家都无师自通……

开始的日子不是太融洽。说实在话，王男士对前妻并无恶意，只不过思维钻进了赶时尚这个怪圈。既然再婚后不太和睦，未免触景伤怀思念故旧。可眼下的定局又如何改变如何破镜才得以重圆呢？百无聊赖，他又去请高人示下。

高人道：此事不难。只不过要委屈你了。你愿意做乞丐吗？

王男士听之甚怒。但对高人一向莫测高深，只得忍气恭听着。

你知道离婚为什么会成为时尚？高人说，一方面是别的原因，一方面就是你们这个样儿的男人手头有钱而变得百无聊赖想折腾。当然折腾也是趣味。生活从平静到喧闹，从温馨到苦涩，酸甜苦辣各有所好。可一旦苦涩到了苦恼的一天就又想到要改变，这个时候你就再变回去——两手空空，乞丐一回吧。

王男士如觉飞梦，听高人话如同谵语。尽管他不情愿，可后来的命运不知什么规律真的把他一步一步推向乞丐的边缘。第一次去外地做生意，血本无归；第二次赌钱被警方抓获，连罚带搜，归无血本；第三次……人生能经几回搏，终于一日，一个大雪纷飞的夜晚，他在雪地里挣扎去四处求借，可人到这种地步是很难借到什么的。

他站在雪地里想，乞丐就像我这样的吗？

回到家里，后妻秦女士失踪了，永远找不到了。他找到了前妻，前妻递给他的不是面包而是一团纸团，上写着：我知道你对我并无恶意。我也知道你迷上了折腾的时尚。今天大雪纷飞是最好的时尚，因为过几天雪过天晴会融化一去不复返，趁时快赶吧！雪地里人会清醒一些，你会想到时尚是有代价的！乞丐不会证明你穷，它只会证明你付出过惨重的代价。你在雪地里多走走，让世人多看看王某某的足迹……

前妻又说，等雪停了，你再回来。

王男士感激涕零。他钦佩高人真的太灵验。

路

　　天一亮，离开了床，人就要走路。上哪儿？别急，路上哪儿人上哪儿。每条路都有自己的去处。那条茅草丛中的细径，是去找野外拉屎之处。那条蛇一样的曲肠子路，是上茶山的。那条钻树林子的苔道，是送肥料和水和农药给树用的。那条稍稍一拐就走上满是车辙的泥土路，是通往单位上班的。

　　可故事里要讲述的是另一条路。

　　山下那个细条子单身女人家门前那条路，就另当别论了。山下的光棍们酒后说，那路是大路朝天地摆在那儿的，可此路不通。

　　走路有走路的学问。路越走越宽，但不一定是好事。宽不一定表示路好走，它表示拥挤。越宽越挤。山上路那么细窄，从来是孤身只影。特别是寻找拉屎的茅草路，你看谁挤过我？往往刚一下山，刚拐上大道，路面刚刚宽了一寸半，嘿，遇上了。你哪儿去？你干啥去？摩肩擦背地吆喝着。再下去，路再宽点儿，哟，车来了，本来独来独往走中间，可现在必须闪在一旁侧让。上了

路

公路，你看，啊！前面簇拥了一堆人，或是撞死人了，或者两车干上了。真的越宽越挤，不挤怎么碰上了？

有脚的动物都要走路。可动物走的不是路，人走的才是路。人总是在那"路"上走啊走，可动物总是在草丛中、野林子里走。山上的野猪啊狼啊猪獾啊兔子啊，白天从来不见它们在人们称为"路"的路上走。可它们肯定也在不停地运动，不然那么多西瓜怎么毁灭在它们的魔爪上呢！

一天早上，那细条子女人骂声里给村邻透露了个信息：说她家院墙头上有脚印，这不管是谁干的，他都不是人！

很多人偷着笑谈这件事儿。

细条子的亲属们说，她们家的猫总是半夜在灶台上留下脚印。也只有猫才那样，你说人会在灶台上走吗？大家一致公认，在细条子院墙上留脚印的，真不是人！

可村嫂们说法就不　样。她们说，怎么会不是人呢？那不是人是鬼啊？倘若不是人留下的，是猫爪子印，那细条子会在意这件事儿吗？更不会动肝火啊！

亲属们又说，人倒是人，可白天看着是人，晚上就成了鬼了。

这话老年人同意，频频点头，说，过去山里闹匪就这样，白天你看都是人，晚上都变了。

村嫂们不同意，说，这人和人是有区别的，有的人本来就是人，有的人本来就是鬼。

这话细条子同意，她没说话，默默承认：有的人她就给开门，她认为那男人是人；有的人她从来不开门，就让他寒霜地里急得钻树林，急得跳墙头，她的心目中这些男人就不算什么人。

村里闹笑话，于是那细条子门前的路就不算"路"了，那叫"是非"。古人云，寡妇门前是非多嘛，你看！

可世道总是不断变化着。去年三八节，细条子家扩展门楼，整顿"是非",修了宽道,一条宽阔的路面像一条豪华地毯从她门前铺出来,一派迎接贵宾的气势。院子扩充好几倍,可以容得下几辆轿车转圈子。

有的人猜测:细条子家有啥事儿?

有的人不同意:为什么啊?人家搞豪华,做气派干吗要编排人家?

嘿嘿,还真别急,路宽了,说有事儿还真有事儿。

一天晚上,医院一阵手忙脚乱,紧张地给几位男人包扎伤口。

男人们面面相觑。

细条子跑得满头大汗,她愤怒了。

她多年没见过人打架了,可今晚这些男人在她院子里打架。她感到耻辱,怕村人说三道四。

她喘着气跑进了医院。她斜眼看见那小个子,心里一阵厌恶。她早就怀疑那墙头上的脚印是他所为。他现在也人五人六买了车,也往她院子里开,什么东西!

一股强烈的酒气熏得人睁不开眼。

两个男人还在争辩:是你碰了我的车!是你碰了我的车!

交警来了。问,谁打电话报的警?

她挺身而出,说是我打的。

小个子男人对她斜了一眼。倒霉透了!

咋回事儿?交警问。

你问他!她说。

小个子男人挠挠头皮,说,走吧,我喝酒了,到你们交警队去吧!

小个子回头对着女人说,妹子,我今天是看见路上有交警,才逃到你院子当避风港的,算我倒霉,把他的车碰上了。可你们别误会,我真是躲避交警,没其他意思……

人才新传

大明新科状元 X 即将上任的第·件差事，不是皇帝吩咐的，而是一群垂暮老矣，但每天诚惶诚恐的老臣苦苦相求的。朝堂之上，有一位素性好佞的家伙叫 Q。此人容不得所有有才华、有头脑、有廉政思想的人，更容不得跻身朝班的新人，他是逢才必陷，逢新必陷，逢廉必陷。偏偏皇帝老子偏听偏信，逢陷必办。同僚们整天忙于工作之外，还要提防背后捅刀子。听说新科状元是个有勇有谋智慧型的才子，朝臣们如获至宝，希望能通过这位新科状元将那位叫 Q 的家伙扳倒。

新科状元打马游街那天，径直前往 Q 府。远远地下了马，吩咐左右留步，他只带了一个书童——贴身秘书，十分虔诚地走进 Q 豪宅。

Q 非常高兴。这位新科状元还算识时务，打马游街是皇上赐予的风光，但他依然惦念着咱家，前来看望。往往如日中天的人全然不会把所有黄鼠狼放在眼里。只要是来拜年的，照单全收。

呵呵，Q笑脸相迎。

没几个回合的寒暄交流，Q的老毛病说犯就犯了。他从谈吐之间，敏感到了新科状元X言语的含金量，发现了他是个人才。于是，他心里已经在盘算如何抓住这个人才的把柄，进宫狠狠地陷他。

等新科状元虔诚地求教稍稍打住，Q眼珠一转，突然发问：听说新科状元是个人才，我这里正好有几个问题，老朽多年百思不得其解，还望新科指教。

新科状元心里警惕，但表面是满口答应。

Q问：这里有四问。请问世界上什么最尖，什么最肥，什么最瘦，什么最苦？

X不假思索，笑而答道：回答前辈，我家门前有一棵枣树，满树皆刺，我看最尖的当是枣刺；什么最肥？这太简单了！不用说，肯定是肥肉，一咬一口油；最瘦，一定是螃蟹哦，全是骨渣没有肉啊！什么最苦，这应该是市井小儿都知道的——最苦苦不过黄连啊！小辈不才，或许答非所问，不知前辈能否给予加分？

新科状元正在虔诚地躬身作揖的一刻，只听Q从鼻子深处冷冷地哼了一声，随即爆发出一阵哈哈大笑。新科状元X肃立一旁，一直静静地等待Q笑罢，期待能得到一个满意的肯定。Q笑罢，拍了拍新科状元的肩膀，说，好好好，年轻人，有才有才！总算帮老夫解答了一个多年未解的难题。谢谢，谢谢！明天朝堂之上，老夫一定在皇上面前重重地推举你！新科请回吧，送客！

X和书童灰溜溜地走出Q豪宅。书童忧心忡忡地问主人：答案没错吧？怎么那人的笑声让人发冷啊！

X牵了牵书童的衣袖，暗示他别操心思。

第二天，新科状元X早早地上朝，Q已经大踏步走在最前面。一同上朝的官员们见面时相互挤挤眼色。看见Q紧步慢赶，官员们心里发虚。这么多年的经验，今天Q可能又要重重陷构谁了。

果然，Q抢先出班，启奏皇上：恭喜皇上，我朝皇恩浩荡，网罗天下人才百无一漏，野无遗贤，今年新科又得到许多顶尖级的人才！可老朽有一事禀报，今年的新科或许有人作弊，有人滥竽充数冒取了新科状元之名啊！

皇上大惊。急问爱卿为何口出此言？真的发现作弊，请拿出事实证据说话。

Q理直气壮转过身，招手新科状元X出班，推拉到皇上面前，说：这位新科状元就是滥竽充数！

啊！朝堂之上举座皆惊，一片哗然。

皇上也急了，说：慢慢说，慢慢说……这件事儿还真得需要说个清楚明白！新科状元难道是水货？

Q上前一步，匍匐启奏。他把昨天在他府上如何动问新科状元什么最尖、什么最肥、什么最瘦、什么最苦四个问题的事儿，大声说了一遍，最后，Q站直身子挺起胸膛据理分析说：我泱泱大国的新科状元应该是满腹经纶学富五车，应该有深度、有见解、有层次、有含金量，怎么什么肥肉、螃蟹、枣刺，什么黄连这么肤浅，这么表面，让人笑掉大牙，这考场若非营私舞弊哪能得来这等货色！

朝堂之上，鸦雀无声。事情非同小可。

皇上显然震惊非小，脸色晴到多云，急急转阴，眼看就要狂风暴雨了。但皇上毕竟是皇上，艰难地克制着，用最低分贝的声音低沉地问：你说的真有此事？

Q十万分认真地点点头，说：老朽倘若说假话，愿受重罚！

皇上两眼已经闪烁出了杀机，咬牙问新科状元X，说：爱卿，我现在当众考试，倘若真的像Q说的一模一样，你要知道我朝法律，考场舞弊是犯重法，骗取头名状元更是欺君之罪，要杀头的！

新科状元不慌不忙，上前一步，说：启禀皇上，昨天在Q府上的提问，微臣的答案不是像Q说的一样，我被诬陷了。

啊！朝堂之上窃语纷纷。

皇上紧追不舍，问：那你说，你是如何回答这四个问题的？

新科状元X不慌不忙地说：启禀皇上，世界上什么最尖？我家门前有棵枣树，枣树……

不等新科状元X说完，Q大声打断他的话说：皇上，你听，他就是这样回答的。现在我想请求皇上，今天我要和这新科状元打赌，赌我们的人头，倘若这新科状元回答问题没有深度还是那么肤浅，那他就要人头落地……

皇上打断Q的话说：哎，都是一殿之臣，相煎何太急嘛！

Q接着说：倘若他回答另有深意，老朽甘愿人头落地！

皇上大声对新科状元X说：接下去说。

新科状元X接着说：我家门前枣树全是枣刺，枣刺看似最尖，但根本尖锐不过原野上无孔不入的春风，春风如枣刺啊！

啊哈！朝堂之上，举座哗然。

X接着说：世界上什么最肥，怎么可能是那肥肉！微臣以为，春雨如膏，滋润万物生长，当为最肥；什么最瘦，沙滩之地，堪称不毛，当为最瘦；什么最苦？原来是市井所言的"人老以后无志最苦"，现在看来，当是一个个人才被奸佞参奏陷害，当是天下最苦最苦啊！一个皇帝老子被迷蒙上眼睛任凭奸臣贼子陷害人才而无知，当是最苦最苦啊！

朝堂之上，鸦雀无声。

皇帝冷静了足足有十分钟。脸色赤橙黄绿青蓝紫变幻不定。他看了看Q，大声问：贼子，尔还有何话要说？

Q没有半点声音。他已经晕死过去了。

周瑜和气周瑜

　　有个领导外号叫"周瑜"。我也有个外号叫"气周瑜"。我们就算咬上了。

　　说起他，不说也罢。官儿不大，可他总是自命不小。因为在他那个小庙里，他是一把手，他的屁股决定了他那圈儿内所有的脑袋。就像他自己说的，因为他坐的位置，再聪明的脑袋也得听他的。我是生平第一次见过这么小的官儿占着那么宽大的办公桌。倘若按比例计算，那么省长的办公桌要用操场来作比。有人背后说他飞扬跋扈。他来来去去一阵风一阵风的，你可要站稳了，不然那风会把你刮倒的。

　　我和他不在一个槽里吃饭，他原本和我是井水不犯河水。可就是因为"获奖"这件事儿，把我们俩给搅上了。

　　那一年，我得了个全国三等奖。消息不胫而走。不幸的是传到他那单位。据说，他坐在办公桌前，高高举着报纸，晃动着巨大的脑袋，两眼飞速在报纸上闪电。他那翻动报纸哗哗啦啦的声音几乎就像雷声滚动。他发出巨大的咳嗽声。最后"嘭！"的一声拍案而起，随即把报纸揉成一团。

你说这是哪儿跟哪儿啊！

他跟我无非是熟人，没有任何瓜葛和利益冲突的。后来有人告诉我，他就这个脾气，见不得熟人的"成绩"。陌生人，他不管。你看！这什么逻辑？

有人说他有个外号叫"周瑜"。就这样儿！我来劲儿了。既然周瑜先生再世了，见不得诸葛亮有才华，那我就来他个"气周瑜"。嘿嘿。

那一天，我又接到一份获奖通知。我琢磨，这消息谁不告诉，就要告诉他。恰巧我们因为一个朋友的邀请，在同一张桌子吃饭。我开始寻找话题，找靶子放箭了。我用眼睛的余光斜视他，对另一个朋友说我获奖的事儿，那朋友兴奋了，急忙问什么时候可以见报，我加大音量说就这两天。也许语惊四座，吸引那位了，他猛地站起身来，涨紫了脸端着酒杯晃荡说，我们喝酒！不要说那些不沾边儿的事！跟你们说实话，我从来不看报！

呵呵，蛮灵验的。我偷着乐。他可更来劲儿了，放下酒杯，两只手比画了豆腐干那么大一个空方块，瞪着问我说：你那篇文章在报上有这么大一块吧？嗯？

我急忙也拿手比画了西瓜那么大一块，说，嗯，差不多，也就跟豆腐干差不多。

为了"气周瑜"，参加各种比赛成了我的嗜好。只要我获奖，告知他那是"必须的"。事情一桩接一桩，那位老兄给气得！原本梳理得晶晶水亮的头发，据说已经像个刺猬，根根直竖。

还有一件奇闻。内部消息透露，他打电话给一个小卖部，"必须"送一只大垃圾篓到他办公室来！据说，那只垃圾篓足有洗衣机那么大，专装他火冒三丈时揉成一团的报纸用的。哈哈。

　　终于有一天，和他的一个下属聊天，说出缘由。那"周瑜"没别的意思，他就是认死理儿，什么东西赚钱认什么，至于什么叫文化，这些不赚钱的任何事儿，在他看来，在现在这个社会，几乎就是"下九流"。

　　让人大吃一惊的是，听说持这种观念的人还真不是少数。

　　那算了。气周瑜之举该停了。这么多人啊！我该气谁呢？

扶不扶新传

月牙西挂，树影迷离。护士张丽表情紧张地探头听了听动静，感觉医院里确实很安静，才走进医院的外大门。在急诊室窗外，她再次探了探头，看见灯光下只有医生一个人在，确认那个天天来吵闹的黑汉子不在，才抬步走进了大厅。

大厅里座椅上躺着一个人，再次激起护士张丽的心跳。不过那人不是黑汉子，他那很平静的躺姿和均匀的鼾声，让她起伏的惶恐平稳缓解——这几天，医院领导曾经考虑要招聘保安维护医疗秩序，要么这是新来的保安？

这一夜，由大厅"保安"隔壁做伴，张丽总算睡了个踏实觉。

前几天，一个摔跤的醉汉被送进医院，医生护士帮助家属七手八脚把醉汉抬上检查床。醉汉摔得严重，当天转院到了县城。没想到，来了一位黑汉子，大声嚷嚷着要医院承担责任，说医生和护士在帮忙抬醉汉的时候，扭坏了醉汉的下肢骨骼。他还锁定了目标一口咬定扭坏了醉汉下肢骨骼的就是护士张丽。本来就胆小加上刚刚看到湖南闹医事件杀死医务人员新闻的张丽，被这突如其来的追究吓得欲哭不敢出声。她解释了又解释，蹲下身子情景回放一样做动作给黑汉子看，证明自己真的没有损伤那醉汉的骨骼，可是人家根本不管，他说他说话从来算话，在村子里说一不二，他说是谁干的就是谁干的，你想逃也逃不掉。张丽寻求医院领导来帮忙解释，那黑汉子根本不管，还是那句话："他从来说一不二！"他还在盛怒之下，举手打了跟张丽帮忙解释的值班医生。

这几天，张丽已经无法正常上班了。昨天，她的亲哥哥脚扭伤了，当他要去拍片艰难地站起身的时候，张丽肃立旁边，她好像犹豫着该"扶不扶"，当班医生挖了她一眼。送走了她亲哥哥，医生责怪她太敏感："那可是你亲哥！"她几乎是哽噎着说："是我亲哥。可我这几天晚上总是做噩梦。"

大厅那位"保安"有些怪异。白天从来不见他的身影，晚上不定时回来。他永远只穿那件灰色衬衫。灰色，其实是无法界定的说法。因为本色是白色，长期不洗，接近黑色了。呵呵。他就在大厅里仰面朝天地躺着。当终于证实了张丽的猜测，看见那人坐起来的怪异笑容和自言自语，还有一些怪异动作，比如他会对着空气指手画脚地骂几句，有时候指着电灯骂，呵呵，张丽努力地平静了新的惊慌。她或许被那黑汉子闹糊涂了，把这不知从哪儿冒出来的精神病当做保安了！她竟然还心安理得地从他身上获得了安全感，睡了好几个踏实觉！呵呵。她赶快掏出手机要给医院领导打电话，要求派人把这昼伏夜出的精神病人弄出医院。

她很快挂了电话。一瞬间，她感觉自己错了。这两天，仿佛因为这精神病人在，那黑汉子真的没来过了。

半夜时分，急诊室外面一阵叫喊。一个人从自备车上扶下一个外伤患者。

张丽和新来的值班医生紧张地忙碌着。

那个开车的人叮嘱伤者几句，出去发动车子扬长而去了。

伤者需要拍片，可是他已经不能走动。

新来的医生毫不犹豫地弄好担架床，要护士张丽搭把手把伤者抬上去。张丽本能地伸手要帮忙，可是在刚刚伸出手的一刻，又像触电一般收了回去。她的幻觉里，窗外出现了那追究她几乎要死的黑汉子幻影。

场景短暂地僵持着。

大厅里忽然有人笑。那位神出鬼没的"保安"回来了。他好像已经知道了医院发现了他这几天神出鬼没住宿医院大厅，今晚就要正式通知他家属带他回家的消息。他比前几天有些躁动。他忽然带着永远锁定的微笑自言自语地走进了急诊室。张丽惊讶地不知所措。他好像看懂了这里需要搭把手，很快笑呵呵地伸手帮忙，抬起了伤者。

看着他们抬人移动的身影，张丽惊呆了。

这一刻，她没顾得上自责。她在想：一个是新来的，不知道"扶不扶"背后会不会有事儿；另一个是……他更不懂什么叫"扶不扶"……